귀신이 오는 밤

배명은

서계수

전혜진

김청귤

이하진

김이삭

코코아드림

귀신이 오는 밤

귀신날 호러 단편선

차
례

1월 16일생 　　　　 배명은 　　　　 007

산이 있었다 　　　　 서계수 　　　　 049

창백한 눈송이들 　　　 전혜진 　　　　 091

주인 잃은 혼례복 　　　 김청귤 　　　　 141

시간의 거품 　　　　 이하진 　　　　 179

풀각시 　　　　 김이삭 　　　　 209

제목 미정 　　　　 코코아드림 　　　　 251

1월 16일생

배명은

호러를 무서워하지만 쓰는 건 좋아하는 작가. 어떻게 이 장
르에 물들게 되었는지 모르겠음. 격변의 인생에 정신 차리
고 보니 지금 이 순간. 앤솔러지『단편들, 한국 공포문학의
밤』,『단편들, 한국 공포문학의 두 번째 밤』,『내 이웃의 살
인마는 누구인가』,『괴이, 도시』,『괴이, 서울』,『괴이한 미
스터리』,『괴이한 거울』참여.

0

차는 좁고 어두운 터널을 지나 멈췄다. 헤드라이트 불빛과 시동이 한꺼번에 꺼지자 적막한 고요가 찾아왔다. 반쯤 열어 놓은 창문으로 습한 바람이 불어왔다. 쏴아아. 간혹 소쩍새가 우는 캄캄한 주위엔 바람에 흔들리는 나뭇잎 소리만이 들렸다.

남자는 차에서 내렸다. 눅눅한 차 안과는 달리 신선한 공기가 느껴졌다. 그 덕에 조금은 맑아진 눈으로 좌우를 살폈다. 밤의 국도에는 오가는 차도 없고 인적도 없다. 드문드문 자리한 가로등 불빛이 추수가 끝난 논과 밭, 이른 시간부터 잠들었을 마을 주민들의 불 꺼진 집을 비췄다.

버튼을 눌러 차 트렁크를 열자 탁한 조명이 안을 비췄다. 남자는 그곳을 잠시 물끄러미 쳐다보다가 한쪽으로 쏠린 검은 여행 가방을 꺼냈다. 무게가 꽤 나갔기에 넣을 때도 힘들었고 꺼낼 때도 애먹었다. 짜증이 났다.

이를 악물고 힘을 끌어 올렸다. 간신히 가방을 콘크리트 바닥에 내려놓자 둔탁한 소리와 함께 바퀴가 헛돌았다. 긴 한숨이 허공을 맴돌다 사라졌다.

남자는 모자를 벗어 땀에 젖은 이마를 목장갑 낀 손으로 닦아냈다. 축축하게 젖어 드는 손을 바지춤에 쓱 문지르고 다시 모자를 썼다. 그는 어둠에 잠긴 산을 한 번 돌아보고 삽을 찾아 들었다.

묵직한 가방을 끌었다. 덜그럭거리는 소리가 텅 빈 거리에 울렸다. 그 소리가 바람 소리보다도, 치대는 나뭇잎 소리보다도 커서 누가 들을까 겁이 나 걸음을 멈췄다. 산 너머에서 기차가 지나가는 소리와 개 짖는 소리가 아득하게 들려왔다. 가만히 귀를 기울이던 그는 다시 걸음을 옮겼다.

길을 건너, 산으로 올라갔다. 고르지 못한 산길에서 가방이 뒤뚱거렸다. 마음대로 움직이지 않는 가방을 어르고 달래며 힘으로 끌어댔다. 얼마 가지 못했는데도 옷은 금세 땀으로 흠뻑 젖었다. 낮의 열기가 사라진 밤의 산에서 차오르는 숨을 채 내뱉지도 못하고 힘겹게 걸음을 옮겼다.

생각보다 목적지가 멀었다. 가방이 무거웠으나 인내하며 산길을 올랐다. 남자는 몇 번이고 내동댕이치고 싶은 걸 애써 참아냈다. 손등으로 흘러 내리는 땀을 연신 훔쳤다. 밤이슬에 낙엽을 밟는 발이 여러 번 미끄러지자 신경은 점점 예민해질 수밖에 없었다. 어둠을 내달리는 손전등의 불빛마저 누가 볼까 봐 거슬렸다.

얼마나 올랐을까. 창백한 불빛이 산길 안쪽에 두서없이 선 참나무들을 비췄다. 그는 길을 벗어나 또 한참을 걸어 들어갔다. 잠시 뒤 낯익은 나무 앞에서 멈췄다. 벼락을 맞았는지 허리가 꺾인 그 나무는 간신히 생명을 유지하고 있었다. 잠시 그 등걸에 기대어 앉았다. 거친 나무껍질이 목덜미에 느껴졌어도 편안했다.

목적지에 도착한 것만으로도 훨씬 안도감이 들었다. 숨을 고르는데 축축한 숲 냄새에 섞여 희미하게 썩은 내가 났다. 그 냄새를 의식해서 몇 번 들숨과 날숨을 크게 쉬었다. 이내 어디에서 나는 냄새인지를 깨닫자 코끝을 와락 찡그렸다. 지척에서 소쩍새가 울었다.

자리에서 일어난 남자는 손전등으로 근처 바닥을 비추며 무언가를 찾았다. 얼마를 맴돌았을까, 켜켜이 쌓인 낙엽 사이로 푸른 방수포 끄트머리가 보였다. 그것을 걷어내자 위에 깔렸던 낙엽이 우수수 흩어지고 그 밑으로 깊게 판 구덩이가 나왔다. 그 안엔 이미 다른 여행 가방이 있었다. 그는 홀가분한 표정으로 그 위에 가지고 온 가방을 던져 넣었다.

위이잉, 잠겨 있던 날벌레들이 날아올랐다.

1

싸라기눈이 눈앞을 가렸다. 마을을 둘러싼 헐벗은 산 밑에서 농악대가 농악을 울렸다. 궂은 날씨에도 그들은 신명나게 골목을 휘돌았다. 귓가를 때리는 바람보다 날카로운 꽹과리 소리에 절로 눈살이 찌푸려졌다.

드르륵, 드르륵. 나는 여행 가방을 끌며 마을에 들어섰다. 얼마나 걸었는지 모르겠다. 저 멀리 마을을 본 순간 피로가 엄습해 왔다. 마을과 도로를 잇는 다리를 건너자 양옆으로 텅 빈 논이 펼쳐졌다.

눈 쌓인 논에선 마을 사람 몇몇이 짚과 생솔가지로 달집을 세우고 있었다. 회관 앞 천막 밑에 차려진 고사상이 눈에 들어오자 그간 생각지도 않았던 날짜를 헤아려 본다.

아, 오늘이 대보름인가?

도시와는 달리 내 고향 우화에선 여전히 정월대보름 행사가 중요시되었다. 마을 전체가 농사일에 매달리니 풍요와 무탈한 한 해를 기원하는 행사는 당연했다. 어릴 적엔 우리 가족도 함께 저들 틈에 섞여서 달집을 만들고, 제를 지내고, 보름달이 뜨는 밤에는 쥐불놀이와 달집을 태웠다. 그러나, 지금은.

가방이 흙길 위에서 덜그럭댔다. 그 소리에 논에서 누군가가 이쪽을 바라봤다. 달집을 만드는 이들 사이에서 지팡이를 짚고 선 노인의 탁한 눈동자가 잠시 머물다 지나쳤다. 큰아버지였다. 머뭇거리다가 돌아서는 그 뒷모습에 꾸벅 인사를 했다. 그걸 봤을지는 모르지만. 매서운 바람이 코트 깃을 흔들어 댔다. 고개를 들어 콧물을 훌쩍였다. 사라졌던 농악 소리가 다시금 울리기 시작했다.

이장 집과 마을회관 사이의 길을 오르면 그 옛날 함께 놀았던 미순이와 영수네 집을 지나 큰아버지 집과 오 씨 아저씨네가 나왔다. 그 위로 좀 더 가면 끝 집이 보였다. 이미 고인이 되어 수년간 방치된 영자 할머니네.

미순이와 영수 그리고 우리 남매가 만나서 놀던 곳. 끝없는 이야기와 간식이 가득했다. 할머니는 어린 우리를 좋아했고 우리도 할머니를 좋아했다. 마치 한 가족처럼. 이제 할머니는 돌아가셨고 성인이 된 우리는 여러 도시로 뿔뿔이 흩어졌다. 그곳에 남은 건 기억이 가물거리는 추억뿐이다.

폐가의 무너진 담장을 휘돌자 콘크리트 길은 끊어지고 산길이 나왔다. 오가는 이가 별로 많지 않았던 듯 길목은 메마른 잡초와 쌓인 눈으로 가득해서 모르는 이라면 그곳이 길인지도 모를 것이다. 시린 볼 위에 내려앉아 물방울이 된 눈을 손등으로 닦아내며 고르지 못한 산길을 올라갔다.

꽁꽁 언 길이 꽤 미끄러웠다. 빽빽한 잡목들은 높게 솟아 해를 가렸다. 그동안 내린 눈에 발이 푹푹 빠졌다. 운동화 안으로 눈이 밀려들어 양말은 금세 젖었다.

거친 나무 기둥을 붙들고 가방을 끌어 올렸다. 내가 앞에서 끌어당기면 누군가가 뒤에서 당기는 것 같았다. 그 줄다리기에 겨우 이겨 발치에 내려놓고 잠시 숨을 골랐다. 희뿌연 입김이 허공에 흩어졌다. 승자의 기분은 전혀 들지 않았다. 아직 갈 길이 멀었기 때문이다. 신음을 흘리며 발걸음을 옮겼다.

한참을 오르다가 왼편으로 고개를 돌리자 눈 쌓인 마을의 전경이 한눈에 내려다보였다. 싸락눈은 그친 지 오래고 대신 숲에서부터 불어오는 바람에 날리는 눈이 시야를 방해했다. 고개를 돌려 반대편을 올려다봤다. 새하얀 나뭇가지 사이 빛바랜 붉은 기와가 보였다.

영자 할머니네가 끝 집이면 우리 집은 꼭대기 집으로 불렸다. 엄밀히 말하면 집은 산 중턱에 있으니 산꼭대기가 아니라 마을 꼭대기라는 의미였다. 어떤 의미든 높은 건 마찬가지였기에 나는 마음에 들지 않았다. 고등학교를 졸업할 때까지 수도 없이 산길을 오르락내리락했으니 질릴 만도 했다. 그건 동생 다원이도 마찬가지였다. 그렇기에 우린 졸업과 동시에 도시로 떠났다.

가파른 길을 가로지르지 않고 크게 휘돌면 집의 입구가 보였다. 오래도록 방치되어서인지 허물어진 담장은 물론 대문 옆 외양간과 그 옆 창고는 지붕이 폭삭 주저앉아 있었다. 장독대도 물론 깨지고 부서져 온전치 못했다. 그나마 밖에 있는 화장실은 뒷산과 접한 흙벽이 반쯤 뚫린 것만 빼면 나아 보였다.

길게 평행선을 남긴 바퀴 자국이 마당 한가운데에 멈췄다. 하얀 숨을 내뱉으며 집 주위를 보았다. 시간이 좀먹어 무너져 버린 것들 사이에서 집만은 굳건하게 자리를 지키고 있었다.

오래된 툇마루와 지붕을 받치는 나무 기둥은 그 빛을 잃었고 흙벽은 갈라져 그 속이 반쯤 드러났으나 바람을 막는 데는 지장 없어 보였다. 집 왼쪽은 마루 겸 주방이 있었고 그에 면한 안방, 그리고 툇마루를 나와 걸으면 오른편엔 자신이 지내던 작은방이 이 집의 전부였다. 어렸을 적엔 그렇게 커 보이더니 지금은 참으로 작았다. 몇 걸음 만에 집 안을 오갈 것 같다.

"어흐, 춥다!"

먼지와 거미줄이 쌓인 처마 아래로 들어섰다. 그곳에 들어선 것만으로도 몰아치는 바람이 시들했다. 눈이 들지 않은 디딤돌에 올라서서 눈에 젖은 옷과 운동화를 털었다. 안방 문을 열기 위해 손을 뻗었으나 아귀가 맞지 않아 틈새로 외풍이 드는 회색빛 나무 문을 쉽사리 붙들지 못했다. 만지기만 해도 조각조각 부서져 내려앉을 것 같았다.

후드득. 마당 한 편 오동나무 가지에 내려앉았던 눈이 무게를 못 이기고 깨진 장독 위로 떨어졌다. 끼익. 덜컹거리며 작은 방문이 열렸다.

한 뼘 정도 열린 문 사이로 어둠이 보였다. 바람에 열렸을 리가 없어 그 안을 자세히 들여다봤다. 순간 어둠 사이로 퀭한 눈이 나타났다. 눈동자가 좌우로 정신없이 움직인다. 놀라서 펄쩍 뛰어오르다가 디딤돌 밑으로 미끄러졌다.

"아씨, 깜짝이야!"

기둥을 붙들고 벌렁거리는 가슴을 부여잡았다. 문이 조금 더 열리며 수척한 여자의 얼굴이 나타났다. 그녀는 내 뒤를 주의 깊게 살폈다.

"이다원! 있으면 기척을 내야 할 거 아니야! 내가 먼저 도착한 줄 알았더니."

오랜만에 보는 여동생의 얼굴은 많이 달라졌다. 통통하고 잡티 하나 없던 뽀얀 얼굴은 살이 빠져서 광대뼈가 도드라져 날카로워 보였고, 잠을 제대로 자지 못했는지 애교살이 있던 자리는 검게 그늘졌다. 긴 머리카락은 푸석했고 손톱은 한동안 관리하지 않았는지 길게 자랐다. 별로 좋아 보이는 꼴은 아니었다.

"무슨 일 있어? 너 면상이 참…"

말하고 있는데 문이 쾅 하고 닫혔다. 어깨가 절로 움찔거렸다.

"…구리다."

겸연쩍어하며 뒷말을 내뱉었다. 웃자고 한 말인데 성질은. 갑자기 바람이 몰아쳤다. 한기에 소스라치며 안방 문을 열었다. 가지고 온 가방을 힘껏 들어 안에다가 들이고는 문을 닫았다.

여러 겹 바른 창호지가 파르르 떨렸다. 그래도 비바람에 찢어지지 않고 변색만 된 채로 남은 게 기특했다. 나는 오랜만에 들어온 안방을 둘러봤다. 불을 때지 않았는지 차갑고 텅 빈 방엔 낡은 옷장과 이불장, 벽엔 부모님 사진, 그 옆엔 자신과 여동생의 고등학교 졸업사진, 그리고 낡은 시계가 전부였다. 산속이라 전기가 들어오지 않아 흔한 텔레비전도 없이 살았다.

방을 가로질러 마루와 연결된 문을 열었다. 더한 한기가 방으로 밀려 들어왔다. 컴컴한 마루에 발을 내딛는 순간 장판 밑이 삐걱거렸다. 나무판이 좀 슬어 물렁물렁한 곳도 있었다.

무릎 관절이 좋지 않았던 어머니가 돌아가시기 전에 들여놓은 작은 식탁 위를 보았다. 그 위에는 식빵과 우유와 과자들이 흩어져 있었다.

"그래도 굶지 않고 있었네."

부엌에 딸린 쪽문을 열었다. 슬리퍼를 신고 뒤란으로 나갔다. 뒤란이라 해 봤자 가파른 산비탈 밑으로 약간 평평한 땅이 전부였다. 담 대신 땔감을 쌓아 놓았는데 과연 다 사용될 일이 있긴 할까.

바지 주머니에 손을 넣고 작은방을 지나 텃밭과 우물가로 갔다. 현재 텃밭 자리는 말라비틀어진 풀이 뒤엉켜 눈에 잠겼고 평소 나무판과 철판에 덮였던 우물은 다원이가 판을 끌어내렸는지 반쯤 열렸다. 한겨울에도 우물은 얼지 않았다. 그 안을 들여다보니 검은 물이 나의 모습을 비췄다. 파르르 떨리는 물결에 아득한 현기증이 일어 계속 쳐다볼 수가 없었다. 고개를 들어 새하얀 뒷산을 봤다.

깜빡 잠이 들었다. 달그락거리는 소리에 눈을 뜨니 사위는 컴컴했다. 안방과 연결된 아궁이에 불을 때는 걸 잊었더니 관절마다 쑤셨다. 콧물이 났다. 몸도 으슬으슬 떨리는 것이 아무래도 감기에 걸린 것 같았다.

부엌에 불빛이 일렁였다. 시계를 보니 자정이 되려면 한 시간 정도 남았다. 일어나 부엌으로 가자 다원이가 있었다. 추운지 옷을 겹겹이 입고는 부산스레 움직였다. 마루 겸 부엌에 맛있는 냄새가 진동했다.

언제 다 만들었는지 식탁 위에 여러 음식이 놓였다. 잡채, 생선구이, 고사리, 도라지, 숙주나물, 두부, 동태전, 산적, 빈대떡 등이 접시에 가득 쌓였다. 이렇게 동생이 음식을 만드는 모습을 본 적이 없어 놀라웠다. 요리에 재능이 있으리라는 생각은 전혀 못 했는데 때깔과 냄새가 합격점이다.

동생은 싱크대에 휴대용 버너를 놓고 냄비에 미역국을 끓이며 사과와 배를 꺼내 담았다. 산자와 약과, 북어까지 식탁에 올려놓으니 영락없이….

"뭐야, 생일상이 아니라 제사상인데? 내일 내 생일 아니야? 또, 또 장난치지. 혼자 했다고 이러는 거야? 깨우지 그랬어. 알았어, 미안해. 오빠가 뭘 잘못한 건지 모르겠는데 진짜 미안해."

뒷머리를 긁적이며 말했다. 다원이는 아직 화가 풀리지 않은 건지 대답이 없었다. 묵묵히 국그릇에 국을 담았다.

"그건 내가 옮길게!"

잽싸게 다가가 그릇을 잡다가 화들짝 놀라 손을 뗐다.

"앗 뜨거!"

요란을 떨자 동생이 혀를 차며 그릇을 빼앗아 식탁에 올려놨다. 그때 밖에서 와자한 소리가 들렸다. 동생이 화들짝 놀라며 핸드폰의 손전등과 걸어놓은 휴대용 전등을 껐다.

"깜짝이야. 왜 그래?"

"왔어?"

"누가?"

"그럴 리가 없어."

대체 뭔데 저렇게 떨면서 말하는 걸까?

나는 어둠 속을 조심스레 짚으며 밖으로 나갔다. 어둠이 잠긴 마당과 휘휘 부는 바람 그 너머 산 밑으로 붉게 타오르는 빛이 보였다. 소리는 그곳에서 들려왔다. 나는 올라올 때 보았던 빈 논에 쌓던 달집을 떠올렸다.

"달집 태운다. 기억나? 우리가 어릴 때 정월대보름이면 온 마을이 아주 떠들썩했잖아. 아버지가 불에 구운 땅콩을 한 줌씩 주면 주머니에 그거 넣고 온종일 놀면서 하나씩 까먹었고. 맞다, 너는 성질이 급해서 한 번에 다 까먹었지? 그러면서 맨날 나한테 달라고 떼쓰고. 쥐불놀이한다고 깡통 만들고는 농악대가 마을을 돌면서 농악을 울리면 그 뒤를 쫓아다니면서 춤추고 놀았고. 그러면서 농악대가 건넛산에 있는 신당에서 멈추면 거기서 엄마랑 아줌마들이 준비한 고사상에 절을 했지. 기억 안 나? 그때 신당이 내 키만 했으니까 지금은 내 허리 정도 되겠다. 아직도 있나? 그 신당? 올때 보니까 그냥 마을회관에서 대충 지내는 것 같던데. 그건 그렇고 저렇게 달집 태우면 어떻게 쓰러지는지를 보고 풍년인지 흉년인지 점쳤잖아. 그때 마을 최고 어르신이었던 영자 할머니가 점쳤는데. 이제는 누가 할지 모르겠네. 넌 알아?"

불이 켜졌다. 동생은 망연자실한 표정으로 식탁 앞에 앉았다. 옛날부터 겁이 많아 작은 소리에도 예민하게 굴던 아이다. 대답 없는 동생을 보며 손목을 긁었다. 찬바람을 맞았더니 온몸이 간지러웠다. 관절마다 긁다가 더 늦기 전에 아궁이에 불을 때기로 했다. 작은 방에 불은 피웠을까? 낡은 집이라 웃풍이 심하니 장작을 아낌없이 넣기로 마음먹었다.

• • •

부엌에서 흘러나온 옅은 불빛으로 뒤란 한편에 쌓여 썩어가는 장작을 꺼냈다. 거무튀튀하고 곰팡이가 슨 것을 몇 개 들고 아궁이 앞으로 갔다. 주머니를 뒤져 라이터를 꺼냈다. 며칠 눈을 맞아 습기가 배었으니 불이 붙을지 걱정이 되었다. 아궁이 앞에 있는, 오래되어서 슬어 버린 신문지를 찢었다. 탁한 먼지에 기침이 났다.

예상대로였다. 불은 붙다가 꺼지길 반복했고 어느 순간 라이터마저 부싯돌을 여러 번 돌려도 불꽃이 일지 않았다. 매캐한 연기만이 뒤뜰에 피어올랐다.

"가는 나뭇가지를 중간중간에 여러 개 넣어 불이 붙게 해야지."

갑자기 들려온 목소리에 깜짝 놀라 뒤를 돌아봤다. 언제 왔는지 큰아버지가 있었다. 노인은 무뚝뚝한 표정으로 나뭇가지 몇 개를 장작 안에 쑤셔 넣었다.

"네가 왔다는 건, 역시 그것인가."

노인이 중얼거렸다.

"그간 건강하셨습니까? 자주 찾아뵈었어야 했는데."

"건강? 하긴 오랜 지병에서 벗어나긴 했지. 맨날 잠만 자니, 나도 얼마 남지 않았어."

푸른 불꽃이 타올랐다. 주름진 노인의 얼굴에 불빛이 물들었다.

"지나간 인생사 너무 억울해하지 말아라."

"네?"

"네가 어디에 있었는지, 어떤 호로 잡놈이 그랬는지 이제 와서 그게 다 무슨 소용이냐? 그냥 오랜만에 본 동생 많이 귀히 여기고 가라."

쪼그려 앉았던 노인이 자리에서 일어났다.

"내일은 귀신날이니 어디 다니지 말고 여기에 있어. 오후엔 집마다 귀신 쫓는 연기를 태울 것이니 다니기에 좋지 않다."

풉. 웃음이 나왔다가 급히 웃음을 지웠다. 엄한 노인의 눈과 마주쳤기 때문이다. 하긴 온마을이 정월대보름을 저렇게 지내는데 귀신날이라는 미신도 믿지 않을 이유는 없었다. 고개를 끄덕이자 노인은 돌아섰다. 지팡이도 짚지 않은 노인의 걸음은 생각보다 날렸다.

2

달그락달그락, 쩝쩝.

잠에서 깼다. 아직 해가 뜨지 않았는지 사위는 온통 어두웠다. 전날 낮잠을 자는 바람에 늦게까지 잠을 이루지 못했다. 뻑뻑한 눈을 문지르며 몸을 모로 돌렸다. 불을 땠는데도 방 안은 냉기로 가득했다. 절로 쳐지는 몸서리에 이불을 머리끝까지 덮었다. 집 안의 냄새를 머금은 이불 안에서 꼼지락거리며 다시 잠에 빠져들 때 그 소리가 들렸다.

달그락달그락, 쩝쩝.

이불을 걷어냈다. 눈살을 찌푸리며 방 안을 봤다.

무슨 소리지?

오래된 집이니 방에 쥐가 들었을지도 몰랐다. 그 생각에 소름이 끼쳐 자리에서 일어났다. 잘 떠지지 않는 눈으로 머리맡에 있을 핸드폰을 찾았다. 늘 머리맡에 두었는데 보이지 않았다. 달그락. 이어 들리는 소리에 반사적으로 마루로 향한 문에 눈이 돌아갔다. 소리는 그곳에서 났다. 동생일까 생각하다가 이내 고개를 저었다. 불도 켜지 않고 그곳에 있는 것도 이상했다.

자리에서 일어났다. 어쩌면 쥐가 이곳이 아닌 부엌에 들었을지도 몰랐다. 그곳엔 간밤에 차린 음식이 있었으니까. 그러고 보니 어제 차린 생일상을 치운 기억이 없었다. 내내 말없던 동생의 비위를 맞추다가 성질을 내고 방에 들어왔기 때문이다. 혼자 음식 차리게 했다고 시위를 하니, 그러면 깨우지 그랬냐고 버럭 소리를 질렀다. 그렇게 혼자 남겨진 다원이는 잠시 부엌에 머물다가 방으로 돌아갔다.

괜히 별것도 아닌 일에 화를 냈다고 자책했다. 오빠가 돼서, 이 나이를 먹어서도 애처럼 굴었다. 아침이면 꼭 사과하리라 다짐을 하고 일단 지금 부엌에 있을 쥐를 어떻게든 내쫓으려 문을 열었다.

부엌엔 휴대용 전등이 있을 테니 그걸 찾아 불을 켜고…

어둠에 익은 눈이 텅 빈 마루를 지나 부엌으로 향했다. 식탁 앞에 누군가가 앉아 있었다. 검은 형체가 몸을 숙이고 손을 뻗어 음식을 집어 먹었다. 달그락달그락, 쩝쩝. 쥐가 아닌 그것이 내는 소리였다. 가녀린 몸의 다원이는 아니다.

"당신, 누구야?"

소리를 지르자 그것이 벌떡 일어났다. 몸을 펴니 제법 큰 덩치였다. 그것이 달려들었다. 너무 갑자기인지라 몸을 피하며 으악, 하고 비명을 내질렀다. 우당탕탕. 놈이 문을 벌컥 열고 밖으로 뛰쳐나갔다. 우물쭈물할 새 없이 나도 그 뒤를 쫓아갔다.

새벽빛이 내려앉은 산으로 놈이 달려갔다. 그 뒤를 쫓아 달렸다. 이런 산속 폐가에 뭘 훔쳐 갈 것이 있다고 숨어들었는지 어이가 없었다. 게다가 더욱 화가 나는 건, 집에 여동생도 함께 있었다는 사실이었다. 자신이 없었다면 무슨 일을 당했을지, 간담이 서늘했다.

가뜩이나 겁이 많은 아이인데!

이대로 놓칠 수 없었다. 쌓인 눈이 달음질에 흩어졌다. 놈은 오르막길임에도 거침이 없었다. 더운 숨이 허공에 흩어졌다. 그는 뒤돌아보지도 않았다. 산등성이를 오르더니 수풀 너머로 사라졌다. 몇 번이나 미끄러져서 넘어질 뻔해 한참이나 뒤로 처졌다. 그곳에 도착했을 땐, 놈의 자취는 보이지 않았다. 발자국도 보이지 않아 그 주위를 살피다가 저편에서 새가 날아오르는 소리에 그쪽으로 뛰기 시작했다.

얼마나 뛰었을까. 정신을 차렸을 땐 여기가 어디인지 알 수 없을 지경에 이르렀다. 잠시 걸으며 눈앞이 트인 곳에 서자 산밑으로 마을의 정면이 보였다. 어느새 건넛산까지 온 것이다. 놈을 놓친 걸 아쉬워하다가 혼자 남아있을 동생이 떠올랐다. 놈이 여기에 없으면 거기에 있고 그렇다면 위험할지도 모른다는 생각에 몸이 달았다. 돌아가는 것보다 마을을 가로질러 가는 게 더 가깝다는 생각으로 산을 내려가기 시작했다. 그때 눈앞에 그것이 보였다.

• • •

빽빽이 선 잡목을 지나자 너른 터 한 편에 돌로 지반을 다지고 세운 작은 신당이 있었다. 오랜만에 본 신당은 예상대로 허리께에 오는 크기였다. 가까이서 본 신당은 옛날의 고귀했던 명성을 찾아볼 수 없었다. 오래도록 사람들의 발길이 닿지 않았는지 삼면으로 세운 나무 벽은 조그마한 충격에도 부서질 것처럼 낡았다. 그 위를 덮은 나무 널을 인 지붕도 세월에 물을 먹고 얼고 녹아 찌그러져 제 기능을 하진 못할 것 같았다.

끼익, 끼익. 옛 기억엔 굳게 닫혀 잠겨 있던 문이 지금은 활짝 열려 바람에 흔들렸다. 그 안엔 신을 모시는 위패가 있었으나 지금은 깊은 어둠만이 자리했다. 기분 탓일까. 간혹 안에서 휘휘 바람이 새어 나왔다.

을씨년스런 분위기가 남아 있는 곳에 더는 머물고 싶지 않아 걸음을 옮길 때였다. 바람에 흔들리던 나무 문이 끼이익 소리를 내며 반쯤 닫히다가 탁, 하고 무언가에 걸려 멈췄다. 자세히 보니 웃자란 풀 속에 사람의 맨발이 보였다. 소름이 돋았다. 신당에서 삐져나온 발엔 핏기라곤 없었다. 귓가에서 심장이 쿵쾅거렸고 저도 모르게 뒷걸음쳤다. 뻣뻣하게 굳은 다리가 제대로 움직이지 않았다. 그때, 맨발이 움찔거렸다.

그걸 본 나는 도망치려고 몸을 돌렸다. 그러나 다리가 말을 듣지 않아 뒤로 나동그라졌다. 시야가 크게 휘돌았다. 숨을 헐떡이며 몸을 일으키자, 끼이익, 문이 열렸다.

보지 말자, 도망치자, 하는 생각이 들었음에도 고개가 돌아갔다. 스산한 바람이 불었다. 맨발은 사라지고 문을 붙든 창백한 손이 보였다. 신당 안에서 어둠이 일렁거렸다. 검은 어둠이 천천히 밖으로 밀고 나왔다. 바람에 흔들리던 검은빛이 그 면을 좁히고 사라지며 푸르죽죽한 얼굴이 되었다. 남자였다. 감은 눈을 뜰 생각도 없이 그 안에서부터 몸을 쭉 내뻗는다. 다리를 펴 움직일 때마다 우드득 우드득 뼈 소리가 났다.

낡은 청바지에 핏빛 셔츠와 색이 바랜 형광 점퍼를 입은 남자가 품 안에서 무언가를 꺼냈다. 그가 선글라스를 꼈다.

눈만 끔벅이다가 겨우 숨을 내쉬었다. 남자가 살아 움직이는 모습을 보고 공포가 조금은 수그러드는 느낌이 들었다. 그러다 문득 도망친 남자인가 싶었지만, 차림은 형형색색에다가 왜소한 체구여서 아니라고 단정했다.

그가 날 발견했다. 나는 일어날 생각도 하지 못하고 차가운 눈길을 아무렇지 않게 밟고 내려오는 맨발을 마냥 봤다. 정신이 확 돌면 신발을 신지 않고 돌아다닌다는 이야기는 들은 적이 있다.

그러면 내 주위를 천천히 도는 이 남자가 정말 미친놈이라고? 하긴 신당에서 잠을 청할 정도면.

"이게 뭐야?"

남자가 뒤로 몸을 크게 물렸다.

"아침부터 재수 없게 이게 뭐야?"

그러더니 고개를 수그리며 검지로 날 콕콕 찌르기 시작했다. 그 손에 닿는 게 기분 나빠서 손등으로 쳐냈다.

"하나, 둘, 이쪽에 셋…."

다른 손으로는 손가락을 접다가 내가 자리에서 일어나자 멈칫거렸다.

"까먹었잖아!"

성질을 부리는 남자를 무시하고 나는 산을 내려가기 시작했다. 괜히 이상한 놈을 만나 시간만 지체했다. 걸음을 빨리하다가 이상한 느낌에 뒤를 돌아봤다. 그새 남자가 사라졌다. 신당의 문이 바람에 흔들렸다. 섬뜩한 기운이 등을 훑고 지나갔다.

사람이 아닌가?

괜한 기우였다. 남자는 어느새 내 앞에서 내려가고 있었다. 왜인지 그 뒤를 따라 내려가기 싫었다. 나는 몸을 돌려 산등성이로 올라갔다.

3

집으로 돌아와 마루로 가니 그곳에 다원이가 있었다. 새벽의 소리에 무척 놀랐는지 얼굴이 온통 눈물 자국이다. 어질러진 식탁은 말끔하게 치워진 상태였다. 내가 치우려고 했는데.

"괜찮아? 아무것도 아니야. 그냥, 그래, 쥐가 있었어. 아니다. 그보다는 좀 더 큰 멧돼지였어. 오빠가 멀리 쫓아 버렸으니까."

우물쭈물 말하며 목을 긁었다. 손톱에 피가 묻어났다. 동생은 식탁 앞 의자에 앉아 머리를 감싸 쥐었다. 손 틈으로 울음이 흘러나왔다.

"그 사람이야. 그놈이 여기까지 온 거야."

그 말에 놈의 얼굴이 눈앞에 떠올랐다. 그래, 나는 그놈을 안다. 거들먹거리며 두툼한 입술을 삐죽이던.

"그럴 리 없어!"

나는 그 앞에 가서 앉았다. 그리고 잘게 떠는 다원이의 손을 잡았다.

"오빠 믿지? 그렇지, 다원아? 그놈이 절대로 네 앞에 다시 나타나는 일은 없을 거야. 오빠가 약속했잖아. 널 괴롭히는 그놈 내가 가만두지 않겠다고."

동생은 계속 흐느꼈다. 내 말 따위는 믿을 수 없다는 듯 더욱 크게 소리를 내었다. 가슴이 미어지다가도 화가 치밀었다. 몇 번이고 다짐했지만, 동생이 가지고 있는 두려움을 몰아내지 못했다. 더는 그 모습을 볼 수 없어 자리에서 일어났다. 그리고 방으로 돌아와 문을 소리가 나게 닫았다. 씨근덕거리는 숨을 참다가 고개를 돌려 구석에 있는 여행 가방을 봤다. 가방은 굳게 잠겼다. 확인차 가방을 들었다. 묵직한 무게에 안도했다.

부엌에서 의자가 넘어지는 소리가 났다. 그와 동시에 방문이 열렸다. 문 앞에 선 동생의 손엔 식칼이 있었다. 잔뜩 흐트러진 그 모습에 두려움이 들었다. 그럴 리 없다고 생각하면서도 칼만 바라봤다. 금방이라도 나에게 향할 것 같은 칼끝은 미동도 없었다. 동생은 방 안을 둘러보더니 가로질러 이불장을 열었다. 켜켜이 쌓인 이불을 꺼내고는 벽을 두드려댔다.

"뭐, 하는 거야?"

떨리는 질문에도 아랑곳하지 않고 이번엔 장롱을 열었다. 오래된 좀약 냄새와 여전히 정리하지 못한 부모님의 옷가지가 걸려 있는 그 안을 또 헤집었다. 그렇게 무언가를 찾더니 갑자기 숨을 들이켰다. 히익. 비명마저 삼키는 그 뒷모습이 파르르 떨렸다.

"왜 그래?"

옆으로 가 그 안을 보았다. 잔뜩 어질러진 옷 무덤 밑에 회색 운동화가 보였다. 진흙이 묻어 더러운 그것은 구석에 가지런히 놓여 있었다. 딱 봐도 누군가가 이곳에 숨겨 놓은 것이다.

"대체 누가 이걸…."

순간 소름이 끼쳤다. 새벽에 식탁에서 음식을 먹다가 걸리자 도망친 남자. 그때까지 여기 숨어서 숨죽여 기다리고 있었던 걸까?

동생은 운동화를 들고 밖으로 나갔다.

"다원아!"

신발도 신지 않고 마당으로 가 산 밑으로 던져 버렸다. 운동화는 포물선을 그리며 수풀 너머로 사라졌다.

"꺼져 버리라고 했잖아! 내가 진짜 죽어 버리기 전에 사라져! 제발, 내 인생에서 사라져 버려!"

집 주위를 돌아다니며 동생은 새된 비명을 내질렀다. 새가 날아오르고 나뭇가지에 내려앉았던 눈이 폭삭 주저앉았다. 옅게 내리쬐던 햇빛은 곧 잿빛 구름에 잠겨 들었다.

오후가 되자 눈이 다시 흩날리기 시작했다. 싸락눈은 점점 그 크기를 더해 함박눈이 되었다. 나는 작은방 문을 열었다. 방 중간에서 이불도 없이 모로 누운 동생의 몸은 너무나 메말랐다. 툭 치면 금방이라도 바스러질 것처럼.

"나 잠깐 시내에 갔다 올게. 맛있는 거 사 올 테니 좀 쉬어."

준비해 온 음식은 동생이 다 버린 상태였다. 점심도 굶었으니 배가 무척 고플 것이었다. 당장 먹을 것도 없어 날이 더 어두워지기 전에 뭐라도 사 와야 했다. 어제 큰아버지의 당부가 떠올랐으나 귀신날을 믿을 어린애도 아니고, 더는 마을 사람도 아니었다.

코트 깃을 여미며 비탈길을 내려갔다. 발밑에서 부서지는 눈이 전날 내린 눈과 함께 얼어붙어 길은 꽤 미끄러웠다. 자칫 잘못하다가 넘어질까 봐 나무를 붙들고 내려갔다. 휘휘 불어대는 바람에 눈이 제멋대로 흩날렸다. 휑한 나무 사이로 마을이 보였다. 시끌벅적한 어제와는 달리 마을은 내리는 눈처럼 고요했다.

집마다 연기가 피어올랐다. 굴뚝에서 흘러나오는 연기인가 싶었으나 그건 아니었다. 앞마당이나 대문 앞에서 잿빛 연기가 피어올라 마을 전체에 뿌옇게 머물렀다. 바람결에 매캐한 냄새가 났다. 목이 간질간질하고 기침이 났다. 마을에 가까워질수록 너무나 독하고 매워서 눈을 뜰 수가 없었다. 도대체 뭘 태웠기에 이렇게 지독한가 싶다. 바람에 일렁이던 연기는 점차 그 색이 짙어지더니 이내 내리는 눈과 섞여 마을의 전경을 가렸다.

산을 빠져나와 마을에 들어섰다. 손등으로 코를 가리고 눈을 찡그렸다. 연기 때문인지, 눈안개 때문인지 모를 정도로 앞이 잘 보이지 않았다. 뿌연 연기가 바람에 휩쓸리자 영자 할머니네의 허물어진 돌담이 보였다. 다시 밀려드는 연기에 길을 잃을까 재빨리 걸음을 옮겼다.

조금 더 내려가니 오른편 큰아버지 댁 대문 앞에 근조 등이 걸렸다. 깜짝 놀라 녹이 슨 파란 철문을 밀었으나 문은 굳건히 잠겼다. 누가 죽었을까. 간밤에 뜻 모를 말을 하던 큰아버지가 떠올랐다. 시내 병원 장례식장에라도 갔다면 동생과 함께 가 봐야 했다. 어디로 갔는지 물어보기 위해 바로 옆 오 씨 아저씨네로 갔지만, 그곳도 문이 굳게 잠겼다.

모두 장례식장에 갔나?

그때 적막한 길 저편에서 발소리가 들렸다. 길은 하나였기에 가만히 기다렸다. 발소리는 계속 들렸다. 멀어지지도 않고 가깝지도 않은 곳에서. 눈을 찡그리며 연기가 걷힐 때마다 건너편을 기웃거렸다. 여전히 발소리의 주인은 보이지 않았다.

발소리가 둘이 되었다. 말소리는 없다. 축축한 연기가 드러난 소매를 휘감았다. 목을 움츠리며 손목을 긁었다. 휘이. 바람만이 불어 옷깃과 머리카락을 흔들어댔다. 몰아치던 연기가 눈에 들어가 눈을 감자 옆으로 무언가가 지나갔다. 찔끔 나는 눈물을 훔치며 돌아봤다. 물결치는 연기 사이로 검은 형체가 보였다.

"저기…."

입을 다물었다. 등이 잔뜩 굽은 흰머리의 노인이 멈췄다. 천천히 뒤를 돌아본 그 얼굴이 기억 속의 인물이라 할 말을 잃었다. 영자 할머니였다.

할머니는 죽었는데.

등에서 식은땀이 흐르며 다리가 움찔거렸다. 퀭한 두 눈이 나를 가만히 보더니 히죽 웃었다. 군데군데 텅 빈 이빨 자리가 거뭇하다. 막대기 같은 손을 들어 손짓했다.

"아야, 이리 오니라. 집에 곶감 있다. 곶감 먹고 가니라."

연기가 물러가고 할머니는 녹슬어 버린 대문을 밀고 들어갔다.

"어여 오니라."

뒤에서 발소리 두 개가 여전히 어지럽게 연기 속을 오갔다. 큰아버지가 경고했고, 지금 본 영자 할머니가 그러하듯이, 그것들도 사람이 아니라는 확신이 들었다.

나는 산으로 뛰었다. 여유롭던 발소리가 도망치는 나를 알아채고 쫓아왔다. 뒤를 돌아봤지만, 연기에 가려 보이지 않았다. 수풀을 지나 거친 나무를 붙들고 비탈길을 올라갔다. 그새 쌓인 눈에 발목이 푹푹 빠졌다. 눈을 밟는 소리가 저만치서도 들렸다. 그 소리를 피해 직선으로 도망쳤다. 그러다가 순간 혼자 집에 있을 동생이 떠올랐다. 이대로 집으로 간다면 동생도 위험했다.

그렇게 길이 아닌 곳으로 발을 들였다.

산비탈은 더욱 가파르고 미끄러웠다. 발을 빠르게 움직였지만, 뛴다기보다는 빨리 걷는 수준이었다. 귓가를 때리는 바람 소리에 섞여 나를 쫓는 놈들의 소리가 아득하게 들렸다. 어디로 가는지도 몰랐다. 그저 더는 그 소리가 들리지 않을 때까지 산을 올라갔다. 나무를 붙들고 갈 수 있는 곳까지.

숨이 차고 눈앞이 희뿌옇다. 앞의 나무를 잡으려 손을 내뻗는데 발이 미끄러졌다. 균형을 잡지 못하고 몸이 뒤로 넘어갔다. 가파른 길을 속절없이 굴렀다. 하늘이 거꾸러지고 땅이 솟아났다. 두 팔과 다리를 허우적거리다가 갑자기 나타난 나무에 얼굴을 들이받았다. 온 세상이 하얗게 변했다가 사라졌다.

• • •

벚꽃이 흩날리던 거리에서 다원이가 손을 흔들었다. 통통한 볼 살에 홍조를 띠고 해맑게 웃고 있었다. 많은 인파를 헤치고 가니 다정히 팔짱을 낀 남자가 보였다. 동생을 사랑스럽게 바라보던 그와 눈이 마주쳤다. 날카롭고 번뜩이는 눈이 왠지 모르게 마음에 들지 않아 눈살이 절로 찌푸려졌다.

"인사해, 우리 오빠야. 그리고 여긴 내가 만나는 사람!"

다원의 소개에 그의 짙은 눈썹이 살짝 굳었다. 이내 변죽 좋게 웃으면서 악수를 청했지만, 나는 그 찰나를 놓치지 않았다. 그러나 어쩌겠는가. 나도 그처럼 웃으면서 그 손을 맞잡는 수밖에. 그 손은 컸고, 거칠었으며, 축축했다.

어느 날부터인가 동생은 말수가 점점 줄었다. 보기 좋게 패이던 보조개를 더는 볼 수 없었으며 자주 오던 전화도 끊겼다. 잘 지내는지 궁금해서 전화해 보면 받지 않거나 질문에 단답형으로 대답하고 빨리 끊었다.

습관처럼 괜찮다는 말만 계속되는 시간이 흘렀다. 무슨 일이 생긴 게 분명한데 대답을 들을 수 없으니 답답했다. 그래서 다원이의 집에 찾아갔다. 도착하니 동생의 집에서 집기가 부서지고 비명이 들렸다. 놀라서 달려가자 문 앞에 나와 있던 이웃집 주인이 또 시작이라며 혀를 찼다. 그날 알게 되었다. 그동안 다원이에게 무슨 일이 있었는지.

피가 거꾸로 솟았다. 놈을 끄집어내고 먹살잡이 끝에 경찰이 와
서야 일은 일단락된 듯했다. 다시는 내 동생 만나지 말라고 윽박질
렀다. 다시 만난다면 그땐 죽여 버리겠다고 소리쳤다.

4

"…하나, 둘, 셋."

멀리서 셈하는 소리가 들렸다. 미간을 좁히자 그 소리는 점차 커
졌다. 누군가가 바짓단을 걷었다. 서늘한 촉감에 눈을 떴다.

"넷, 다섯… 아아."

멀리까지 뻗은 나뭇가지 위로 회색 하늘에서 하얀 눈이 내렸다.
머리에서 극심한 고통이 느껴졌다. 두 손으로 머리를 쥐며 몸을 말
자 뽀득 뽀드득, 누군가가 눈을 밟으며 옆에 섰다. 잔뜩 인상을 쓰
며 고개를 들었다. 가물거리던 시야로 회색 운동화가 보였다. 장롱
에서 본 운동화다. 소스라치게 놀라며 자리에서 일어났다.

눈앞엔 아침에 신당에서 보았던 남자가 있었다. 분명 맨발이었
는데 어느새 운동화를 찾아 신고. 발에 운동화가 딱 맞는 모습을
본 순간 장롱에 숨었던 게 이놈이라는 확신이 들었다. 체구나 옷차
림은 제대로 가늠하지 못했던 거였고.

"너 누구야? 장롱에 숨었던 게 너지? 왜 남의 집에 도둑처럼 숨
어든 거야? 마을에서도 날 쫓아온 거야? 대체 왜?"

선글라스를 껴서 눈빛을 읽지는 못했으나 고개가 갸웃 기울어졌
다. 대답 대신 길쭉한 손가락으로 대뜸 내 코트 속 셔츠 단추 사이
를 젖힌다. 화들짝 놀라 그 손을 쳐냈다.

"뭐 하는 거야?"

맨살에 닿았던 그 손은 너무도 차갑고 축축했다. 화가 나 놈의 어깨솔기를 잡아챘다.

"여섯."

나도 건장한 체구는 아니었지만 눈앞의 남자는 너무 왜소해서 힘으로 제압할 수 있으리라 생각했다. 그러나 그 몸은 꿈적도 하지 않았다. 그저 숫자를 말하더니 히죽 웃었다. 그 모습이 너무도 기괴해서 몸이 움츠러들었다. 지고 싶지 않아 소리를 높였다.

"경찰서 가서도 그렇게 웃나 보자. 따라와!"

버티고 선 남자의 옷을 끌자 손목에 극심한 통증이 일었다. 악소리를 내며 손을 떼어 보니 손목에서 피가 흘렀다. 툭툭, 붉은 피가 방울져 새하얀 눈 위로 점점이 떨어졌다.

굴렀을 때 다쳤나?

자세히 보자 이상했다. 손목에 붉은 선이 한 바퀴 그어졌다. 피는 그곳에서 나오고 있었다.

"곧 하나 떨어지겠네. 그럼 몇 개지?"

"뭐?"

"또 까먹었네. 하나, 둘, 셋, 넷⋯."

곱은 손가락이 오른쪽, 왼쪽 손목, 그리고 발밑을 향했다. 처음 만났을 때부터 남자는 숫자를 셌다. 이상한 느낌에 왼 손목을 봤다. 그곳에도 똑같은 붉은 선이 있었다. 눈에 젖은 바짓단을 걷었다. 그곳에도 붉은 선이.

남자의 길쭉한 손가락이 느릿하게 위로 향했다. 그에 시선이 따라 움직였다. 다섯이라는 말이 들리기도 전에 목에 손을 댔다. 꺼끌꺼끌한 촉감이 목을 휘감았다. 섬뜩한 기분이 들었다.

남자가 몸을 기울여 속삭였다. 진득한 목소리가 귓가에 들러붙었다.

"너, 언제 죽었냐?"

"아니야!"

불에 덴 듯 화들짝 놀라 그에게서 떨어졌다. 귀에 눌어붙어서 떨어지지 않는 말을 털어내려 귀를 문질렀다. 그러다 손목에서 통증이 일었다. 후드득 하고 피가 바닥에 떨어졌다.

"이렇게 아픈데? 피가 나고, 춥기도 한데, 내가 죽긴 왜 죽어!"

남자가 과장되게 어깨를 들썩였다. 눈썹을 한껏 올리고 입을 떡 벌렸다. 고르지 못한 치열이 눈에 들어왔다. 미묘하게 비뚤어진 얼굴에 낀 선글라스가 덜컥거리며 움직였다.

"뭐야, 너, 죽은 것도 모르는 거야?"

히익. 새된 비명을 삼키다가 푸학 하고 숨을 터트리며 웃었다. 말도 못 하는 내게 이어 말했다.

"그야 네가 아직 살아 있다고 생각하니까 그렇게 느끼는 거지. 그러면 뭐야, 네 오른손이 떨어져 나가면 비명을 내지르고 고통스러워하다가 왼손이 뚝 떨어지면 오들오들 겁을 집어먹고 온몸을 떨어대겠지? 그러다 또 발이 떨어지면? 걷지도 못하고 기어 다니는 거야? 하하하하하. 그것참 볼 만하겠어. 꿈틀꿈틀. 그런데 그거 알아?"

남자가 갑자기 내 멱살을 붙들더니 가까워진 얼굴로 작게 속삭였다.

"머리나 몸통이 떨어지면 어떻게 되는지?"

그 이후를 생각하니 눈앞이 아득해졌다. 코트를 적시는 피 때문에 현기증이 나는 것이리라.

아하하하하하.

웃음과 함께 선글라스가 흔들리다가 그 사이로 둥근 무언가가 삐져나왔다. 웃음이 뚝 끊겼다. 선글라스가 바닥에 떨어져 눈 위에 반쯤 파묻혔다. 나는 놀라 뒷걸음쳤다. 붙들린 멱살 때문에 멀어지지 못하고 눈앞에서 꿈틀거리는 남자의 눈을 바라봤다.

한 눈에 각각 두 개의 살덩이들이 촉수처럼 자유자재로 움직였다. 끝에 달린 눈꺼풀이 위로 말려 올라갔다. 작은 눈동자 네 개가 사방에서 나를 봤다.

그 기괴한 모습에 속절없이 몸이 떨렸다. 놈이 입을 열었다.

"어떻게 되긴. 푸슉 하고 사라지는 거지."

눈 네 개가 하늘을 향했다. 그러다 내리는 눈이 눈에 들어갔는지 움찔거리며 제자리로 되돌아왔다.

• • •

어떻게 집까지 왔는지 모르겠다. 도망치며 뒤를 봤을 땐 남자는 아무런 표정 없이 선글라스를 집어 들어 다시 쓰고 있었다. 사방은 탁한 어둠에 물들었으나 집 안 곳곳에서 불빛이 새어 나왔다. 나는 무거운 발걸음으로 작은방에 갔다. 손을 뻗어 문을 붙들었으나 열지 못하고 주저앉았다. 모든 게 혼란스러웠다.

어제부터 함께 있었는데 동생은 나를 보지 못한 것이다. 나눴던 그 대화들은 그저 혼잣말이었던가.

죽었다고? 내가? 그럼 어제의 제사는 나를 위한 것이었나?

영자 할머니와 남자의 괴상한 모습을 눈앞에서 봤으니 끝까지 부정할 수 없었다. 두 손을 들었다. 피에 젖은 오른손은 허연 뼈까지 벌어져 금방이라도 끊어질 것 같았고 왼손의 붉은 선은 아까보다 진해졌다. 혼란스러워 머리를 쥐어뜯다가 심장께에 손을 갖다 댔다. 고통이 이렇게 생생한데, 심장은 전혀 뛰지 않았다.

대체 누가 날 죽였단 말인가?

자리에서 일어나 촛불 여러 개가 켜진 안방으로 뛰어 들어갔다. 어질러진 방구석에 있는 여행 가방을 봤다. 그것은 여전히 그 자리에서 나를 기다리고 있었다. 가방의 잠금을 풀고 뚜껑을 여는 순간 역한 냄새가 진동했다. 숨을 참고 여러 겹으로 쌓인 검은 비닐을 뜯었다. 그 안에 있어야 할 놈을 찾았다.

이성은 날아가고 나를 지배한 건 원한이었다. 시리도록 차가운 칼을 놈의 배에 찔러넣었을 때, 살집을 찌르며 파고드는 기분 나쁜 그 느낌. 거친 숨을 토해내며 나를 밀치는 굳센 손을 피해 몇 번이고 내리꽂았던 그 기억. 뻣뻣하게 굳어가는 놈의 몸과 생명의 빛을 잃은 그 눈동자. 나는 그 모든 걸 기억하고 있었다.

그리고 이 여행 가방, 검은 비닐 안에 잘라 넣어 여기까지 가지고 왔다.

그러나 있어야 할 놈 대신 찾아 든 건 내 머리였다.

5

접근금지처분 신청을 했다. 그러나 놈은 여전히 동생의 주위를 맴돌았다. 무릎 꿇고 사죄하며 다시 만나 달라고 애걸했다. 그러다 안 되면 윽박지르고 손을 들었다. 죽이겠다고 협박을 했고 동생은 두려움에 떨었다.

사고로 부모님이 돌아가신 뒤부터 동생은 내 세상의 전부였다. 동생을 위해서라면 뭐든지 했다. 더는 놈 때문에 두려워하지 않길 바랐다. 그래서 약속했다. 내가 그 어떤 위험이나 두려움에서도 너를 구해 주겠다고.

놈의 집에 찾아갔다. 품에 칼을 숨기고 다시는 동생을 만나지 말아 달라고 애걸했다. 그는 나를 비웃었다. 그딴 접근금지처분이 자신을 막을 수 없다고 했다. 내 앞에서 동생을 죽여 버리고 자신도 죽겠다고 호언장담했다. 그래서 칼을 꺼내 들었다. 망설이지 않았다. 그놈은 죽어 마땅한 인간이었다. 내 동생이 아닌, 그놈이. 그래서 죽인 줄 알았는데, 아니었다.

가방에 있는 건 나의 시체였다. 머리와 팔다리가 깍둑깍둑 토막이 난 채로.

대체 어디서부터 어디까지 기억이 변질되고 왜곡된 거지?

저벅저벅. 눈을 밟는 소리가 났다. 조심스러운 발걸음은 곧장 작은방으로 향했다. 다급히 밖으로 나가자 그곳에 놈이 있었다. 검은 옷과 건장한 체격으로 보아 아침에 뛰쳐나간 것도 놈이 맞았다. 지금까지 어디 숨어 있다가 왔는지 눈에 보일 정도로 몸을 떨었다.

나는 그 앞으로 튀어 나갔다.

"여기가 어디라고 와? 썩 꺼지지 못해?"

나의 외침에도 그는 상관없어 보였다. 아예 내 존재를 인식하지 못했다. 그럴 것이다. 나는 죽었으니까.

꽁꽁 얼어 붉게 튼 각진 얼굴이 작은방을 기웃거리다가 문을 슬그머니 열었다. 촛불 세 개가 일렁이는 방이 보였다. 옷가지와 소지품이 보였으나 동생은 없었다. 놈이 고개를 갸웃대며 이번엔 마루로 갔다. 그곳도 마찬가지였다. 안방 문을 열어 텅 빈 방을 보던 그가 잠시 멈칫거렸다. 코를 훌쩍이며 중얼거렸다.

"어디 갔나? 씨발 얼어 죽겠네. 무슨 놈의 동네에 사람이 없어?"

놈은 눈에 젖은 양말을 벗어 주머니에 넣고 얇은 이불을 몸에 둘렀다.

"이 짓도 그만해야지. 뭐 하는 짓인지. 얼른 이년 죽이고 이 나라 뜬다."

분노가 치솟았다.

누굴 죽인다고? 감히, 내 동생을?

아무렇지 않게 내뱉는 말에 참지 못하고 덤벼들었다. 그러나 나의 몸은 맥없이 그를 통과해 바닥으로 무너졌다. 그 충격에 툭 하고 부러진 오른손이 점점이 핏자국을 내며 저만치로 굴러갔다. 섬뜩한 고통이 일어 팔을 붙들고 비명을 내질렀다. 바닥에서 구르는 나와는 달리 놈은 몸을 크게 한 번 떨고는 자연스럽게 장롱문을 열었다.

거기 숨어서 다시 다원이를 기다리려고? 언제부터 저곳에 숨어 다원이를 지켜보고 있었을까?

꽤 오래되었을지도 모르겠다는 생각이 들자 진저리가 났다. 이를 악물며 놈을 노려봤다. 뒷덜미를 붙들고 끌어내고 싶어도 제 몸에 닿지 않아 분노만이 치밀었다. 당장이라도 죽이고 싶었으나 그럴 수가 없어 암담했다.

끼이익. 아귀가 맞지 않는 장롱문이 소리를 내며 열렸다. 방 곳곳에 켜 둔 초가 바람에 흔들렸다. 사방으로 일렁이는 불빛이 안으로 스며들었다. 고여 있던 어둠이 천천히 구석으로 숨어들고, 그곳에 있던 동생이 드러났다.

"어?"

놈과 눈이 마주치자 동생이 소리를 내지르며 그를 덮쳤다.

"다원아!"

두 몸이 엉겨 붙어 바닥을 구르더니 떨어졌다.

"아, 씨발!"

남자가 왼쪽 어깨를 붙들었다. 손을 떼어 보니 진득한 피가 묻어났다. 다원이가 벌떡 일어났다. 한 손에 피가 묻은 식칼이 있었다.

"아이 씨발, 아프잖아!"

그가 고개를 숙여 신음을 흘렸다.

"우, 우리 오빠 니가 죽였지? 말해, 우리 오빠 어디 있어?"

울음이 섞인 다원이의 소리침에 놈이 키득거렸다. 어깨가 들썩일 때마다 가뜩이나 커다란 몸이 점점 더 커지는 것 같았다. 동생도 그것을 느꼈는지 겨눈 칼끝이 파르르 떨렸다.

"내가 왜 죽였을 거라고 생각해? 경찰도 혐의 없다고 하잖아. 근데 니가 뭐라고 날 이렇게 만들어? 봐, 피나잖아. 너 지금 무고한 사람 찌른 거야."

놈이 이기죽거리자 동생의 얼굴이 분노로 붉게 달아올랐다.

"무고하다고? 접근금지는? 날 쫓아온 것도 모자라 우리 집까지 제멋대로 들어왔는데? 이거 정당방위야!"

"너 몰라? 우리 나라 정당방위 좆 같은 거. 근데 그렇게 걱정하지 마. 너 오늘 내 손에 죽을 테니까."

놈이 몸을 날렸다. 다원이가 재빨리 식칼을 휘둘렀지만, 커다란 손에 막혔다. 둘은 다시 뒤로 넘어졌다. 놈의 다른 손이 동생의 가녀린 목을 붙들자 그 밑에서 빠져나오려 앙상한 몸이 바르작거렸다. 애가 타 내 상태도 잊고 반사적으로 그를 걷어찼다. 애꿎은 발이 날아갔다. 아악! 나는 오른 발목을 붙들었다.

놈은 동생의 귓가에 뜨거운 숨결을 내뱉었다. 비아냥거리는 목소리에 쇳소리가 묻어났다.

"네 오빠가 어땠는지 얘기해 줘? 별거 없어. 힘도 없는 게 칼만 믿고 날뛰다 너처럼 이렇게 내 밑에 깔려서 버둥대며 목 졸려 죽었지. 우리 다원이는 이렇게 한 줌이라 가방 하나에 들어가겠네. 네 오빠는 기럭지가 길어서 큰 가방 두 개에 나눠 넣어야 했거든."

점점 창백해지는 다원이의 눈에서 눈물이 흘러내렸다.

그 말이 정말이든 아니든 이제는 중요치 않았다. 동생마저 저놈 손에 죽게 할 수 없었다. 그러나 그 어떤 도움도 줄 수 없어 서러움에 눈물이 났다.

"다원아, 오빠가 지켜 주지 못해서 미안해. 그러니까 죽으면 안 돼. 벗어나야 해. 이놈의 손아귀에서. 힘내!"

나의 목소리가 방 안에서 공허하게 울렸다.

그런데 놈이 모든 행동을 멈췄다. 언제 왔는지 회색 운동화를 신은 남자가 우리 사이에 끼어들었다.

"찾았다."

선글라스가 놈에게 향했다. 놈이 그 시선을 마주했다.

"너 뭔데 내 운동화 신고 있어?"

놈이 남자에게 신경질을 냈다. 갑자기 나타난 남자의 존재에 놀라지는 않고 자신의 운동화를 신은 게 더욱 중요해 보였다.

"무슨 소리야. 내 운동화야."

"이게 미쳤나!"

놈이 자리에서 일어나 남자의 멱살을 붙들어 흔들어댔다. 왜소한 몸은 흔들림이 없었고 형광색 점퍼의 솔기만 찢어졌다. 당황한 놈이 목소리를 가다듬었다.

"야밤에 재수 없게 선글라스나 끼고 말이야."

팔을 휘둘러 선글라스를 쳐냈다. 그러자 숨겨졌던 네 개의 눈이 꿈틀거리며 밀려 나왔다.

"어억!"

놈이 뒤로 물러서며 숨을 들이켰다. 네 개의 눈동자가 이리저리 뻗어 나와 주춤거리는 그를 노려봤다.

"내 운동화라고!"

남자가 놈을 밀쳤다. 건장한 체구가 힘없이 뒤로 넘어갔다. 둔탁한 충격에 혀를 짓씹은 놈이 방을 기었다.

"씨발, 저게 뭐야?"

반쯤 넋이 나간 표정으로 도망가려던 놈을 향해 남자가 손을 뻗었다. 길쭉한 손가락이 머리카락을 쥐고 끌었다. 버티고 앉았는데도 주룩 하고 끌려갔다.

"내 운동화여야만 해! 그렇게 하려면 네가 없어져야겠네. 이놈을 잡아가자! 씹어 삼키겠어. 그러면 운동화는 진정으로 내 것이 되겠지."

"으아악!"

문이 벌컥 열렸다. 매서운 강풍이 방 안에 몰아쳤다. 촛불이 바람에 몸을 떨다가 이내 꺼졌다. 놈의 몸이 문지방을 넘어 마당으로 끌려갔다.

"다원, 다원아, 이다원! 살려 줘, 이상한 게 날, 날 죽이려고 해. 살려 줘!"

그의 부르짖음에 정신이 번쩍 났다. 내 동생, 다원이! 목을 졸리던 동생이 지금 어떤지 확인을 하려고 고개를 돌렸다. 그 순간 나를 지나쳐 다원이가 밖으로 달려 나갔다. 그리고 바닥을 기는 놈의 등에 칼을 꽂았다.

"어?"

남자가 고개를 갸웃하더니 가만히 동생의 모습을 지켜보았다.

동생은 남자가 보이지 않는지 날카로운 시선을 놈에게만 붙박았다. 칙칙한 불빛이 반사된 칼날이 하늘로 올라갔다가 놈의 옆구리를 파고들었다. 아악! 내지르는 비명이 눈보라에 휩쓸렸다. 붉은 피가 새하얗게 쌓인 눈밭에 호를 그렸다. 비릿한 피 냄새가 사방으로 흩어졌다.

"니가 뭔데 우리 오빠를 죽여! 감히 니가 뭔데!"

악에 받친 소리를 내질렀다. 놈의 버르적거리는 손이 칼을 치켜드는 다원이를 밀었다. 뒤로 넘어갔어도 동생은 오뚝이처럼 일어났다. 끈적한 피에 전 칼이 손안에서 미끄러지는 걸 다잡으며 놈의 몸에 찔러댔다.

"너도, 너도, 죽어!"

희뿌연 입김이 허공에 엉겨 붙었다. 칼끝이 놈의 심장을 찔렀다. 억 소리와 함께 비명이 멈췄다.

휘이이. 거센 바람이 나무 사이를 휘도는 소리만이 남았다.

• • •

다원이는 자리에서 일어났다. 바람에 휘날리는 긴 머리카락이 창백한 얼굴을 치댔다. 얼굴에 튄 피를 손등으로 쓱 닦아내며 발끝으로 축 늘어진 놈의 머리를 툭툭 찼다. 숨이 끊어진 것을 확인한 동생은 놈의 두 다리를 양 겨드랑이에 꿰었다. 앙상한 다리에 힘을 쥐 끌어당기자 처음엔 꿈적도 안 하던 놈의 몸이 천천히 움직였다. 하얀 눈밭에 굵고 길게 핏자국이 그어졌다.

어둠 속에서 길고도 긴 분투가 이어졌다.

동생은 놈의 시체를 허물어져 가는 화장실로 끌고 갔다. 그리고 놈의 커다란 몸을 굴려 분뇨통 안에 밀어 넣었다. 둔탁한 소리가 울렸다. 피에 젖은 눈을 쓸어 그 위에 넣고 짚단을 쌓아 올렸다. 힘이 드는지 거친 숨을 내쉬었으나 쉬지 않고 집 외벽에 기대 놓은 기름통을 들어 그 안에 골고루 부었다. 곧 주머니에서 라이터를 꺼냈다.

바람이 몇 번 라이터의 불을 꺼 버렸어도 다원이는 진득하니 부싯돌을 돌렸다. 화륵. 불이 옮겨붙었다. 동생의 얼굴에 화색이 돌았다. 놈을 집어삼킨 불이 타올랐다. 마치 간밤의 달집을 태우는 것처럼.

이 모든 일련의 과정은 막힘없이 이루어졌다. 마치 여러 번 머릿속에서 준비했던 것처럼. 나는 다원이의 얼굴을 봤다. 그 굳센 모습에서 어떤 깨달음을 얻었다.

아아, 너는 강인하구나. 내가 아니어도 너는 그 어떤 역경이든 헤쳐 나갈 수 있구나.

너를 마냥 어린 아이로만 생각했던 아둔한 내가 부끄러웠고 네가 자랑스러웠다.

6

툭 하고 왼손이 떨어졌다. 잊고 있었던 극심한 고통에 몸을 뒤틀었다. 그러자 허리께에서 살이 벌어지는 선뜩한 느낌이 들었다. 이대론 상반신과 하반신이 분리될 것 같아 움직임을 멈추고 밭은 숨을 내쉬었다. 이제까지 가만히 지켜보던 남자의 네 개의 긴 눈이 얼굴 위를 오갔다.

"머저리같이 굴지 마. 아직까지 죽음을 인정 못 하면 어쩌자는 거야?"

아니야. 죽음을 인정해. 안도감마저 느끼는걸. 이대로 죽어도 여한이 없을 정도로.

남자는 언제 주워 왔는지 손에 쥐고 있는 선글라스를 흔들었다. 고개를 끄덕이며 주위를 둘러봤다. 휘몰아치는 눈보라에 무언가를 발견하더니 자리에서 일어났다.

"안도감은 무슨. 네 동생이 내 일을 대신해 줬으니 응당 화가 나야 정상이겠으나 난 정상이 아니니까 좋은 얘길 해 줄게."

그가 선글라스를 썼다.

"하늘로 사라지지 않는 방법이 하나 있긴 해. 다음 귀신날에도 동생을 보러 올 수 있을지도 모르지."

왜인지 그 말에 산 건너편에 있는 신당이 떠올랐다. 길쭉한 손이 허공을 툭툭 건드렸다.

"생각보다 바보는 아니군. 하지만, 빨리 일어나야 할 거야. 파수 꾼이 올 때가 됐거든."

이대로 죽어도 여한이 없었으나 다음이란 말에 동생의 얼굴을 봤다. 나는 숨을 참고 몸을 일으켰다. 꼿꼿이 서서 타오르는 불기둥을 보는 동생을 **다시** 한 번 더 눈에 담고 걸음을 옮겼다.

오른발이 사라진 **바람**에 땅에 발목을 내디딜 때마다 불에 지지는 것처럼 고통이 **일었다**. 이를 악물고 앞서는 남자를 뒤뚱거리며 쫓았다. 어느 정도 올라갔을까 남자가 걸음을 멈췄다.

쉬잇.

저 아래에서 불길이 보였다. 손가락 마디만 한 동생이 보였다. 그때 불길 속에서 검은 형체가 꿈틀거리더니 튀어나왔다. 매서운 바람에 괴성이 섞였다. *끄*아악. 괴로워하는 놈의 목소리였다.

"살아 있어? 안 돼!"

그 불길에도 살아난 놈을 보자 동생의 안위가 걱정되었다.

괴로워하던 놈이 일순 멈추고는 두 팔다리를 어색하게 움직였다. 나와는 달리 빠르게 죽음을 인정한 것 같았다. 더는 괴로움 없이 놈은 천천히 동생에게 향했다. 달려가려고 몸을 돌리자 남자가 내 어깨를 붙들었다. 쉬잇. 그가 다시 조용히 하라고 했다. 이거 놓으라고 눈을 부라릴 때 온 산이 진동했다. 눈을 밟는 소리가 요란했다. 그것은 마치 오후에 마을에서 들었던, 나를 쫓던 발소리 같았다.

네 발로 뛰는 사람의 형체가 나타났다. 두 사람의 발소리인 줄 알았는데 하나의 사람에게서 나는 소리였다. 너무도 날래서 이쪽에서 그 형상을 보면 저쪽에서 나타났다. 불길에 가까워지자 그 모습이 자세히 보였다. 몸은 사람인데 머리는 개의 그것이었다. 기괴한 모습에 숨을 들이켰다. 동생에게 향하던 놈이 기척에 몸을 돌렸다. 동시에 그것이 놈을 덮쳐 물어뜯었다.

반항처럼 놈의 긴 비명이 이어지다가 뚝 끊겼다. 짐승의 으르렁거리는 소리만이 간간이 들렸다.

"마을의 수호신이야. 귀신을 잡아먹지. 걸리면 너도 저 꼴이 날 거야."

남자의 귀가 움찔거렸다. 저 멀리 마을에서 닭이 울었다. 선글라스를 낀 눈이 검은 하늘을 봤다.

"닭이 세 번 울기 전에 가야 해. 서둘러!"

남자가 앞섰다. 멈칫거리던 나는 동생이 안전한지 확인하고 그 뒤를 따라갔다. 산등성이를 휘돌았다. 휘몰아치는 바람에도 나는 여전히 고통을 느꼈다. 왼발이 떨어져 나갔다. 크게 휘청이다가 기어이 넘어졌다. 아악! 나의 비명에 짐승이 고개를 들었다.

"이크, 온다. 서둘러!"

아래를 본 남자가 화들짝 놀라 소리쳤다. 뒤를 돌아보자 그것이 산을 오르기 시작했다. 나는 뛰기 시작했다. 마치 그 옛날 깡통에 줄을 연결해 손잡이를 만들고, 하나를 더 만들어 그 위에 양발을 얹고 걷는 것처럼 내딛는 걸음걸이마다 위태로웠다. 균형이 잘 잡히지 않아 기우뚱하는 몸에 잔뜩 힘을 주며 재게 걸었다. 앞에서 남자가 빨리 오라고 재촉했다. 나는 손이 없는 팔로 목을 붙들었다. 오후에 남자가 했던 말이 떠올랐기 때문이다.

머리나 허리가 떨어진다면 더는 움직일 수 없고, 사라져 버릴 것이다.

"그거야 놀리려고 한 말이지! 죽은 놈이 또 죽겠어? 그러나 저 놈한테 먹혀 죽는 건 진짜니까 뒤뚱거리지 말고 뛰라고!"

남자는 뛰기 시작했다. 닭이 두 번째 울었나 보다.

얼마나 달렸을까. 신당으로 내려가는 기슭에서 그것에게 따라잡혔다. 헐떡이는 짐승의 숨소리가 귓가에 울려 뒤를 돌아보자 희뿌연 숨을 내뱉으며 달려들었다. 짐승에게서 고약한 썩은 내를 맡을 정도로 가깝다고 생각한 순간, 극심한 고통이 온몸을 관통했다.

날카로운 이빨이 종아리를 물어뜯었다. 다리가 쑥 하고 뜯겨 나갔다. 이어지는 고통보다 몸이 앞으로 튕겨 나갔다. 조각난 몸이 비탈을 굴렀다. 한참을 굴러 어딘가에 처박혔다. 차가운 눈에 박힌 머리를 빼내 혼란스러운 정신을 다잡았다.

도망쳐야 한다!

그렇게 몸을 일으키려고 했으나 다리가 말을 듣지 않았다. 고개를 숙여서 보니 허리 밑이 사라졌다. 끔찍한 몰골에 비명도 나오지 않았다.

정말로 죽는구나.

그 사실을 인지하자 희한하게 모든 고통이 사라졌다. 온몸에 힘이 쑥 빠져 누워 버렸다. 까마득한 시야로 뻥 뚫린 하늘이 보였다. 어느새 눈이 그쳤다. 멀리서 그것이 다리를 뜯어먹는 소리가 요란했다. 체구가 큰 놈을 씹어 삼켰는데도 허기가 채워지지 않은 것 같았다.

저걸 다 먹으면 나머지 몸도 먹으러 오겠지. 이대로 죽는가. 다시는 동생을 보지 못하겠구나.

어쩌면 동생을 계속 볼 수 있을지도 모른다고 생각했다. 갑자기 죽어 원통해도 그 한을 풀었으니, 이제 동생의 미래를 보면서 안식을 취할지도 모른다고. 귀신이라서 참 다행이라고.

잠시 동안 생긴 희망은 게걸스럽게 내 조각을 먹어 해치우는 파수꾼에게 좌절당했다. 몰아치는 바람에 나뭇가지에 쌓였던 은빛 가루가 휘날렸다. 그 속에서 동생이 생각났다. 마지막 눈에 담았던 동생의 결연한 눈빛이 떠올랐다. 강인한 모습. 험난한 고난을 스스로 해치우고 말았다.

지금 나는 어떠한가.

갑자기 그 물음이 떠올랐다. 끝까지 부끄러운 오빠가 되고 싶지 않았다.

이를 악물었다. 주먹을 쥐고 팔꿈치에 힘을 줘서 몸을 돌렸다. 바닥을 기었다. 멀지 않은 곳에 신당이 보였다. 그곳에서 목을 쭉 뺀 남자가 보였다. 그가 두 개의 눈으로 나를 보고, 두 개의 눈으로는 지척에 있는 짐승을 봤다.

"재수 없게 만난 것부터가 잘못됐어!"

남자가 중얼거리더니 신당에서 뛰어나와 내 겨드랑이에 손을 집어넣었다. 상체만 남은 나를 끌어당기자 짐승이 이를 알아채고 달려왔다. 다급하게 뒷걸음치며 신당으로 향하던 남자가 헛발질했다. 데구루루. 그러자 발에서 벗겨진 운동화가 저만치로 굴러갔다. 멈칫거리던 남자가 이를 악물고는 나를 힘껏 끌어당겼다.

간발의 차로 우리는 신당 안에 몸을 욱여넣었다. 짐승의 몸이 비탈에서 미끄러졌다. 그와 동시에 남자가 손을 뻗어 나무 문을 닫았다. 허술해 보이는 문이 쿵쿵 울렸으나 굳건하게 버텼다. 코앞에서 놓친 짐승의 분한 울음이 사방으로 퍼졌다.

"올해도 내 신발을 가지지 못하다니. 이 야광귀 님의 체면이 말이 아니야. 내년엔 기필코 신발을 가져야 하는데, 오늘 같은 머저리 놈이 또 있으려나."

남자가 뜻 모를 말로 투덜거렸다. 나는 죽었으나 살았다는 안도감에 울어 버렸다. 눈물을 닦던 나는 팔을 들었다. 손이 그 자리에 있다. 고개를 들어 하반신을 보자 다리도 제자리에 있었다. 잃어버렸던 내 몸이 다시 생긴 것이다.

마치 일찍이 죽었으나 오늘 다시 태어난 것처럼.

"귀신날이 끝나는군."

그렇게 닭이 세 번째로 울었다.

작가의 한마디

"이 주제에 맞춰 이 글을 쓰기 위해 1월 16일에 태어났음.
모든 피해자의 안녕과 안식을 빕니다."

산이 있었다

서계수

앤솔러지 『사랑에 갇히다』(2021)에 「너의 명복을 여섯 번 빌었어」를 수록하며 데뷔했다. 웹진 비유 48호에 「지옥은 악마의 부재」를 실었다. 고서점에서 살해당한 여주인공의 이야기를 장편으로 준비 중이다. 아직 작품 목록으로는 프로필에 할당된 200자를 꽉 채우지 못한다. 올해 다 채워질 예정이다. (※희망 사항)

나는 데운 술을 홀짝이며 여자의 이야기가 이어지기를 기다렸다. 목이 탔다.

돌림병이라도 돌았는지 인적 하나 없는 마을을 가로질러 온 참이었다. 집은 죄다 지붕이 내려앉고, 기둥은 끊어지다 못해 으스러졌다. 아마 사람의 손 타는 일 없이 거센 비바람을 오랫동안 받아낸 탓이리라.

마을 어귀엔 큰 비석 하나가 쓰러져 있었는데, 글씨가 새겨진 쪽이 바닥을 보고 누워 있어 무엇을 기리는 비석인지는 알 수 없었다. 희한한 점은 그 폐허가 된 마을 경계에 가로로 기다란, 마을보다 큰 공터가 있다는 것이었다.

"거기에 산이 있었단 말이오?"

여자가 고개를 끄덕였다. 노파라기엔 젊었으나, 그렇다고 아주 젊진 않은 여자였다. 맵시 없게 틀어 올린 머리카락 몇 올이 뺨 위로 흘러내린. 눈앞의 여자는 손끝이 맵지 못한 게 틀림없었다.

나는 코웃음을 쳤다.

"그런데 지금은 없어졌고?"

벌써 노망이 난 것은 아니겠지. 의심스러운 눈으로 여자를 노려보았다. 그러거나 말거나, 여자는 제 사발에 술을 따르고 있었다.

그 마을과 공터를 지나오고도 꽤 걷다 처음으로 만난 초가가 이곳, 여자의 집이었다.

초가는 주막이 아니었고, 여자도 주모가 아니었다. 아무도 없냐 물으니, 늙은 어미와 둘이서 산다 하였다.

'대낮에 산도 숲도 아닌 곳에서 만난 여우인가.'

그렇게 의심도 해 보았으나, 오늘 밤만큼은 여자의 집에서 묵지 않을 수 없었다. 여자의 집 뒤엔 산이 있었고, 여자 말에 따르면 그 산에는 호랑이가 있다고 하였다. 얼마나 신용할 수 있는 여자인진 몰라도, 최소한 산이 실재하는 것은 내 눈으로도 확인한 바였다. 호랑이가 있든 없든, 밤에 혼자 산을 넘는 것은 위험할 터였다.

여자는 얌전해 보였다. 내가 제 이야기에 시큰둥하게 굴어도 당장 쫓아내진 않을 듯했다. 게다가 시골 아낙치곤 묘하게도 배운 듯한 말투를 쓰는 여자였다.

얌전하고 배운 여자라. 이런 여자일수록 머릿속으론 무슨 생각을 하는지 알 수 없는 법이다. 나는 여자의 장단에 맞추어 주기로 했다.

"그래, 산이 있었단 말이지. 지금은 없어졌고."

나는 조금 뜸을 들였다. 빈정거리지 않으며 던질 수 있는 질문이 딱히 떠오르지 않아서였다.

"산이 없어지고 그만한 땅이 생겼다면 좋은 일 아닌가? 왜 잡초나 무성하게 자라도록 놔두는 거요? 보리를 심어도 많은 이들이 배곯지 않고 봄을 날 수 있을 만한 땅으로 보였네만."

여자가 고개를 저었다.

"그 땅에 곡식을 심는 것은 생각도 못 할 일입니다. 애초에 사람을 위한 땅이 아닌데, 어찌 사람을 위해 쓰겠습니까."

나도 모르게 낯을 찌푸렸다. 눈앞의 여자가 무슨 말을 하는 건지 알 수 없었다. 똑똑해 보이더니, 듣도 보도 못한 것에 괴상한 신앙이라도 가진 걸까?

내 표정을 알아챈 여자가 고개를 갸웃하여 얼른 말을 돌렸다.

"어떻게 생긴 산이었소?"

갑자기 여자는 술잔을 내려놓고 방바닥에 모로 누웠다. 오른팔에 뺨을 대고, 뱃속에 웅크린 아기처럼 몸을 움츠렸다. 나는 당황하여 벌떡 일어난 참이었기에, 여자의 그 모습을 똑똑히 볼 수 있었다. 급히 몸을 일으키느라 무릎에 부딪힌 소반이 덜컹거리며 사발의 술이 흘렀다.

"지금 뭐 하는 거요?"

"예전엔 그 공터에 산이 이렇게 누워 있었습니다."

여자가 덧붙였다.

"가을에 베어낸 풀더미 위에 사람이 누워서 볕을 받으며 잠을 자듯이요."

그렇게 말하며 여자는 눈을 감았다. 한 모금 술에 취한 것인가 싶었으나, 나는 아무 말 없이 여자가 하는 대로 내버려 두었다.

"산은 마을을 감싸 안은 채 웅크리고 있었습니다. 다들 그 산으로 들어가 나무도 하고, 꿩이며 토끼 사냥도 하고 그랬지요."

나는 소반 위에 떨어진 술 방울을 손가락으로 훑었다. 너무도 신경 쓰여서 도무지 말하지 않고선 지나치기 힘든 점이 있었다.

"꼭 살아 본 것처럼 얘기하는구려."

몸을 일으킨 여자가 소반 앞에 다시 앉았다.

"저는 그 마을, 산이 감싸 안은 마을에 살았던 한 소년을 알고 있거든요. 그런데 혹시 손님께선 정월 대보름 다음 날엔 집 밖에 나가선 안 된다는 이야기를 아십니까?"

알고 있었다. 그건 내가 살던 고장 노인네들도 곧잘 하던 이야기였으니까.

우리 고장에선 그날을 '귀신날'이라고 불렀다. 그날은 신발이나 옷을 밖에 놓아두어서는 안 되고, 밖에 나가서도 안 된다. 신발이나 옷을 놓아두면 귀신이 신거나 입고 가는데, 그리하면 그 신발이나 옷의 주인은 한 해 내내 재수가 좋지 못하다고들 했다. 대문에는 바구니나 체를 걸어 둔다. 귀신이 와서 바구니나 체의 무수한 구멍을 세다가 날이 밝으면 아무 소용 없이 돌아가도록 하기 위함이다. 부럼도 깨물고 널뛰기도 한다. 부럼이 부서지는 소리에 귀신이 놀라 달아나게 하기 위해서이고, 널뛰기는 '귀신 대가리를 부수기 위해서'라는 거창한 명분을 걸고서 뛰는, 그런 날이다.

나는 고개를 끄덕였다. 그러나 이해가 가지 않아 물었다.

"그러나 그것은 그저 정월 대보름 다음 날까지 하루 더 놀려고 사람들이 지어낸 얘기가 아니오?"

배울 만큼 배운 여자란 인상은 착각이었나.

"세상에 귀신이 어딨소? 귀신날에 바깥에 나간다고 별일이 있으리까."

결국, 눈앞의 여자도 여염집 아낙들과 마찬가지로 물을 떠놓고 비는 사람인 모양이었다. 나는 조금 실망스러웠다. 이 기나긴 겨울밤을 심심치 않게 해 줄 이야기가 필요했는데, 결국 케케묵은 귀신 이야기나 들어야 한단 말인가.

여자의 낯은 진지했다.

"아, 그 마을 사람들은 마당에도 나가지 않았어요. 그날은 꼼짝없이 집에 갇혀 있는 날이었지요. 아무튼, 그 사람들은 귀신이 다녀간단 말을 허무맹랑한 이야기라 생각하지 않았답니다. 그날 나갔다가 화를 입은 사람들을 직접 보았거든요. 아까 제가 그 마을에 살았던 소년을 안다고 말씀드린 것이 기억나시나요? 그 소년의 집 안이 바로⋯."

나는 딱 잘라 대꾸했다.

"귀신날에 나갔다가 화를 입었다? 우연의 일치요."

내가 말을 가로챘음에도 여자는 웃기 시작했다.

"글쎄요, 한번 들어나 보실래요? 혹시 압니까, 이 긴긴밤 달래 줄 이야깃거리일지."

나는 조금 놀라 고개를 끄덕였다. 생각을 읽힌 것에 대한 짜증은 물에 올려놓은 솜처럼 순식간에 사라져 버렸다.

"그 집안 일원이었던 소년의 이름은 금산이라 합니다. 금산은 정월 대보름날 불구경을 너무 많이 한 탓인지, 다음 날 새벽에 실례를 저지르고 말았습니다. 아버지에게 혼날까 두려워, 새벽에 얼어붙은 개울가로 나가 바지며 이불을 빨았지요. 산이 움직이는 것을 본 것이 바로 그 아이입니다. 그 새벽, 산이 일어나 걷기 시작했던 것입니다.

산은 움직이며 마을을 말 그대로 밟아 부수었습니다. 개울가에 나와 있던 그 아이는 살았지만, 귀신날에 집 안에 들어앉아 무슨 소리가 들려도 나오지 않았던 사람들은 모두 죽임을 당했지요.

아이는 그게 자기 탓이라고 생각했어요. 자기가 귀신날에 집 밖으로 나왔기에 산이 움직였고, 마을 사람들이 떼죽음을 당했다고 생각한 거죠. 그래서 떠났답니다."

마치 아까 물에 가라앉은, 묵직한 솜덩이가 다시 떠오른 것 같았다. 그래, 그게 바로 내 짜증이었다.

나는 퉁명스레 내뱉었다.

"시시하구려."

그러곤 기어이 화를 내고 말았다.

"이따위 허무맹랑한 이야기를 하는 저의가 뭐요? 산이 어떻게 있다가 없어졌단 말이오? 날 어린애로 아는 거요? 게다가 모두 죽었다면 당신은 어떻게 지금 내게 이야기를 들려줄 수 있는 거지?"

여자가 한쪽 눈썹을 올렸다.

"저는 모두 죽었다고 하진 않았습니다. 일단, 금산이라는 소년이 살아남았지요. 그리고 마을 사람들은 아니나 산이 움직이는 것을 보았던 사람들은 또 있었지요. 각기 다른 목적으로 산을 넘던 상인이나 도적이라든가, 암자에서 수행하던 스님이라든가."

"어찌 됐든, 이 이야기는 말이 안 되오. 나는 이만 잠이나 자러 가겠소."

뜻밖에도 여자가 나를 붙들었다.

"언짢으셨다니 죄송합니다. 좀 더 말이 되는 이야기를 해 드리겠습니다."

어쩌면 정말 심심한 것은 내가 아니라 여자였을지도 몰랐다. 나는 못 이기는 척 자리에 도로 앉았다. 여자의 얼굴에 미소가 돌아왔다.

"그러나 이 이야기를 모두 듣게 된다면, 손님께선 귀신을 믿게 되실 겁니다."

그때 내가 뭐라 대꾸했더라. 아마 오만하게 웃으며 이렇게 대꾸했던 것 같다.

"어디 해 보오."

• • •

먹빛 하늘에 대보름달이 떠오르자, 사람들은 오두막에 불을 붙였다.

불은 빠르게 번져 오두막, 그러니까 달집을 송두리째 끌어안고 타올랐다. 달집은 바짝 마른 짚이며 솔잎, 솔가지 따위로 채워져 있었다. 모두 불에 잘 타는 것들이었다. 풍년을 기원하는 달집 태우기인 만큼, 도중에 불이 꺼져서는 안 되었다. 단번에 깔끔하게 타오르길 마을 사람들 모두가 염원했다.

소년도 간절히 풍년을 기도했다. 눈먼 봉사인 아버지와 할아버지를 봉양하며 살아가는 소년은 마을에선 밥 빌어먹는 천덕꾸러기 신세였으니까, 농사가 잘되지 않으면 몹시 곤란했다.

횃불을 든 텁석부리 사내가 달집 주변을 기웃거리는 소년에게 호통을 쳤다.

"인마, 그렇게 불구경을 많이 하면 이따 밤에 오줌 지린다!"

놀란 소년은 그렇지 않아도 큰 눈을 더욱 크게 떴다. 텁석부리 사내는 그 눈을 피했다. 사내는, 마을 사람들은 소년의 눈을 싫어했다. 어딘지 모르게 음울해 보였던 데다 소년의 죽은 어미와도 닮아 있었기 때문이었다.

소년의 이름은 금산이라 했다.

이제 사람들은 환호성을 지르고 달집 주위를 빙빙 돌며 춤을 추었다. 금산은 무리로부터 몇 발짝 물러났다. 그리고 타들어가는 달집을 지켜보았다. 즐거워하는 사람들을 보는 것보단 그쪽이 마음이 편했다. 정말 달집이 풍년을 가져와 준다면 기쁜 일이다, 기쁜 일인데…. 이상하게도 금산은 마을 사람들이 웃을 때 같이 웃을 수 없었고, 울 때 함께 울 수 없었다.

달집을 태우는 불은 마냥 붉진 않았다. 날름거리는 속불은 오히려 태양의 빛깔에 가까웠다. 해님이 변덕스럽게 빛나면 저런 모습일까, 소년은 정신없이 불을 쳐다보았다. 눈부신 불 속에서 검어진 장작이 언뜻언뜻 보일 때마다, 금산은 한 번도 본 적 없으나 한 번도 잊어본 적 없는 짐승의 모습을 떠올렸다.

호랑이….

마을을 품은 산에 호랑이가 산다고, 어른들은 그렇게 말했다. 노인들은 술에 거나하게 취하면 이따금 포효 소리를 들었노라고 아이들을 겁주기도 했다. 금산은 겁먹진 않았으나 호랑이의 존재를 믿었다. 그렇지 않다면야, 어떻게 산에 들어간 어머니가 피 묻은 가죽신 한 짝만 남기고 감쪽같이 사라질 수 있었겠는가? 비록 어렸을 때 그 추측을 아버지에게 말했다가 꾸지람을 들은 적이 있었으나, 금산은 밖에 내놓던 말을 안으로 감추게 되었을 뿐이었다. 어머니는 호랑이에게 물려간 것이 틀림없었다. 적어도 금산은 그리 생각했다.

"망할 년, 정조를 잃었으면 진작 목이라도 맸어야지, 꾸역꾸역 살다가 호랑이 밥이 되어 동네 망신거리가 될 건 다 뭐냐."

혼난 건 여름날의 일이었다. 금산이 이웃 아낙에게서 얻어온 참외를 깎아 입에 물려주자, 아버지는 그제야 금산어미 욕을 멈췄다. 그러나 참외 단물이며 씨를 우물거리면서도 찌푸려진 얼굴은 좀처럼 펴지지 않았다.

금산은 아버지가 죽은 아내만 생각하는 것이 아님을 알았다. 아버지는 금산의 진짜 아비가 누구인지도 의심했다.

아버지는 이름난 효자였다. 좀 나중의 이야기지만, 흉년에 제 아이 금산이 할아버지 밥을 넙죽넙죽 받아먹자, 눈먼 몸으로 아내를 시켜 아들을 땅에 파묻으려 했을 정도로. 사연을 전해 들은 임금님이 효자비까지 세워 줬으니, 마을의 자랑이었다고 할 수 있었다.

총각으로 늙은 금산아비를 안타깝게 여긴 친구들이 이웃 마을에서 수절하던 과부를 금산아비에게 보쌈해다 주었다. 그 과부가 금산어미였다.

사람들은 과부는 지아비 잡아먹은 년이라 좋지 못한 기운이 있었다고들 했다. 그렇지 않고서 금산어미가 금산아비에게 온 다음에 도적이 들어 금산아비와 노인네의 눈을 멀게 하곤 과부를 겁탈했을 리가 없단 것이었다.

도적에게 겁탈당했냐는 물음에 금산어미는 그저 웃을 뿐이었다. 사람들은 기가 막혀 했다.

"칠칠치 못하게 반반하더라니…."

누군가가 쑥덕인 그 말대로 금산어미는 어여뻤다. 그러나 도적이 다녀간 후로 마을에선 금산어미의 그 어여쁨도 꺼림칙한 것이 되고 말았다.

금산의 외관은 그런 어머니를 많이 닮아 있었다. 금산은 그게 싫었다. 어머니가 싫었다.

어머니는, 마을 사람들이 생각하는 것보다 더 나쁜 사람이었으니까.

어머니가 홀로 산에 들어가기 며칠 전의 일이었다. 그날 밤, 어머니는 잠들어 있던 금산을 흔들어 깨웠다. 그리고 말했다.

"네 아버지, 할아버지 눈먼 일 있잖니."

자다가도 벌떡 눈이 뜨이는 그 말에 금산은 네, 하고 대답하며 몸을 일으켰다. 그러나 다음에 이어진 말은 꿈에서조차 상상하지 못했던 것이었다.

"내가 한 거다."

금산은 어머니의 눈을 보았다. 달빛을 받아 빛나는 한 쌍의 눈엔 어느 때보다도 생기가 흘러 넘쳤다.

"두 놈의 눈에 바늘을 찔러 넣은 것이 나였단 말이다. 그날 밤, 도적 따윈 애초에 들지도 않았단 뜻이다."

금산이 중얼거렸다.

"왜⋯."

"왜냐고? 도로 물으마. 내가 왜 그러지 않아야 하느냐? 네 아비는 죽은 서방에게 예의를 다 하고 있던 나를 겁탈한 놈이란 말이다. 네 할아버지는 제 자식이 그러고 있는 꼴을 보며 침을 질질 흘리고 있었지. 죽어 마땅한 놈들이었다. 그러나 죽이지 않았어."

어머니는 그렇게 내뱉더니 소리 죽여 흐흐 웃었다. 그 차디찬 웃음소리에, 남아 있던 졸음기가 금산에게서 싹 달아나 버렸다.

"죽이는 건 너무 재미가 없었다. 그래서 너를 길렀지. 그건 재미있었으니까."

"그래서 저를 이렇게 기르신 거예요?"

금산은 생각했다. 이건 꿈일까? 그러나 머리를 으스러뜨릴 듯 고통스러운 두통이 밀려드는 것을 보니 꿈이 아니었다.

게다가 무엇보다도 금산 자신이 납득할 수 있는 답이었다. 어머니의 말을 들으니, 자신이 왜 이웃 아이들과 다르게 자랄 수밖에 없었는지 이해할 수 있었다.

"어머니는 아버지와 할아버지를 미워하셨군요."

어머니의 얼굴에서 미소가 지워졌다.

"그래, 난 네 아비와 할아비가 미웠어. 그뿐 아니다. 이곳에 사는 이들은 죄다 미웠다."

그러더니 덧붙였다.

"그래서 그런 거다."

뭘 그랬다는 거예요? 금산은 묻지 않았다. 알 수 있었다. 어머니는 도적이 자길 겁탈했다고 사람들이 믿도록 놔뒀다. 아버지와 할아버지의 눈을 찔러 멀게 했다. 효자라고 칭송받던 집안의 명예를 더럽혔다. 마을 사람들은 여전히 금산의 아버지와 할아버지를 연민하였으나, 금산과 금산어미는 싫어했다.

어머니가 그렇게 만들었다.

"내가 밉겠지."

금산은 쉬이 대답할 수 없었다. 그런 소년을 물끄러미 보다가, 어머니는 달빛이 스민 장지문으로 시선을 돌렸다.

"내가 미워도, 내가 네게 가르친 것들은 잊지 마라. 잊는 날이 오면 네 아비가 다시 널 산 채로 파묻으려 할 터이니. 마을 사람들도 그리할 것이다."

어머니가 힘주어 말했다.

"너는 내 아들이다."

"아이고, 어떡해! 불이 붙었네!"

금산은 옛 기억으로부터 풀려났다. 환성을 지르던 사람들은 이제 비명을 지르고 있었다. 금산의 바로 옆에 있던 어린 소녀가 발을 동동 굴리댔다. 치맛자락에 불이 붙어 있었는데, 다른 사람의 옷에 먼저 불이 붙어 그쪽에 관심이 쏠린 탓에 소녀는 주목을 받지 못 하고 있었다.

머리보다 몸이 빠르게 움직였다. 금산은 소녀에게 다가가 치맛자락을 밟아대고, 옷 전체로 번져가던 불길을 손으로 때렸다.

사람들이 엉엉 울고 있는 소녀에게 시선을 주었을 즈음엔 옷에 붙은 불은 어느새 꺼져 있었다. 금산은 그런 소녀를 멍하니 바라보고 있었다. 방금 불을 끄는 데 집중하느라 막상 불을 끄고 나니 얼이 빠졌던 것이다.

"어떤 망할 놈이 달집에 대나무를 넣었나! 그거 터지면 사방팔방 불똥이 튄다고 얘기했구먼!"

아이 아버지가 다가오더니 소녀를 빼앗듯 안아들고 다시 사람들 속으로 사라졌다. 금산은 우두커니 서서 그 광경을 바라보았다.

달집은 여전히 타오르고 풍악은 다시 울리기 시작했으나, 금산은 뒤돌아 걸었다. 더 보고 싶지 않았다. 더 듣고 싶지 않았다.

열세 살 소년은 바삐 걸었다. 발가락이 얼어붙을 것같이 추웠다. 이따금 추위에 눈물을 흘리면 눈물 자국이 뺨에 아프게 얼어붙었다. 금산은 코를 훌쩍이며 집으로 향했다. 집에 가면, 아버지가 계시겠지. 할아버지도 계실 것이다. 밥을 차려서 한 술 한 술 떠 드리고 나도 먹어야지.

효자한테서 효자 났다고, 마을 사람들 중 일부는 그렇게 말하곤 했다. 금산에게 조금이나마 우호적인 이들이었다. 밥을 빌러 가면 탐탁잖게 보는 것은 남들과 다를 바 없었지만. 금산은 이제 그런 눈빛이 익숙했다. 흉년이 거듭되다 보니 사람들 인심이 말이 아니었다.

소년은 집안일을 마치고 누웠다. 내일은 바깥에 나가면 안 된다. 내일 나갔다간 귀신이 들러붙는다고 했다. 귀신이 마을 전체에 액을 씌운다고 했다. 금산의 아버지와 할아버지가 눈이 먼 날도, 금산의 어머니가 호랑이 밥이 된 날도 정월 대보름 다음 날이었다. 금산으로 말할 것 같으면, 전혀 믿지 않았다. 그까짓 미신, 머슴들이 대보름 다음 날도 쉬려고 만들어 낸 거짓말이 아닌가. 게다가 금산은 마을 사람들과 달리 자기 집안에서 벌어진 비극의 내막을 알고 있었다. 귀신 따위가 벌인 일이 아니었다.

땔나무만큼은 넉넉히 넣은 온돌 바닥이 뜨끈했다. 금산은 어느새 잠이 들었다.

잠에서 깨어났을 땐 불쾌한 열기가 하체에 들러붙어 있었다. 금산은 땀에 젖은 몸으로 일어나 앉았다. 바지가 척척했다.

문득 텁석부리 사내가 한 말이 떠올랐다. 불구경을 많이 하면 오줌 지릴 거라고 했었지.

…설마 열세 살이나 먹어 놓고?

금산은 일어나 바지를 더듬어보았다. 손에 묻어난 것은 어둠 속에서 보아도 소변은 아니었다. 코끝에 가져다 대니 분명히 알 수 있었다.

피였다.

· · ·

나는 놀라서 물었다.

"금산이란 아이는 소년이라 하지 않았소?"

여자의 손이 술병 모가지를 어루만지듯 쥐었다. 나는 손에 쥔 사발을 내려다보았다. 어느새 술은 바닥이 보일 정도로 줄어 있었다.

여자가 내 사발에 술을 따라 주었다. 그 표정이 몹시 태연했다.

"그 아이는 소년으로 자랐습니다. 그래서 저도 금산을 소년이라 부른 것이지요. 그날 새벽, 첫 달거리를 시작하기 전까지 금산은 제가 계집인 것을 잊고 살았거든요."

"어떻게 그런 일이…"

"손님, 만약에 말입니다…."

여자가 담담히 웃었다.

"세상 사람들 모두가 손님이 계집으로 살 것을 기대한다면, 손님은 어찌 사시겠습니까?"

그 이상한 질문을 나는 대수롭잖단 마음으로 받아쳤다.

"난 평생을 사내로 살았단 말이오. 벌써 자식도 둘이나 있고. 계집애로 산단 것은 생각조차 해 본 적 없소. 심지어, 내 자식 중에서도 계집애가 없건만."

여자가 채근했다.

"그래도 생각해 보시지요."

하는 수 없이 생각해 보았다. 아니, 골똘히 생각에 잠긴 척했다.

그러나 가벼이 생각해 봐도 무리였다. 우선 계집으로 살려 해도 자식 낳을 수 있는 몸이 아니니, 어찌 사내와 짝을 이루어 살 수 있겠는가. 그 생각을 여자에게 말하자, 여자는 빙긋 웃었다.

"세상엔 남자끼리 짝을 이루어 사는 사람들도 있답니다. 마찬가지로, 여자끼리 짝을 이루어 사는 사람들도 있고요."

내가 지적했다.

"어딘가 인격적으로 잘못된 이들만이 그렇게 산다오. 사내는 계집을, 계집은 사내를 연모하도록 만들어져 있는 것이 자연이오."

여자가 고개를 기울였다.

"그렇겠지요."

그 말에 어렴풋한 냉소가 묻어 있어 나는 따지려고 했으나, 곧이어 여자가 말을 시작하는 바람에 때를 놓치고 말았다.

"여하튼, 금산은 사내로 자라났기에 사내에게 요구되는 일을 하려 했답니다. 그러나 잘 되진 않았던 모양입니다. 마을 사람들은 금산을 내치진 않았으나 받아들이지도 않았으니까요."

• • •

"네가 계집아이라는 것을, 절대로, 들켜서는 안 돼."

금산은 집 주변을 빙 두른 돌담 안에서만 놀았다. 그 밖에서 노
는 것은 어머니가 허락하지 않았다. 어머니는 금산이 좀 더 나이를
먹기 전까진 마을 사람들과 길게 말을 섞는 것도 막으셨다. 사람들
은 그런 금산어미를 나무랐다.

"자식을 너무 귀하게 키우면 귀신이 일찍 잡아간다. 괜히 남의
집 자식들을 개똥이, 소똥이라고 부르는 게 아니야. 벌써부터 금산
이라는 번듯한 이름으로 불리고 있으니 분명 귀신이 질투해 아이
를 노릴 테지."

금산어미는 신경 쓰지 않았다. 아들을 낳지 못한 아낙이 우연히
금산을 귀엽다 안아 들자 번개같이 아이를 빼앗은 적도 있었다. 뒤
에서 그 아낙과 다른 여자들이 욕하는 소리가 들렸지만, 금산어미
는 그 길로 금산을 안아 들고 집으로 돌아왔다.

어머니가 헐떡거렸다. 고운 얼굴에 땀이 맺혀 있었다.

"어머니, 왜 제가 계집애라고 말하면 안 돼요?"

그제야 어머니는 금산을 마당에 내려놓았다. 낮잠을 자는 모양
인지, 아버지도 할아버지도 보이지 않았다. 어디선가 새 우는 소리
가 들리는 것 외엔, 사방이 고요했다.

"사람들은 다 네가 아들인 줄 알지. 네 아버지, 할아버지조차 그
러하고. 내가 너를 낳던 날 탯줄을 끊어 주었던 입 무거운 늙은이
는 얼마 전에 죽었어. 비밀을 지켜준 게지. 나도 그렇게 살 거다."

"……."

"너도 그렇게 살아야 한다."

"왜요?"

금산이 부루퉁한 얼굴로 물었다.

사랑받고 싶었다. 마을 사람들에게 다가가고, 다른 아이들처럼 예쁘다 귀엽다 소리를 들으며 뿌듯해하고 싶었다. 다른 아이들과 흙장난, 물장구를 치고 싶었다. 어째서 나만 이렇게 살아야 하지?

답은 알고 있다. 어머니가 처음부터 금산이 아들이라고 마을 사람들에게, 아버지와 할아버지에게 거짓말을 했기 때문이었다.

어머니는 금산의 생각을 읽은 모양이었다.

"내가 그렇게 하지 않았다면 너는 태어나자마자 죽었을 거다!"

그 말을 하며 일그러진 어머니의 낯은 금산이 그때까지 살면서 본 적 없는 것이었다.

"흉년에 네 아비가 너를 땅에 파묻으려 한 짓을 벌써 잊었느냐? 네가 아들이라고 생각하면서도 그랬다! 네가 태어난 해는 더한 흉년이었어. 아무리 어리고 철이 없다 한들 어찌 이리 어리석을까. 마을 사람들은 지금도 나와 너를 싫어한다. 네가 계집아이라는 것을 그들이 알고도 너를 이 마을에서 곱게 살게 놔두겠느냐?"

어머니는 숫제 으르렁거리고 있었다. 동시에 속삭이고 있었다. 금산은 어머니의 목소리가 언젠가 마을 사람들이 돌을 던져 죽였다던, 미쳐버린 들개의 울음소리 같단 생각을 했다.

"궁금하면 네 아비에게 물어보려무나. 내 태중에 네가 있을 때, 딸이 태어나면 우물에 던지겠다 말하였던 것을 기억하느냐고 말이다. 네 아비가 그렇게 말했다."

그러고는 내뱉었다.

"넌 나자마자 죽을 아이였단 말이다."

피 묻은 바지를 움켜쥐고, 금산은 몸을 떨었다.

나자마자 죽을 아이였던 제가 살려면, 어찌해야 합니까.

어둠을 머금은 장지문에 서서히 쪽빛이 스며들고 있었다. 동이
틀 무렵이었다. 금산은 장지문을 열고 툇마루로 나왔다. 한기가 훅
끼치자, 뺨을 간지럽히던 눈물 자국도 피 묻은 바지와 함께 꽁꽁
굳어 버렸다.

해야 할 일은 한 가지였다. 개울가에 가서 바지를 빠는 것.

아버지와 할아버지는 눈이 멀었지만 그만큼 소리나 냄새에 민감
했다. 게다가 오래전 어머니가 죽기 전에 해 준 이야기에 따르면,
달거리라는 것이 하루 이틀로 끝나는 것도 아니라고 했다. 언젠간
들킬 터였다.

그러나 그러려면 우선 오늘을 살아남아야 했다.

달음박질치는 금산의 입에서 허연 입김이 새어 나왔다. 금산은
의아했다. 새벽이긴 해도 사람이 너무 없었다. 어제가 대보름이라
사람들이 귀밝이술을 많이 마셔 취해 잠들었나 생각하다가 오늘이
정월 대보름 다음 날이라는 당연한 사실을 다시 떠올렸다. 오늘은
아무도 밖으로 나오지 않는다. 장지문 밖으로도, 마당으로도.

오늘은 그런 날이다. 금산에겐 다행스러운 일이 아닐 수 없었다.

개울가에 도착하자 나지막하게 물 흐르는 소리가 들렸다. 아직
완전히 얼어붙진 않은 듯했다.

금산은 눈에 파묻혀 있던 제법 큰 돌을 던져 개울의 얼음을 깨뜨
렸다. 사람도 벨 듯 날카롭고 큼지막한 얼음 조각들이 물결에 떠내
려갔다. 언젠가 어머니가 굳은 피는 찬물에 잘 녹는다고 말한 것이

떠올랐으나, 그 말을 언제 들었는지는 기억이 나지 않았다.

금산은 바지를 쥔 손을 얼음물에 넣었다. 금세 창백해진 손은 금방이라도 강물과 통째로 얼어붙어서 그 위로 돌덩이를 떨구면 쩡 하고 깨질 것 같았다.

개울물 위로 어두운 인영이 어른거렸다. 제 것이었지만, 금산은 어쩐지 어머니가 떠올랐다.

어머니도 이렇게 속곳과 치마를 빨았으려나…

불현듯 몰려오는 상념에, 금산은 고개를 떨구었다. 오늘만큼 제가 계집애라는 것을 잊기 힘들었던 적이 없었다.

그때였다.

굉음이 개울물의 살얼음을 모조리 깨뜨렸다.

산이 무너지는 듯한 소리였다.

· · ·

나는 그만 웃어 버릴 뻔했다. 이야기를 하던 여자가 의아하단 눈빛으로 나를 바라보았지만, 웃음은 기어이 터져나오고 말았다.

"그건, 산이 몸을 일으키고 뭐고가 아니라 산사태잖소. 산사태가 일어나 마을을 뒤덮었고, 장맛비가 내려 흙을 씻어냈겠지. 기둥이 무너지고 지붕이 주저앉은 것도 이해가 되는구려. 사람들이 왜 죽었는지, 마을이 왜 폐허가 되었는지 이제야 알았소."

여자가 대답했다.

"그건 산사태 같은 것이 아니었습니다."

"소년, 아니 금산이라는 계집애의 이야기를 들어 알게 된 사실이라고 했잖소. 직접 본 것도 아니라면서 무얼…"

"그렇지만 손님께서도 직접 보진 못 하셨잖습니까."

여자가 부드럽게 지적했다.

"금산은 직접 보았답니다."

• • •

보았다.

한 쌍의 거대한 눈동자가 금산을 바라보고 있었다.

처음에 금산은 그것이 새벽녘 하늘을 미련스레 어정거리는 달이라고 생각했다. 그러나 달이 둘일 리는 없지 않은가. 산보다 앞에 있을 수도 없지 않나. 게다가 깜박거리기도 하고, 눈에 보일 만큼 빠르게 움직이기도 한다….

보고 있었다.

금산이 보고 있는 것이 아니었다.

금산을 보고 있었다.

얼음물이 절렁거리며 금산의 발목과 손등을 후려쳤으나 금산은 아픈 줄도 몰랐다.

자기네 집 안에 숨은 마을 사람들이 뭐라고 악을 쓰고, 비명을 지르는 소리가 들렸으나 금산의 귀엔 들리지 않았다. 오직 들리는 것은 하늘을 덮을 듯 많은 새가 날아오르며 악을 쓰는 소리, 나무뿌리가 뽑히며 비명을 지르는 소리뿐.

마을 아이들이 미끄럼을 타며 놀던, 계곡의 단단한 반석이 끄덕거리더니 땅을 고쳐 짚었다. 두 쌍의 달은 계속 깜박였고, 별안간 산 중심으로부터 훅 하고 돌풍이 일더니 흙과 낙엽, 잔돌들, 산에서 달려 내려오던 쥐떼를 밀어냈다. 낮게 자라던 잡목들의 뿌리가 들렸다. 그 모든 것들이 내는 소음과 더불어, 어떤 생명에서도 들어본 적 없는, 거대한 숨소리가 흘러나왔다.

본능적으로, 금산은 흠칫 몸을 떨었다.

들어선 안 되는 것을 들었다….

보아선 안 되는 것을 보았다.

산을 타고 올라간, 겨울이라 누렇게 시든 담쟁이덩굴, 싱아 군락 따위라고 생각한 것들을 반석 같은 손이 툭 끊어냈고, 산은 몸을 일으켰다. 천천히, 혹은 빠르게. 금산으로선 알 수 없었다. 한 번도 산이 몸을 일으키는 모습을 본 적이 없었으므로. 덩굴들은 땅이 아닌 산꼭대기에 붙어 출렁였다. 정신이 없는 와중에도, 금산은 '저게 머리카락 같은 것일까?'라고 생각했다.

땅속에 묻혀 있던 쓰러진 나무며 바위는 뼈이고, 뱀밥, 쇠뜨기 따위가 저들끼리 뿌리를 이어 놓은 것들은 근육일까.

금산은 귀가 멍했다. 마치 겨우내 쌓인 눈이 금산의 귓속에도 들어앉은 것처럼, 무언가 몇 겹으로 금산의 내부와 외부 사이를 틀어막은 것 같았다.

머리가 어질어질했다.

산이 비로소 두 발을 땅에 딛고 일어섰을 때, 금산은 여느 때보다도 높이 뜬 두 쌍의 은빛 달이 저를 내려다보고 있는 것을 느꼈다. 하늘이 산을 사이에 두고 두 쪽 난 것처럼 보였다.

바위 손이 금산에게 빠르게 다가왔다. 그 속도가 매우 빠르다는 것을, 금산은 알 수 있었다. 바위 손이 일으키는 매섭게 찬 바람이 손보다 먼저 금산에게 날아들었으니까.

아득해진 정신에 웃음소리가 비집고 들어왔다. 천둥처럼 우렁우렁하게 큰 소리였다.

기절하지 않고 버티면 상을 주마.

금산은 기절하지 않았다. 솜을 넣지 못한 여름 바지와 겨울용 저고리라는 괴상한 조합의 차림, 그리고 손에는 미처 피가 지워지지 않은 바지를 쥔 채로 금산은 버텼다. 귀는 닫을 수 없어도 눈은 감을 수 있다. 금산은 그렇게 서 있었다.

잠깐의 침묵이 흐른 후, 목소리가 다시 말했다.

네가 올라오렴. 내가 널 집어 들다간 네 뼈와 살이 터지고 말 테지.

눈을 뜨자, 바위 손이 흙을 털어내지 못한 밑을 드러내 보이며 금산의 앞에 멈춰 서 있었다. 아마도 손바닥인 모양이었다.

저기에 올라타란 건가.

어디서 솟은 것일지 모르는 오기가 불쑥 고개를 내밀어, 금산은 그만 내뱉었다.

"만약에 제가….."

목소리가 반복했다.

내가 널 집어 들면, 네 뼈와 살이 부러지고 터질 게다.

금산은 자신에게 물었다. 그 꼴을 당하고 싶으냐?

금산은 반쯤 땅에 파묻힌 그 손바닥에 기어올랐다.

바위가 하늘로 떠오르기 위해 어떤 힘도 필요하지 않았다. 손은 유연하게, 그리고 금산이 이제껏 겪어 본 어떤 탈것보다도 빠르게 움직였다. 온몸을 때리는, 눈을 뜰 수도 없게 거센 바람을 견뎌내는 순간은 짧았다.

다음 순간 금산은 하늘에, 구름과 함께 있었다.

구름 위의 해가 금빛으로 빛났다. 아직 새벽일 텐데, 그런 생각을 하다가 금산은 문득 제 손이 땀으로 젖어 있단 것을 깨달았다.

그럴 리가 없는데. 나는 바지를 잡고 있었으니, 이렇게 땀을 흘렸다면 바짓자락이 젖어서….

금산은 두려움을 잊었다. 바위 손 위를 달려, 가장자리로 다가갔다. 손가락 바위들이 일제히 일어나 금산을 창살처럼 가두었다. 금산은 그게 자기를 떨어뜨리지 않으려 하는 행동임을 알았다.

까마득한 아래에, 흰 바짓자락이 바람을 타고 벚꽃잎처럼 낙하하고 있는 것을 보자 금산은 절규했다.

"안 돼!"

바위 손이 중심을 향해 가파르게 오므라들고, 창살 같은 손가락들도 빈틈을 메우며 접혔다. 금산은 더 이상 하늘 아래를 볼 수 없었다.

그게 뭐지? 중요한 거였나?

금산은 고개를 들어 하늘을 우러러보았다. 은빛 눈 한 쌍이 자신을 내려다보고 있었다. 금산이 눈물을 글썽였다.

"제 바지였습니다."

산이 머리를 숙였다. 금산을 올려놓은 바위 손이 몹시, 불안정하게 흔들렸다. 산은 웃고 있었다. 그것도 온몸을 떨면서, 박장대소를 하고 있었다.

금산이 버럭 소리를 질렀다.

"웃지 마십시오! 제겐 중요한 일입니다!"

산이 반달 같은 눈으로 손가락을 갖다 댔다.

그래, 뭐가 그렇게 중요했는지 말을 해 보지 그러니.

이윽고 산의 떨림이 멎자, 금산은 다시 머리가 멍해졌다.

서 있는 산의 모습은 사람의 생김새와 완전히 상응하지 않았다. 덤불은 금산이 생각한 대로 머리카락이 맞았다. 한 쌍의 커다란 은빛 달도 눈이 맞았다. 그러나 입이나 코라고 생각할 만한 구석은 찾을 수 없었다.

산이 금산을 눈이 있는 높이까지 들어 올린 후 팔을 쭉 펴자, 금산은 산의 얼굴을 좀 더 자세히 볼 수 있었다. 붉은 흙 위로 이끼와 누런 잡초가 무성한 얼굴엔 이따금 바윗돌이 박혀 있었다. 머리에 자라난 누런 덩굴, 그리고 잡목들 위에는 흰 눈이 소복이 쌓여 있었다. 아마 산이 금산을 제 얼굴 가까이에 들고 왔다면 금산은 이렇게 자세히 보지 못했으리라.

나이나 성별은 알 수 없었지만, 산은 아름다웠다.

금산이 중얼거렸다.

"옥황상제십니까?"

옥황상제? 아, 그건 너희 미물의 종교였지. 난 그런 게 아니다. 종교 따위가 아니지.

사람 몸 위에 올라탄 개미가 이렇게 사람의 감정 변화를 예민하게 느낄까? 지금 금산은 산이 뿌듯해하고 있단 것을 알았다.

나는, 그래. 너희에게 익숙한 말로 알려 주마.

금산이 올라탄 손이 산의 얼굴을 향해 빠르게 이동했다.

산이 속삭였다.

나는 신이다. 여신이지.

산, 아니 신은 뻐기듯이 말했다.

진짜 신이란 말이다, 이 세계를 관장하는… 아, 알았어! 알았다니까!

마지막 말은 금산에게 한 것이 아니었다. 게다가 목소리가 더욱 컸기에 금산은 귀가 아팠다. 목소리가 다시 줄어들었다.

미안하다. 엄마가 장난 그만 치고, 손 닦고 밥 먹으래서…가 아니지, 너 어디까지 들었나?

이번에 한 말은 금산더러 들으라고 한 소리가 분명했기에, 금산은 물었다.

"…누구십니까?"

깊은 한숨이 흘러나왔다. 신에게서, 그리고 금산에게서.

내 이름은 마고야.

그리고 이 세상, 금산이 발 딛고 사는 이곳은 '화분'이라고 했다.

엄마가 나더러 너무 성격이 더러워서 친구가 없는 거라고 구박하다가 식물 키우기를 추천했어. 그게 화분이야. 너희가 사는 곳.

화분이라니, 난초 기르는 그런 화분 말인가? 금산은 이해가 가지 않았다. 이 거대한 조선 땅이 누군가의 화분이라고? 금산이 곧바로 이해하기엔 너무도 커다란 이야기였다.

결국, 금산은 엉뚱한 질문을 내뱉었다. 궁금한 것이 몹시 많았음에도 불구하고.

"아까와는 말투가 다르신데요."

그땐 자동 번역기 톤을 고급스럽게 조정했거든. 너, 지금 내가 너 같은 미물과 어떻게 대화할 수 있다고 생각하나? 다 자동 번역기 덕분이란 말이지.

"자동번역기…요?"

이해가 가지 않았다.

"아까는 어머니와 말씀을 나누시던 것 같았는데, 어머니께선 어디 계시나요?"

설명하기가 어렵네. 엄마는 지금 나랑 같은 집에 있어. 단, 엄마의 단말(端末)은 이곳이 아닌 다른 화분에 있지. 그래서 네가 우리 엄마를 볼 수 없는 거야.

"단말이요…?"

아, 설명하기 어렵네. 저기, 미물아. 혹시… 아, 찾았다! 위키에 있구나. 꼭두각시놀음이라고 아니? 실에 매달린 목각 인형을 인형 조종사가 조종하잖아. 그러면 인형은 작은 무대 위에서 춤추지. 나는 그 인형 조종사야. 그래서 신에 가깝다고 한 건데, 엄마는 나더러 그런 말 하면 재수 없게 들리니까 하지 말라네?

"그럼, 그렇다면…."

갑자기 금산은 알 것 같았다. 그러나 인정하고 싶지 않았다. 만약 사실이라면, 생각하는 것만으로도 소름이 끼치고 두려운 일 아닌가.

"…저는 그 목각 인형인가요?"

마고가 태평하게 대꾸했다.

음? 아니, 아니지. 목각 인형은 내 단말이라고. 너희는, 그냥….

한 쌍의 은빛 눈이 둥글게 휘어졌다.

내가 의도하지 않은 존재, 그러니까… 개미 떼지. 아무리 약을 치고 밟아 대도 어디선가 기어들어 오고, 또 기어들어 오는.

• • •

"의도치 않은 존재라는 말을 들었을 때, 금산은 아마 익숙한 감정을 느끼지 않았을까요?"

여자가 물었다. 이야기에 한참 빠져 있던 나는 그 질문에 제때 대답하지 못하고 허둥댈 수밖에 없었다.

그러나 차근차근 생각해 보니 여자의 말이 옳았다. 이미 금산은 의도하지 않은 존재라는 말을 들은 적이 있었다. 그것도 제 어머니로부터.

펵 재미난 이야기였다.

"손님, 이번 이야기엔 만족하시나 봅니다."

이번엔 불쾌한 심기 없이 고개를 끄덕였다. 여자가 하하 웃었다.

"재밌군."

나는 덧붙였다.

"서유기에서 원숭이가 날뛰던 곳이 알고 보니 부처님 손바닥 안이었다는 이야기가 떠오르는군. 그리고 신선놀음에 도끼자루 썩는 줄 몰랐다던 나무꾼의 이야기도. 당신 이야기는 이 두 가지 이야기를 섞은 것으로 들리지만, 꽤 재밌소. 아이들에게 들려주면 좋아하겠군."

여자가 또다시 고개를 갸웃했다.

"저는 서유기가 무엇인지 알지 못합니다. 그러나 신선이 바둑 두는 것을 구경하다가 제 도끼자루 썩는 줄 몰랐던 나무꾼이 집에 돌아왔을 때, 아내도 아이도 늙어 죽었고 그의 후손만이 남아 집을 지키고 있었다는 이야기는 압니다."

여자는 생각에 잠겨 말을 이어 나갔다.

"생각해 보니, 손님께서 말씀하신 두 번째 이야기와 제 이야기는 닮은 구석이 있습니다. 끝까지 들어 보시면 더욱 그럴 테지요."

"아직 끝난 게 아니었단 말이오?"

나는 조금 당황하여 물었다. 여기에서 끝맺어도 충분하게 깔끔하고 괜찮은 이야기라 느꼈기에. 세상만사 하늘에서 내려다보면 작디작은 일이지 않은가? 나는 여자의 이야기에서 그러한 교훈을 발견했던 참이었다.

여자는 또 내 마음을 읽은 듯했다.

"이 이야기엔 교훈이 없습니다."

"그럼 뭐가 있소?"

여자가 대꾸했다.

"복수가 있지요."

• • •

마고는 금산에게 충분한 시간을 주었다.

아니, 아니었을 수도 있다. 마고에겐 짧은 시간이었으나 금산에 겐 긴 시간이었을 수도 있다. 어쨌든, 금산은 그 시간 동안 마음을 가라앉힐 수 있었다.

처음 금산의 마음속에 가득했던 감정은 공포였으나, 그다음은 쾌감이었다.

아무것도 아니다.

나는 한낱 미물일 뿐이다. 흉년에 자식인 나를 고작 효자비 따위를 위해 땅에 파묻고, 어머니를 보쌈해 겁탈한 아버지도. 그 모든 것을 그저 뒷짐 지고 지켜보았던 할아버지도.

나를 경멸하던 마을 사람들도, 나와 마찬가지로 개미 떼일 뿐. 미물일 뿐. 그렇지만….

다음으로 찾아온 감정은 분노였다.

내 삶이 비록 미물의 삶이라 쳐도, 나는 평생 한 번도 내 목숨 아무렇게나 버려도 좋다 생각한 적이 없다. 그 목숨을, 마을 사람들은, 아버지와 할아버지는 화분의 벌레 대하듯 흘겨보았다.

제들도 벌레인 주제에.

"상을 주시겠다 하셨지요."

금산이 불쑥 내뱉었다.

금산은 생각했다. 나는 그들과 달라. 나는 마고를 보았어. 마고는 나를 하늘로 올려주었어. 나는 월궁항아나 보았을 광경을 보았어. 나는, 나는….

나는 너희보다 위대해. 그건 오직 내가 너희와 달리 나 스스로 미물임을 알기 때문이다. 하늘에서 내 세상을 내려다보았기 때문이다. 너희는 죽어서도 보지 못할 풍경을, 나는 보았기 때문이다.

마고가 대꾸했다.

아까 그런 말을 했던가? 그런데 내 힘에도 한계가 있어서, 그 한계를 벗어나는 일은 나도 힘들….

금산은 바위 손바닥 위에 납죽 엎드렸다.

"청합니다. 저는 이대로 다시 땅으로, 화분으로 내려가면 아버지와 할아버지에게 맞아 죽습니다. 저는 계집이지만 사내로 길러졌습니다. 이 사실을 아는 사람은 오직 제가 사내애라 세상을 속인 장본인, 바로 어머니뿐이셨지요. 아버지와 할아버지는 저를 삼대독자로 알고 계십니다. 마을 사람들은 저를 싫어하면서도 제가 나랏님께 칭찬받을 효자라고 생각하기에 내쫓지 않습니다."

마고는 가만히 듣고 있었다.

"저는 곧 계집인 걸 들키고 맙니다. 오늘 달거리를 시작했습니다. 제발 저를 제 마을 아닌 다른 곳으로 데려가 주세요."

불가능해.

마고가 대꾸했다.

내가 말했지, 너흰 박멸되지 않는 개미 떼라고. 다른 화분에다 옮겨놓을 것 같아? 괜히 잘 자라는 식물이나 해치겠지. 그럼 난 엄마한테 맞아 죽을걸.

그러더니 조금 누그러진 투로 말했다.

네 사연은 알겠어. 아니, 잘은 모르겠지만, 미물에게도 부모가 있고 뭐… 부모랑 피 터지게 싸움 난단 얘기잖아? 그런데 그건 이쪽도 마찬가지란 말이지. 각자 알아서 잘 해결하자고.

마고는 다른 손의 새끼손가락으로 금산의 어깨를 건드리려다가, 그대로 짓눌러 죽일 수도 있겠다 생각했는지 손을 거두었다.

금산은 더욱 엎드렸다. 세 가지 분명한 사실이 있었다.

첫째, 마고, 신, 산은 내게 호의를 갖고 있다.

"그렇습니까. 그렇다면 다른 상을 주실 수는 없는지요?"

마고가 눈을 가늘게 떴다.

뭘 원하는데?

둘째, 마고는 전지전능하다. 적어도 '이 화분'에서는.

금산은 망설이지 않고 답했다.

"그들을 죽여 주세요. 저를 사내애로 알고 있는 모든 이들을, 모조리 다 죽여 주세요."

셋째, 마고는 어린 신이다. 사람으로 치면 어린 아이다.

금산은 아이들이 벌레에게, 개미에게 어떤 짓을 할 수 있는지 알고 있었다.

그 까짓거.

마고가 흔쾌히 승낙하자 금산은 확신했다.

아, 마고는 정말 어리구나. 만약 나와 같은….

그 생각을 시도하는 것만으로도, 금산은 몸을 부르르 떨어야 했다. 만약 이 전지전능한 신이, 나와 같은 화분에서 태어난, 나와 같은 미물이었다면.

내겐 친구가 있었겠지. 외롭지 않았을 텐데.

⋯

"끝입니다."

나는 멍하니 입을 벌렸다.

"끝이라고?"

그리고 재차 물었다.

"대체 뭐가 끝이라는 거요? 여기서? 어떻게? 금산은 어디로 간 거요?"

"마을 사람들은 다 죽었고, 금산은 새로운 마을에서의 새 삶을 찾아 떠났습니다. 그러기 전에 제게 이 이야기를 들려주고 갔지요. 그리고 마고, 즉 신의 단말, 즉 산은 휴면기에 들어갔습니다."

"무슨 이런 말도 안 되는 이야기가 다 있어!"

나는 벌떡 일어났다.

"금산이라는 그 계집, 미친 계집이 아니오? 어째서 죄 없는 마을 사람들을 모조리 다 죽인 거요? 어째서 마고라는 여신은 그런 계집 앞에 나타났고, 그런 계집의 소원을 들어줬단 말이오? 이런 얼토당토않은!"

"그렇습니까. 저는 완벽히 이해되었거든요."

여자가 침착하게 대답했다. 심지어 여자의 마른 광대가 슬쩍 올라간 것을 보니, 아마 웃음을 참고 있는 모양이었다. 나는 더욱 화가 났다.

"우리가 사는 이 넓은 조선 땅이 고작 화분이라니, 그것도 말이 안 되는 이야기지. 대체 그렇다면 바다는 어떻게 설명할 수 있난 말이야!"

"바다는 화분과 화분 사이에 흘러넘친 물 같은 것이 아닐는지요? 그보다 애초에 이것은 그저 이야기일 뿐입니다. 아이들에게나 들려줄 만한 이야기이지요."

나는 격분하여 외쳤다.

"나는 내 자식 새끼들에게 이따위 이야기는 결코 들려주지 않을 거요!"

"이게 웬 소란이야? 대보름에 밥 잘 처먹었으면 곱게 잘 일이지, 새벽에 잠도 안 자나?"

갑자기 날카로운 목소리가 밤공기를 찢었다. 나도 여자도 흠칫 놀라 목소리가 난 방향을 바라보니, 늙은 여자가 눈을 제대로 뜨지도 못한 채 우리 쪽을 향하여 서 있었다. 여자의 노모인 듯했다.

여자가 반가운 낯을 했다.

"어머니."

그러더니 묻지도 않은 설명을 했다.

"저희 어머니십니다. 산에서 호랑이 밥이 될 뻔하신 후로는 많이 놀라셨는지 가끔 정신이 오락가락하시지만, 대체론 좋은 분이시지요."

나는 화를 꾹 참고 겨우 고개를 끄덕였다.

"이만 들어가 자겠소."

"손님, 잠시만요."

나를 위해 준비된 이부자리가 펼쳐진 방으로 가려던 찰나에 여자가 나를 불렀다. 돌아보니 여자는 이야기를 더 이어가고 싶어 근질근질한 표정으로 나를 바라보고 있었고, 나는 그만 피곤해지고 말았다. 제발 저 이상한 여자가 내 마음을 어서 눈치채 주길 바랐다. 더는 화낼 기운도 없었고, 이만 자러 가고 싶었다.

이번에도 여자는 내 마음을 알아챈 모양이었다.

"얼른 주무시게 보내 드리겠습니다. 그나저나 손님, 혹시 궁금하지 않으신가요? 산이 어디로 갔는지."

나는 투덜거렸다.

"그건 또 무슨 소리요?"

"여기에 있답니다."

여자는 그렇게 말하더니 생긋 웃어 보였다.

"마고 말입니다."

마치 친한 친구 이야기라도 하는 것처럼, 여자는 다정한 미소를 짓고 있었다.

미친 계집 같으니.

나는 고개를 돌려 방으로 향했다. 땔나무를 넉넉히 넣었는지 바닥이 뜨끈했고, 솜을 넣은 이불은 두툼하니 좋았기에 조금이나마 여자를 용서할 수 있었다. 장지문 너머로 달빛이 죽어가고 있었다. 어느새 동이 틀 모양이었다.

묵직한 요에 기분 좋게 짓눌려, 막 잠이 들려는 차였다.

땅이 울리며 온몸을 뒤흔들었다. 나는 반사적으로 일어나 주변을 둘러보았으나, 방 안에서는 아무것도 알아낼 수 없었다. 소반에 올려놓은 주전자가 흔들리더니 바닥으로 떨어져 둔한 소음을 냈고, 천장에선 쥐들이 찍찍거리며 빠르게 달려가는 발소리를 냈다. 이 모든 소란에도 불구하고 여자는 내 방으로 찾아와 안부를 묻지 않았다.

장지문을 열어 툇마루를 밟고 내려와 마당, 그리고 뒷마당을 두리번거리던 나는 보았다. 새들이 하늘을 메울 듯 날아오르며 울부짖는 소리를.

여자는 산으로 들어가고 있었다. 비탈을 따라 목을 늘어뜨린 나무들을 거슬러, 산을 떠나가는 새 떼를 거스르면서.

이번엔 나도 여자의 마음을 읽을 수 있었다. 보이는 것이라곤 뒷모습뿐이라 두 눈도 입꼬리도 어찌 되었는지 볼 수 없었지만, 나는 알 수 있었다. 그러나 여자를, 하룻밤 미친 이야기와 잠자리를 내어준 주인을 감히 따라가 붙들 용기를 낼 수는 없었다. 섣불리 다가설 수 없는 어떤 광기가 느껴졌기 때문이라고 한다면, 눈앞에서 사지로 들어가는 여자를 보고도 제지하지 않은 나를 조금이라도 너그러이 봐줄 수 있을까?

산이 들썩이고 있었다.

· · ·

방금 뾰족한 게 내 발바닥을 찌른 것 같아.

금산이 걱정스레 물었다.

"아파?"

아니, 아프진 않아. 이건 단말이라니깐. 이딴 싸구려에 통각 센서 같은 건 달려 있지도 않아.

"통각 센서가 뭔진 모르겠지만, 네가 밟은 뾰족한 건 아마 아버지가 나랏님께 받은 효자비일 거야. 다시 잘 밟아서 뭉개자."

알았어.

마고는 두 발을 번갈아 쿵, 쾅, 찍으며 마을 사람들, 그리고 초가집, 기와집 가리지 않고 전부 으깼다. 그 모습이 마치 개울가에서 빨래하는 아이 같아, 금산은 조금 웃었다.

왜 웃어?

"아무것도 아니야. 그보다… 너, 내 목소리가 들릴 정도로 귀가 밝으면…."

금산이 바위 손바닥의 가장자리로 가자, 마고는 손가락을 창살처럼 벌려 주었다. 금산은 그 손가락 중 하나를 부둥켜안고 아래를 내려다보았다.

구름 너머로 보이는 것이라곤 누렇게 마른 논, 얼어붙은 강물, 그리고 흰 눈이 덮인 산.

마을 사람들은 잘 보이지 않았다. 오직 태우다 만 달집만이 연기를 피워 올리고 있었다.

"저 아래서 울고, 비명을 지르며 죽어가는 사람들 목소리도 들리니?"

금산이 묻자 마고가 고개를 끄덕였다.

왜, 넌 안 들려? 자세히 듣고 싶다면, 내가 땅 가까이 손을 내려 줄 수도 있어.

금산이 고개를 저었다.

"나중에."

갑자기 마고가 몸을 부르르 떨었기에, 금산은 하마터면 손바닥에서 튕겨 나갈 뻔했다.

"무슨 일이야?"

아, 미안.

마을 전체를 완전히 뭉개기 위해 한 발씩 땅을 딛던 마고가 마침 한 다리로 서 있을 때라, 금산뿐만 아니라 마고도 땅 위로 넘어질 뻔한 것이다.

"위험했어."

그러게.

마고가 설명했다.

내 단말, 그러니까 산 어딘가에 호랑이 몇 마리, 그리고 너보다 조금 클까 말까 한 미물 하나가 살고 있어. 같이 평화롭게 사는 건 아니고, 미물이 도망 다니는 상황이지. 거의 미치광이가 되기 일보 직전일 거야. 내가 알기로 호랑이라는 놈은 고양잇과인데, 이놈들은 배가 고프지 않아도 놀이 삼아 저보다 약한 동물을 죽이기도 하거든. 고약한 놈들이지.

마고가 흡족한 낯으로 덧붙였다.

아주 마음에 들어.

"호랑이라고?"

머릿속에 스쳐 지나가는 인물이 있었으나 금산은 이내 고개를 저었다. 아닐 터였다. 혹여 그 사람이어도, 금산은 살려 달라 간청할 생각이 없었다.

어쩌면, 아버지와 할아버지의 눈을 찌른 건 아들로 태어날지 딸로 태어날지 알 수 없던 나를 지키기 위해서였을지도 모르지. 나를 두고 집을 떠난 건, 자기 욕심을 위해 자식까지 산 채로 땅에 파묻어 버리려는 지아비에게 지쳤기 때문이었을지도 몰라.

그렇지만. 금산의 머릿속에 더 강한 목소리가 고개를 쳐들었다. 내가 굳이 알아야 할 바인가? 어머니는 결국 나를 버리고 산으로 달아났다. 나 혼자 그 지옥을 견디게 놔두고.

엄마가 화분 그만 들여다보고 자라는데.

마고가 중얼거렸다.

조금 있으면 자러 갈 시간이긴 해. 빨리 해치워야지. 금방 끝날 것 같긴 한 게, 이 마을 완전 작잖아? 곧 있으면 다 죽고 무너질 것 같아. 돌무더기 하나도 제대로 남지 않겠지.

"물어보고 싶은 게 있어."

금산이 뜸을 들이자, 마고가 어이가 없다는 듯 웃었다.

여태 궁금한 거, 부탁하고 싶은 것 다 얘기해 놓고 왜 갑자기 질질 끌어? 빨리 물어봐. 나 곧 자러 가야 해.

"어째서 귀신날에 온 거야?"

문득 금산은 생각해 보았다. 어쩌면, 귀신날에 오는 귀신이란 것은 바로 마고가 아니었을까 하고.

지금은 잠시 마고의 시간과 금산의 시간이 같은 속도로 흐르지만, 원래 마고의 시간은 느리게 흘러가고 금산의 시간은 굉장히 빨라서, 마고에게 가끔 오는 것이 금산의 세계엔 수십, 수백 년에 한 번이 아닐까 하고.

어쩌면 마고가 미물들을 박멸하기 위해 찾아오는 때마다 사람들은 집에 들어가 문을 걸어 잠갔던 것이 아닐까? 그리곤 '화분'을 서성이는 마고더러 귀신이라 부르며 경계했던 것은 아닐까?

마고가 대꾸했다.

귀신날이라니, 그게 뭔데? 혹시 너희 미물들, 내가 찾아오는 날에 이름까지 붙인 거야? 기념도 하고?

"아마 그랬던 것 같아. 사람들은 널 귀신이라고 생각했나 봐."

마고가 어깨를 으쓱했기에, 금산은 굳이 추측하려 애쓰지 않아도 마고가 어떤 기분을 느끼는지 알 수 있었다.

나 좀 대단한 것 같지 않아? 나를 기리는 날도 있고.

기린다기보다는, 피하는 날이지. 금산은 굳이 고쳐 주지 않았다.

난 그저 엄마가 물 주고 관리하라고 하는 시간에 맞춰 접속했을 뿐인데. 가끔 빼먹은 때도 있긴 해. 그래도 최대한 안 까먹으려고 노력했지. 그나저나….

마고가 멈춰 섰다. 두 발로 땅을 단단히 딛고선, 더는 움직이지 않았다. 그 모습을 보고 금산은 마고가 할 일을 다 마쳤나 보다 생각했다.

내가 오는 날엔 항상 미물들이 집 안으로 숨길래 조금 아쉬웠는데, 오늘은 너랑 같이 이야기를 나눌 수 있어서 재밌었어.

금산이 물었다.

"내 이름을 알려 줄까?"

금산이 올라탄 바위 손이 천천히, 땅을 향해 떨어지더니 이윽고 흙에 거의 파묻히다시피 하며 내려앉았다. 이번에 금산은 눈을 감지 않았다. 그리하여 하늘로부터 땅으로, 안전한 보호와 함께 추락하는 드문 경험을 할 수 있었다.

금산이 바위 손바닥에서 땅으로 미끄러지듯 내려서자, 구름 위에선 마고의 목소리가 벼락처럼 떨어졌다.

굳이 알 필요 있나? 별로 그러고 싶지 않아. 어차피 넌 내가 다음에 올 때 즈음엔 죽어 있지 않겠어?

그렇게 말하곤 마고는 발걸음을 옮겼다. 강물을 길 삼아 걷는 마고의 발이 바닥을 디딜 때마다, 강물이 요동치고 물고기들이 튀어올라 뭍에서 펄떡이며 죽어갔다. 마고는 멀어지고 있었지만, 워낙 큰 키를 가진 단말이었기에 금산은 마고가 그다지 멀리 떨어지지 않은 곳에 몸을 눕히고, 자기 입으로 말한 '절전 모드'에 들어가는 모습을 지켜볼 수 있었다.

"내 이름은 금산이야."

그렇게 중얼거리고는, 금산은 산이 있던 자리를 보았다. 거대한 바위가 뿌리째 뽑혀 나가면 그곳엔 개미 떼가 우글거리듯이, 산이 뽑혀 나간 자리에도 동물들, 곤충들이 모여 썩은 시체를 탐하고 있었다.

시체라.

이제 금산은 폐허가 된 마을에 들어섰다. 마을은 형태를 알아보기 힘들 정도로 으스러져 있었다. 금산이 빨래하던 개울물은 흙탕물이 되어 있었다. 기둥은 누워 있었고, 지붕은 겨우 흔적만을 더듬어 볼 수 있을 따름이었다. 개나 소, 닭 등의 가축들은 부서진 우리를 빠져나왔으나 일부는 마고의 발길에 터져 죽음을 맞이한 듯했다. 그리고 사람들은….

금산은 전날 밤 타올랐던 달집을 생각하며 언덕으로 달려갔다. 좀 전의 일로, 언덕은 한층 경사가 완만해져 있었다. 금산은 언덕에 올라, 아직도 연기가 피어오르는 달집 옆에서 기쁨에 찬 미소를 지은 채 마을을 굽어보았다.

가장 가까운 초가의 장지문엔 빨갛게 손자국이 찍혀 있었다. 군데군데 찢겨 있기도 했고, 아예 사람들의 몸이 반쯤 비어져 나와 있기도 했다. 모두 죽어 있었다. 사람의 형체를 유지하고 있는 시체가 매우 드물었다.

살아남은 사람이 아예 없진 않았다. 가까스로 마고의 발길을 피한 아이 몇이 울며 마을을 돌아다니다가, 언덕 위에 서 있는 금산을 보고선 겁먹은 얼굴을 한 채 왔던 길로 뒷걸음쳤다. 금산은 그 아이들이 달아나도록 놔두었다. 아마 금산보다 어린 아이들 걸음으로 여기서 제법 떨어져 있는 이웃 마을에 다다르기엔 꽤 벅찰 터였지만, 그 문제는 금산이 별로 생각하고픈 것이 아니었다.

대신 금산은 언덕에서 내려와 죽어 버린 마을을 다시금 둘러보았다. 사랑하지 않는 이들이 죽은 모습을 보는 일은 마음이 쓰라리지 않았다. 사람이 많이 죽어 거름이 되었으니 이곳에 풍년이 오겠구나 하는 생각이나 들었다.

아까 마고가 밟아 고꾸라뜨린 효자비를 보자, 죽은 사람들에 대한 생각은 더더욱 사그라들었다. 효자비는 심지어 글씨가 새겨진 쪽이 땅을 향하도록 쓰러져 있어서, 금산은 괜히 효자비를 밟고 지나가 보기도 했다.

아버지와 할아버지가 으깨진 모습을 보고 나서야 금산은 비로소 마음을 놓을 수 있었다. 이젠 아무도 금산을 산 채로 구덩이에 파묻지 못했다.

금산은 다 쓰러진 집에서 몇 가지 쓸 만한 것들을 추려내 보따리를 쌌다. 그러곤 아까 아이들이 걸어간 방향이 아닌, 마고가 향한 방향으로 걸었다.

마고가 누워 산이 된 기슭에 집을 짓고 살아야지. 사람들이 지나갈 때마다 마고의 이야기를 해 주어야지.

나를 옥죄던 것들을 단번에 으스러뜨린 내 친구, 어리석고 위대한 이의 이야기를….

금산은 걸음을 재촉했다. 운이 좋다면 죽기 전에 한 번이라도 더 만날 수 있을 터였다.

작가의 한마디

"B에겐 당연하나 A에겐 전혀 당연하지 않은
이야기를 계속 쓰고 싶다."

창백한
눈송이들

전
혜
진

2007년 『월하의 동사무소』로 데뷔한 이래 만화/웹툰, 추리
와 스릴러, 사극, SF 등 장르를 넘나드는 작품 활동 중이다.
장편 소설 『280일』과 앤솔러지 『감겨진 눈 아래에』, 여성의
역사에 주목하는 논픽션인 『순정만화에서 SF의 계보를 찾
다』, 『여성, 귀신이 되다』, 『우리가 수학을 사랑한 이유』로
많은 호응을 받았다. 최근 SF 단편집인 『아틀란티스 소녀』
를 발표하였다.

반짝반짝하게 윤을 내어 닦은 새 군화가 바닥을 디뎠다. 좁은 복도에 군홧발 소리가 둔탁하고 묵직하게 울려퍼졌다. 유진은 잔뜩 긴장한 채 침을 삼키려 했지만, 입안이 바싹 말라 있었다. 그는 고개를 살짝 들고, 눈만 굴려 주위를 살펴보았다. 건물은 새 것이고 깨끗했지만 복도는 묘하게 조도가 낮아 어둑어둑했다. 아까 입구 쪽에 있던 스위치 옆에 '절전'이라고 붙어 있었는데, 정말 조명을 반만 켜 놓은 것 같았다. 모든 것이 반듯반듯하게 각이 잡힌 가운데, 묘하게 서늘한 이 복도는, 얼마 전 졸업한 모교의 복도를 떠올리게 했다.

그때, 앞장서 걷던 원사가 퉁명스럽게 중얼거렸다.

"계집애란 말이지, 흥."

유진은 어깨를 움츠렸다. 사무실 안에는 사람들이 있겠지만, 여기 복도에는 저 늙수그레한 원사와 자신뿐이었다. 그는 유진이 어지간히 마음에 안 드는 듯, 들으라는 듯이 말했다.

"군대가 어떤 곳인 줄 알고. 겁도 없이."

사실 유진은 이 상황이, 하나부터 열까지 이해가 가지 않았다. 사관학교를 졸업한 장교도 아니고, 자신은 이제 막 항공과학고를 졸업하고 기술부사관이 된, 스무 살 난 하사일 뿐이다. 작년 가을, 학교에 놀러 온 선배들에게 듣기에, 일단 임관을 하고 부대에 발령을 받으면 사회인이자 군인이니, 시간 날짜 정확히 엄수해서 행정반에 들어가 보고하고, 시키는 대로 인사 잘 하고, 관사에 짐 넣고 군 생활 시작하면 되는 거라고 했는데.

오늘 아침 부대 앞에서 이 원사라는 분과 마주친 게 잘못인 걸까. 유진은 앞장서 걸어가는 원사의, 머리카락이 듬성듬성한 뒤통수를 쳐다보며 생각했다. 더 일찍 도착했어야 하는 걸까. 아니, 그것도 아니다. 그저 일진이 나빠서 우연히 마주친 거라면 모를까, 입구 초소 앞에 딱 버티고 서서 기다리고 있다가, 유진을 보자마자 손가락을 까딱까딱, 마치 강아지 부르듯 손짓을 하더니, 행정반까지 데려다주겠다고 따라오라는데 무슨 수로 피해 갈 수 있단 말인가. 그래 놓고는 오는 내내 나는 네가 마음에 안 든다, 당장 집에나가 버리라는 분위기를 온몸으로 뿜어내더니, 이제 행정동 건물에 들어서자 대놓고 싫은 티를 내고 있었다.

대체 뭐가 마음에 안 드는 걸까, 무엇이 잘못되었기에 사람을 보자마자 저렇게 대놓고 싫어하는 걸까. 아무 짓도 하지 않았는데 누군가의 미움을 사는 것은 결코 마음 편한 일이 아니었다. 그것도 중년 남자가 자신에게 이유도 없이 화를 내는 상황은 그 자체로 스트레스였다. 유진은 문득, 원사의 나이를 가늠해 보았다. 아직도 어른들의 나이는 영 가늠하기 어려웠지만, 몇 년 전 마지막으로 보았던 아버지의 나이가 딱 그 정도 될 것 같았다. 저 나이의 남자들은 정말, 자기보다 어린 사람이나 여자에게 이유도 없이 화를 내면서 자신에게 그럴 만한 이유와 권리가 있다고 철석같이 믿는 모양이지. 그렇게 뻔뻔해지려면 사람이 어디서부터 잘못되어야 하는 걸까. 유진은 문득 생각했다. 그러다가 고개를 숙이고 소리없이 웃었다. 그래, 내 잘못이지. 내가 만만하니까 저 사람이 저러는 거지. 짜증이 났지만 여기는 군대다. 지난 3년 동안 학교에서, 군대가 어떤 곳인지에 대해서는 귀에 못이 박히게 듣고 또 배워 왔다. 알고 서 온 거다. 알고서도 여기밖에는 없다고 생각했으니까.

"열심히 하겠습니다."

유진은 속으로 이 말을 몇 번이나 굴려 보다가, 마침내 입을 열어 말했다. 원사는 걸음을 멈추고 뒤를 돌아보았다.

"너 뭐라고 했냐?"

"제가 여자라서 마음에 안 드실 수도 있다고 생각합니다. 하지만 학교에서 열심히 공부했고, 앞으로도 더 열심히 하겠습니다."

"…"

"아, 저… 실망시켜 드리지 않겠습니다."

"지랄하고 자빠졌네."

원사는 고개를 돌렸다. 더 들어볼 것도 없다는 듯한 냉랭한 태도였다. 유진은 어깨를 움츠리며 고개를 틀었다. 그때, 복도와 연결된 계단 위쪽에 누군가 서 있는 것이 보였다.

어차피 다 똑같은 근무복이었지만, 어깨 위로 찰랑거리는 단발머리가 흔들거리는 것이, 자신과 같은 여군인 것 같았다. 유진은 반가운 마음에 얼른 고개를 들었다. 하지만 고개를 돌려 계단 위쪽을 바라보았을 때, 그곳에는 아무것도 없었다.

•••

업무 자체는 쉽진 않았지만 아주 낯선 것은 아니었다. 학교에서 3년 동안 배운 지식들은 쓸모가 있었다. 게다가 여기는 기술부서였다. 항공 분야의 전문 기술력을 갖춘 기술 부사관들이라는 자부심도 있었다. 단 하나 문제가 있다면, 이곳의 '반장님'이었다. 아무 짓도 안 하고 시간 맞춰 첫 출근을 한 유진을 대놓고 못마땅해하던 원사가 이곳의 반장이라는 것을 알고, 유진은 이해도 하고 체념도 했다. 우연히 만난 것도, 이유 없이 화를 낸 것도 아니었다. 자기가 데리고 일해야 하는 자기 부서 사람이니까 나와 봤다가, 영 마음에 안 들었던 거겠지.

"됐어, 반장님 신경 쓰지 말고. 까탈 부리시는 거 하나하나 신경 쓰다가는 아무것도 못 한다니까."

"하지만 어떻게 신경을 안 써요."

"야, 국방부 시계는 돌아가는 거고, 버티고 버티면 때 되면 중사 달고 상사 달고 원사 되는 거야. 언제까지 반장님이 우리 위에 있겠냐? 퇴직을 해도 우리보다 한참 먼저 할 텐데."

선임인 박 중사는 시원시원한 성격으로, 유진을 꽤 마음에 들어하는 것 같았다. 그는 설명을 잘 해 주고 친절한 데다, 공군항공과학고등학교의 4년 선배이기도 했다.

"반장님이 기술도 좋고 뭐 좋은데, 끗발이 좀 안 좋아. 원래는 한 곳에 쭉 붙박이로 계실 만한데. 재작년에 이쪽으로 오셨어. 이런저런 사고가 좀 있었거든?"

"사고요?"

"어. 그래서 나날이 성질만 고약해진다니까. 너한테도 봐, 첫날부터 성질 부리고."

박 중사는 반장의 흉을 한참 보다가, 의자에 등을 푹 기대며 히죽히죽 웃었다.

"그런 이야기 그만하고, 학교 이야기나 좀 해 봐라. 헤비메탈 동아리는 여전히 안녕해?"

유진은 지난 가을 축제에도 헤비메탈 동아리가 무대에 올랐고,

특히 베이스 주자가 학교 체육복을 북 찢으며 연주를 하다가 나중에 크게 혼났다는 이야기를 전했다. 박 중사는 푸흐흐 하고 소리내어 웃다가, 자기가 학교 다닐 때 그 헤비메탈 동아리가 어땠는지 한참 무용담을 늘어놓았다. 유진은 박 중사가 말하는 친한 동아리 후배들이, 자신이 1학년 때 3학년이었던 선배들이라는 것을 알고 깜짝 놀랐다.

"뭘 그렇게 놀라. 당연한 걸 갖고."

박 중사는 낄낄 웃으며 유진의 어깨를 툭툭 쳤다.

"학교에서야 4년 차이가 까마득한 선배지, 사회 나오면 다 친구 먹는 나이야. 안 그래?"

그랬다. 사회에 나와서 학교 선배를 만나는 건, 학교 안에서 선배를 대할 때와는 또 다른 느낌이었다. 여기는 군대이고, 모든 사람들이 계급과 기수로 촘촘히 줄 세워지는 세계라고 해도. 처음 부임할 때는 잔뜩 긴장했지만, 유진은 박 중사를 만나서 다행이라고 생각했다.

"야, 옛말에 4년 차이면 궁합도 안 본다고 그랬어."

하지만 가끔, 유진은 박 중사에게 그러지 말라고 하고 싶을 때가 있었다.

"유진이 너, 궁합이 뭔줄 아나? 응?"

"아, 저… 옛날에 결혼하기 전에 사주 보는 거…."

"사주만 보겠냐, 배도 맞춰 보고 그러는 거지."

박 중사는 아주 평범한 이야기를 하다가, 때때로 아주 불쾌한 이야기를 아무렇지도 않게 꺼낼 때가 있었다. 시커멓고 찐득찐득한 것이 발밑으로 스멀스멀 기어오다가, 그대로 발목을 휘감아 올라오는 듯한 느낌이 드는 기분 나쁜 이야기를.

하지만 그럴 때마다 유진은 애써 생각했다. 박 중사는 친절한 사람이라고. 학교 선배이자 일을 잘 가르쳐 주는 사수이고, 무엇보다도 자신에게 잘 해 주는 박 중사가 정말 나쁜 뜻으로 하는 말은 아닐 거라고.

아니, 정말로 그렇게 생각할 만큼 멍청한 건 아니다.

유진은 한숨을 쉬었다. 그러다가 얼른 하품을 하는 척 기지개를 켰다. 박 중사는 군기가 빠졌다고 농담을 하며 유진의 어깨를 툭툭 쳤다. 미친 새끼, 계단에서라도 콱 자빠져 버려라. 속으로 생각하다가 유진은, 문득 박 중사에게 물어볼 게 있다는 것을 떠올렸다.

"아, 저…. 행정동에 계신 여자분도 우리 학교 출신이세요?"

"응?"

"행정동이에요. 거기 가면 보이는 분인데, 누구신질 모르겠어서."

"행정동에 여군? 통제실장?"

"아뇨, 통제실장님 말고요. 통제실장님은 커트 머리시잖아요."

"그럼 누구? 군무원이나 식당 아줌마 잘못 본 거 아냐?"

"근무복 입은 분인데 이렇게 단발머리고요. 여기 계신 여군 분들 다들 저처럼 짧은 커트거나 아니면 망에 넣은 머리 하시잖아요. 근데 혼자 단발이셔서…."

유진은 자신이 보았던 것만을 이야기했다. 몇 번이나 그 사람을 행정동에서 보았지만, 그때마다 제대로 보려고 하면 바로 코너를 돌아가 얼굴을 보지 못했다는 말은 하지 않았다. 하지만 그 이야기를 듣던 박 중사는, 갑자기 거칠게 책상을 밀치며 자리에서 일어났다. 그는 잔뜩 굳은 얼굴로 유진을 내려다보다가, 한참 만에 목이 쉰 듯한 거친 소리를 내며 물었다.

"무슨 개소리야."

"예...?"

"씨발, 무슨 개소리냐고!"

유진은 등에서 식은땀이 났다. 늘 싱글벙글 웃으며 농담을 해 대는 박 중사가 정색을 하는 것도, 눈앞에서 남자가 갑자기 소리를 지르는 것도, 어느 쪽이라도 유진에게는 숨이 막힐 듯한 일이었다. 하지만 머릿속에서는, 뭔가 이상하다는 생각이 들었다. 행정동이 아니면 다른 부서 사람이겠지. 이게 그렇게까지 화를 낼 일인가?

"죄송해요. 다른 부서 분인가 봐요."

"너, 이거 다른 데서도 떠들고 다녔어?"

"예?"

"다른 데서도 헛소리 씨부리고 다녔냐고, 씨발년이."

유진은 아니라고 말하려 했다. 하지만 박 중사는 유진이 뭔가 대답을 하기도 전에, 책상 파티션을 확 걷어차고 사무실을 나섰다. 파티션 선반에 올라가 있던, 누가 키웠는지 모를 작은 선인장 화분이 바닥으로 굴러떨어져 박살이 났다.

• • •

그날 이후 박 중사는 유진을 보면 슬슬 피해 다녔다. 차라리 파티션을 걷어차고 욕설을 했던 쪽이 나았다. 박 중사는 유진을, 몇 달이 지나도록 마치 그 자리에 없는 사람처럼 취급했다. 박 중사와 형 동생 하고 지내는 신 중사는 낄낄 웃으며 유진에게 말했다.

"어쩌냐, 너 군 생활 아주 꼬였다. 너, 뭘 잘못했는지는 아냐?"

"계속 생각해 봤는데 아무리 생각해도 잘 모르겠습니다."

"그래, 계속 잘 생각해 봐라. 근데 너, 여자애들은 아주 간단한 방법 있는데.”

“…잘 모르겠습니다?”

“그걸 모르면 계속 꼬이지.”

“….”

“오늘 중사들 회식 있는데, 와서 술이라도 한잔하든가. 어때? 사복 있지? 사복도 좀, 하늘하늘한 거 입고서 말이야.”

“아직 마셔 본 적 없습니다.”

“어허, 군인이 술을 못 마시면 쓰나.”

“저 아직 만 스무 살 안 지나서 정말 술 못 마십니다.”

“무슨 소리야, 그렇게 치면 대학 신입생들 하나도 술 못 마시게. 열아홉 살 지나면 술 마셔도 돼. 맞네, 여기. 「청소년보호법」은 ‘만 19세 미만자. 단, 19세가 되는 해의 1월 1일을 맞이한 자를 제외’하도록 되어 있다네. 야, 너 술 마셔도 돼.”

신 중사는 무슨 수를 써서라도 유진에게 술을 먹이고 싶었는지, 굳이 법 조문까지 찾아서 유진의 코앞에 내밀었다. 그는 징그럽게 히죽대며 은근한 목소리로 물었다.

“근데 너 아직 스무 살 안 됐냐?”

“학교 졸업하고 바로 와서, 아직 만으로 열아홉 살입니다.”

“히야, 그렇지. 너 얼마 전까지 고딩이었지. 산삼보다 낫다는 그 고딩!”

“거, 헛소리 하지 말고.”

저쪽에서 반장이 한마디 했다. 별일이었다. 첫날부터 자신을 싫어하는 줄 알았는데, 신 중사가 지저분한 말로 껄떡거리는 걸 막아 주다니.

하지만 반장은 반장이었다. 이곳에서의 별명이 말년원사인 그는 신 중사가 헛소리를 시끄럽게 해 대며 자신의 휴식을 방해한 것이 마냥 불쾌하다는 듯한 표정을 짓더니, 다시 의자에 푹 기대어 앉으며 중얼거렸다.

"적당히 해라, 귀신 보는 여자는 재수가 없는 법이다."

유진은 기가 막혀 입을 딱 벌렸다. 그러면 그렇지, 저 사람이 자신을 편들어 줄 리 없었다. 편을 들어 줄 생각이었으면 박 중사가 자신을 툭툭 치고 욕을 하며 괴롭힐 때 뭐라도 말했을 것이다.

귀신 보는 여자는 재수가 없다니, 첨단 기술로 조국의 영공을 수호한다는 이곳 기술 부서의 무려 '반장님'이 정말로 귀신을 믿어서 저런 말을 하는 건지는 모르겠지만, 적어도 저런 헛소리를 태연히 할 만큼 자신을 싫어하는 것만은 틀림없었다. 아마도 그가 걱정하는 건 유진이 아니라, 귀신 보는 여자에게 집적거리다가 해코지를 당할지 모르는 금쪽같은 신 중사와 박 중사겠지. 그런데도 신 중사는, 반장이 자신을 걱정하는 줄도 모르고 배은망덕하게도 투덜거리다가 유진에게 히죽히죽 웃으며 말했다.

"오빠가 다 너 걱정해서 하는 말이야. 말뜻을 모르겠으면 잘 생각해 보고. 수고."

신 중사는 건들거리며 유진의 뺨을 툭툭 건드리고 지나갔다. 신 중사의 손은 땀에 젖어 축축했다. 불결하고 끈적한 것이 닿은 듯한 불쾌감에, 유진은 신 중사의 손이 닿은 뺨을 손등으로 벅벅 닦다가, 아예 물티슈를 꺼내서 한 번 더 닦았다.

이른 봄에 이곳에 처음 도착해서, 이제 늦여름이었다. 그 반년 동안, 유진의 하루하루는 매일매일이 지옥이었다. 유진은 문득 앞으로 9년 하고도 6개월쯤 남았다고 생각했다. 반년 전까지만 해도 정식으로 임관할 날만을 오매불망 기다렸는데.

．．．

　민간 출신과 달리, 항공과학고 출신들은 입대하자마자 학교 다닌 기간의 절반, 즉 1년 반에 해당하는 호봉을 받고 시작한다. 큰 문제를 안 일으키면 대체로 3년이 되는 해에 중사로 진급할 수 있다. 진급을 하고, 다른 부대로 옮기게 되면 좀 달라질까. 규모가 큰 비행단에는 여군들도 꽤 많이 있다고는 들었다. 하지만 다른 데로 가거나 그다음의 일을 생각하는 것도 진급을 무사히 한 다음의 일이다. 마치 기수열외된 병사처럼 혼자 따돌림당하는 상황에서, 어디다 상담할 데도 없이 이 상황을 헤쳐나갈 생각을 하니 앞이 막막했다.

　여기서 겪는 일들을 솔직하게 털어놓을 가족이라도 있었으면 조금 더 나았을까.

　유진은 한숨을 쉬었다. 피붙이라고 해 봤자, 남아 있는 것은 저 끔찍한 아버지뿐이었다. 그런 것을 가족이라고 부를 수 있는지는 모르겠지만 말이다. 애초에 아버지가 그런 사람이 아니었다면, 아니, 좋은 아버지가 되는 일은 바랄 수도 없으니 차라리 일찌감치 죽어 없어졌다면, 지금 유진의 선택은 많이 달라졌을 것이다.

　유진이 공군 부사관이 되기로 마음먹은 것은 중학교 2학년 때였다. 하지만 국가와 민족을 위해 봉사하겠다거나 조국의 영공을 수호하겠다거나 하는 원대한 꿈 때문은 아니었다. 물론 조종사가 되고 싶어서 지망한 것도 아니다. 사병들 중에는 공군으로 입대하면 전투기에 탈 수 있는 줄 알고 왔다가 복무 기간 내내 활주로 청소만 하고 제대하는 친구들도 있다지만, 유진은 처음부터 그런 거창한 기대는 싹 내려놓은 채, 오직 현실만 보고 왔다. 그 현실이란, 유진에게는 자신을 때리고, 욕설을 하고, 자기 기분 나쁘면 학교에도 못 가게 하려 들고, 그리고 술에 취하면 딸의 몸을 더듬거리는 아버지에게서 도망치는 것이었다.

아버지에게 단 한 푼도 손을 벌리지 않고 살아갈 수 있어야 했다. 그러면서도 아버지가 자신을 끌고 가지 못할, 아버지보다 더 강하고 단단한 울타리가 필요했다. 입학하자마자 부사관 후보생이 되고, 학비와 식비, 기숙사비는 물론 월급까지 나오는 항공과학고는 유진에게 유일한 희망과도 같았다. 죽을 만큼 공부했고, 합격을 했다. 어디 가서도 잘 살아남고 싶어서 학교에 다니는 동안 공부도 열심히 하고 자격증도 할 수 있는 한 많이 땄다. 수석은 못 했지만, 노력한 덕분에 졸업할 때는 교육사령관 상을 받을 수 있었다.

그리고 이제 스무 살, 부사관이 되어 부대 관사에서 작지만 자기만의 방을 갖고 살게 되었다. 한때는 이 순간만 오면 모든 문제가 해결될 거라고, 그야말로 미래의 일만 생각할 수 있을 거라고 기대했는데.

"…미치겠네."

유진은 자신의 중학교 동창들은 지난가을 수능을 보았을 것이다. 유진이 부사관교육대대에서 빡세게 구르는 동안, 아르바이트도 하고 면허도 따고 고등학교 3년 동안 놀지 못한 한을 풀 듯 신나게 지냈을 것이다. 그리고 지금은 드라마 속의 대학생들처럼 캠퍼스를 거닐고 있을지도 모른다. 어쩌면 유진도 그렇게 될 수 있었을지도 모른다. 낭만은 둘째치고서라도 대학생은 될 수 있었을 것이다. 항공과학고에 갈 수 있었던 것도, 그 와중에 공부만은 잘했기 때문이었으니까.

물론 가지 못한 길을 후회할 생각은 없었다. 군대는 유진이 스스로 선택한 미래였고, 아버지에게서 벗어나면서도 혼자 힘으로 살아남을 방법이었다. 대학에 가지 못한 아쉬움은 학교에서 선생님들께 들었던 대로 앞으로 살면서 방송통신대라도 다니면 된다고 생각했다.

하지만 겨우 자기 손으로 붙잡은 이 울타리 안에서 벌어지는 일들은, 대체 어떻게 해야 하는 걸까.

도망칠 수는 없었다. 항공과학고 졸업생의 의무 복무는 10년이었다. 아직 9년 반이 넘게 남아 있다는 뜻이다. 설령 의무 복무가 없다고 하더라도, 군대의 울타리를 벗어나는 즉시 언제 아버지가 찾아올지 모른다는 두려움에 떨어야 할 것이다. 아무리 힘들고 괴로워도, 죽든 살든 유진에게는 이 울타리밖에는 없었다.

하지만 대체, 이유는 알아야 뭘 할 게 아닌가.

수빈: 야, 서유진. 너 무슨 일이야.

수빈: 뭔지 모르지만 사고쳤다는 것 같던데.

그때, 항공과학고 여자 동기들이 모인 채팅방에 알람이 떴다. 유진은 폰을 집어 들었다. 그리고 폰을 이마에 대며 한숨을 쉬었다.

학교 다닐 때는 정말 몇 안 되는 여자 동기들이 아침부터 저녁까지 똘똘 뭉쳐 다니곤 했다. 학교의 남자 동기들이나 남자 선배들은 여자의 적은 여자라면서 괜히 친구들을 이간질시키려 하기도 했지만, 그 친구들과의 시간이 유진에게 얼마나 구원이 되었는지 그들은 상상도 하지 못 했을 것이다.

요즘도 그랬다. 부대에 정을 붙이지 못하던 유진은, 때때로 채팅방에서 상관 욕을 하거나, 자기 부대 짬밥이 얼마나 맛없는지, 부대가 얼마나 외진 곳에 있는지 떠들어 대는 친구들을 보며 흐느껴

울었다. 수빈이도 민지도 서연이도 모두 보고 싶었다. 학교로 돌아가고 싶었다. 하지만 친구들에게는, 여기서 얼마나 힘든지 털어놓을 수 없었다. 친구들도 새 부대에서 새로운 환경에 적응하고 있을 텐데, 그 애들에게 공연히 방해가 되지 않을까 싶어서.

민지: 여기서도 나한테 물어보더라. 너 학교 다닐 때 또라이였냐고.

친구들이 먼저 알고 걱정하는 걸 보니, 역시 달갑지 않은 소문은 빠르게 퍼지는 모양이다. 여기 사람들은 다들 공군 본부 커뮤니티 게시판에 접속도 하는 데다, 박 중사도 항공과학고 출신이라 전국에 동기들이 있으니, 자신에 대한 좋지 않은 소문을 퍼뜨리는 건 사실 일도 아니겠지.

서연: 야, 말을 그렇게 하면 어떡해…

민지: 아니라고 그랬어.

민지: 내 동기 서유진은 입학할 때 차석으로 들어와서

민지: 3년 동안 자격증을 일곱 개나 땄고

민지: 졸업할 땐 교육사령관 상 받은 엘리트라고 분명히 말했다고.

서연: 난 우리 선임이 그런 말을 하길래 정말 놀랐어.

서연: 올해 부사관으로 나온 사람 중에, 서유진보다 잘할 사람이 어디 있어.

친구들은 어떻게 생각할까. 학교에서도 알고 있을까. 다들 손재주 좋고 공부 열심히 하는 서유진이, 사실은 거짓말쟁이였다고 생각하는 것은 아닐까. 조롱하는 것은 아닐까. 누구 말대로 기수 열외라도 시키려 드는 것은 아닐까. 하지만 친구들은 정말로 걱정이 되어서, 유진이 괜찮은가 싶어서 메시지를 보내 온 거였다. 아마도 직접 물어보기 전에, 자기들끼리 한참 이야기하고 고민도 했을 테지. 혼자 낯선 곳에 떨어져서 하루하루 버텨내는 것만으로도 쉽지 않다는 것을, 그 애들은 다들 알고 있을 테니까.

　　수빈: 말해 봐, 서유진.

　　수빈: 대체 무슨 일이야.

　유진은 머뭇거렸다. 어디서부터 이야기를 해야 하는 걸까. 자신이 본 것은 대체 무엇이었을까. 여기 사람들은 유진이 귀신을 봤다고 수군거리는데, 대체 무슨 귀신인지 물어보아도 아무도 대답해 주지 않았다. 그저 쉬쉬하며 유진을, 마치 전염병 환자라도 되는 것처럼 피할 뿐이었다. 친구들에게 설명을 하고 싶었지만, 그 귀신 이야기를 했다간 친구들도 자신을 미쳤다고 할까.

　　유진: …좋아, 말할게.

　하지만 누군가에게는 말을 해야 했다. 누군가에게는 이 일에 대한 설명을 들어야 했다. 그러지 않으면 가슴이 답답해서 가만히 있다가도 숨이 콱 막혀 죽어 버릴 것만 같았다.

　　유진: 여기 오던 날 행정동에서 단발머리 여자를 봤어.

　군복을 입고, 머리카락은 날렵한 단발머리로 자르고, 경쾌한 느낌으로 계단을 올라가던 사람.

　유진은 그 사람과 몇 번이나 마주쳤다. 매번 제대로 돌아보거나 뒤따라가면 이상하게도 어느새 보이지 않게 되었고, 하복을 입는 시기가 되었는데도 늘 동복을 입고 있었지만, 돌이켜 생각해 보면 기묘할 정도로 이상하다는 생각은 하지 못했다. 오히려 그 사람을, 자기도 모르게 동경하고 있었던 것 같기도 했다. 얼굴을 제대로 보지는 못했지만, 그 당당한 걸음걸이나 반듯한 뒷모습을 보면, 자신과는 다르게 자신감이 넘치는 사람, 멋진 언니나 선배라는 느낌이 들곤 했다. 누구인지도 모르는 사람을 동경하다니, 그것도 이상한 일이라고 생각하고 웃었던 적도 있었는데.

그런 사람은 이곳 어디에도 없었다.

그리고 사무실에서 정말 지나가는 말로, 그 사람이 누구인지 물어본 것 뿐인데. 유진의 군 생활은 아주 엉망이 되어 버렸다. 아무 짓도 안 했는데 욕을 먹고, 귀신 보는 여자는 재수가 없다는 소리나 들었다. 막상 말을 하고 보니, 하나도 말이 되지 않는 이야기였고, 처음부터 끝까지 억울한 일이었다.

유진: 솔직히 공군이 딴 데보다는 낫다고 그래도, 여기도 군대라서

유진: 여자 찾아보기 힘들지.

유진: 일하다가 화장실 한번 가려 해도 행정동 건물까지 가야 하고.

유진: 군무원 분들이나 식당 조리사님까지 다 해도, 여자가 10프로
　　　도 안 되잖아.

유진: 어디를 둘러봐도 시커먼 남자들투성이인데,

유진: 내 또래의 여자라면 사람이든 귀신이든 반가울 수도 있지!

유진: 그래, 뭐. 여긴 군부대니까. 군부대도 학교만큼 귀신 많이 나
　　　오는 데니까. 까짓거 귀신이면 어때.

유진: 내가 알고 싶은 건, 대체 왜 나한테 그러느냐야.

유진: 군대에서 귀신 나온다는 소리 처음 들어?

민지: 그러게, 정말 이상하네.

민지: 남군들이란 어디 처녀귀신이 나왔다고 하면

민지: 예쁘냐고 물어보는 족속들인 줄 알았는데.

서연: 농담이 나오냐.

여전히 마음은 아프고 괴로웠다. 하지만 친구들에게 이야기를 하다 보니, 명치 끝에 답답하게 뭉쳐 있던 것이 조금은 풀리는 것 같기도 했다. 그때였다.

수빈: 나 그거 뭔지 알아.

갑자기 화면에 물음표가 달린 이모티콘들이 주루룩 떠올랐다. 귀여운 캐릭터들이 머리에 물음표를 떠우며 흔들거리는 이모티콘들의 파도가 지나간 뒤, 수빈은 자기가 알고 있는 것을 침착하게 털어놓기 시작했다.

수빈: 너희들은 어디까지 들었는지 모르겠지만

수빈: 우리 선임은 나한테 대놓고 물어봤어.

수빈: 친구 중에 귀신 보는 애가 있냐고.

유진: 귀신을 보긴 누가 본다고 그래.

유진: 항과고의 열두 가지 전설 중에 한 가지도 못 보고 나왔는데.

수빈: 그래, 그래.

수빈의 선임은, 수빈의 표현을 빌리자면 변태였다. 그는 군 생활하면서 보안이나 비밀은 아니지만 별 쓸모없는, 자신과 함께 근무한 사람들의 사생활 관련 자료를 모아 테라 단위 하드디스크로 몇 개씩 갖고 있는 인간이었다. 예전에는 그런 것을 적극적으로 수집하기 위해 공군 본부 커뮤니티와 별개로 부대 전용 커뮤니티 게시판을 만들었다는 이야기를 무용담처럼 늘어놓는 것이, 여기가 군대니 망정이지 군문 밖으로 나가면 성범죄자나 스토커로 일주일 만에 경찰에 체포되어도 이상하지 않을 것 같은 인간이었다.

수빈: 솔직히 말해서 인간 쓰레기 같아.

수빈: 걔한테 업무를 배우라는데,

수빈: 쟤한테서 뭘 배우다간 나도 쓰레기 되는 거 아닌가 싶다고.

서연: 업무도 아닌데 시스템 구축하고 커뮤니티 만들 정도면

서연: 그야말로 공대 너드 같은 사람 아나?

서연: 기술적으로는 배울 것이 있을 것 같은데.

수빈: 그러면 뭘 해.

수빈: 이런저런 사건 사고 제일 먼저 알아보고

수빈: 그 사람 사진 찾아서 저장해 두는 인간인데.

서연: 아, 미친.

서연: 그럼 누가 자살하고 죽고 그러는 것도?

수빈: 성추행도.

서연: 미친 새끼가.

민지: 근데 거긴 아주 본격적이라서 그렇지.

민지: 사실 여기도 인사 시스템에서 여군 얼굴들 찾아서

민지: 예쁘네 어떻네 얼평하는 사람들 되게 많아.

서연: 그러게.

서연: 자기들 얼굴이나 어떻게 좀 해 보라지.

유진: 그래서, 그 인간 쓰레기가 뭐라고 했는데.

수빈은 대답 대신, 채팅방에 사진 두 장을 올려놓았다.

한 장은 태극기를 배경으로 정면을 바라보고 있는, 긴 머리를 틀어올려 망에 넣은 단정한 여군 소위의 증명사진이었다.

그리고 다른 한 장은, 근무복을 입은 단발머리 여성을 멀리서 찍은 사진이었다. 배경은 바로 이 부대의 행정동 건물 앞이었다.

유진: 이게 뭐야.

수빈: 네가 정말 귀신을 봤는지 궁금해했어.

수빈: 네가 본 게 이 사람인 것 같아?

사진 속의 여성은 작았지만, 유진은 바로 알아볼 수 있었다. 이 사람이다. 행정동 복도에서 몇 번이나 보았던 바로 그 사람.

유진: 맞아.

수빈은 한참 아무 말도 하지 않았다. 폰을 쥐고 있는 손바닥에 땀이 배어 나왔다.

수빈: 그 소위님은 2년 전에 자살했대.

수빈: 겨울에, 2월인가에.

수빈: 너희 부대 당직실에서.

· · ·

"정말 할 일도 없는 놈들이지. 21세기에 군부대에 귀신이 어디 있어."

운영통제실장 백지현 대위는 피곤한 얼굴을 하고 짜증스럽게 중얼거렸다. 항공과학고를 졸업하고 바로 여기로 온, 이제 스무 살난 기술직 하사가 오자마자 소위 '관심부사관'이 되었다는 이야기는 여러 번 들었다. 입이 가볍기로는 성층권까지 날아오를 것 같은 병장들이 심심하면 떠들어 대는데 모를 수야 없었다.

"커피 마시지?"

"감사합니다. 아, 제가 탈게요."

"됐어, 우리 사무실은 커피는 셀프야."

"아…."

"아주 좋아. 평등하지. 실장으로 여자가 오니까 바로 셀프가 되더군."

유진은 뭐라고 대답을 해야 좋을지 몰라 우물거리다가 발밑만 내려다보았다. 백 실장은 큼직한 종이컵에 커피믹스를 두 개씩 뜯어 넣고는, 하나는 뜨거운 물을 가득 붓고, 다른 하나는 조금만 부어 휘휘 저었다.

"저, 죄송합니다. 바쁘실 텐데…."

"됐어."

백 실장은 뜨거운 커피를 유진에게 건네고, 자기 몫의 커피에는 컵이 넘치도록 얼음을 집어넣었다. 그리고 따라오라는 듯 앞장서 걷기 시작했다.

"그나저나 괜찮겠어? 거기 반장님이 싫어하실 텐데."

"저희 부서에는 여군이 없으니까요. 여군에게만 해당되는 일을 알아보러 행정동에 갔나 하시겠죠."

유진은 대답하다가, 고개를 저었다.

"아니, 신경 안 쓰실 거예요."

"신경을 왜 안 써. 자기 부서 사람인데."

"반장님은 애초에 저를 싫어하세요."

"그래?"

"예."

백 실장은 길게 묻지 않았다. 대신 그는 적당히 인적이 드물고 적당히 깨끗한 벤치를 찾아 자리를 잡고 앉았다. 유진은 백 실장이 앉기를 기다렸다가 그 옆에 앉았다.

"이야기는 대충 들었다. 내가 들은 대로라면 너는 귀신을 보고 네 선임은 어물전 망신 혼자 다 시키는 꼴뚜기 같은 친구라서, 귀신 이야기에 겁을 먹고 너를 피해 다닌다지? 맞나?"

"…아닌 부분도 있고요."

"해병대 놈들은 맨날 자기들이 귀신 잡는 해병이라던데, 공군은 귀신을 못 잡는 모양이지."

"그건…."

"농담이야."

"예…."

어디서부터 어디까지가 농담인 걸까. 유진은 백 실장을 대하는

110

게 마냥 까다롭게 느껴졌다. 하지만 여기가 아니면, 이런 걸 물어라도 볼 사람이 없었다.

아마도 수빈은 자기가 선임에게 들은 것을 전부 말해 준 것일 테다. 그리고 유진은 수빈이 말해 준 단서를 토대로, 대체 왜 사람들이 자신에게 이러는지 알아야 봐야 한다고 생각했다. 군 생활을 계속하려면, 사람들이 왜 그러는지 이유라도 알아야 했다.

아니, 사실은 그 이유라는 것도 어느 정도 짐작 가기 시작했다.

"제가 귀신을 본다는 건 사실이 아닌 것 같아요. 하지만 제가 누군가를 봤는데, 사람들은 그분을 2년 전에 돌아가신 분이라고 생각하는 것 같고요."

"…계속해 봐."

"박 중사님이 제게 화를 내시는 것도, 저에 대해 좋지 않은 소문들이 자꾸 나는 것도 바로 그런 이유고요."

백 실장은 별다른 말 없이 커피를 마시며 유진의 말에 귀를 기울였다. 유진은 자신이 보았던 단발머리 여군에 대해 말하다가 어깨를 움츠렸다.

저기, 행정동 앞에 그 여군이 서 있었다.

"재작년에 돌아가신 분이라는 건 어떻게 알았지? 누가 말해 준 건가?"

유진은 혹시라도 친구들에게 불이익이 갈까 싶어 잠시 머뭇거리다 말했다.

"…우리 부대 사람은 아니에요."

"그러니까 이 혓바닥 가벼운 놈들이, 남의 부대까지 우리가 귀신 무서워한다고 소문을 내셨다? 아이고, 알 만하군, 알 만해. 이 못난 놈들이."

"정말 돌아가신 분이 맞나요?"

"설명만 들어 보면 죽은 김 소위처럼 보이긴 해. 나는 귀신은 믿지 않지만."

"그분은 저… 왜 돌아가신 거예요."

"…."

"괴롭힘이나, 성추행이나… 그런 건가요?"

"어."

"…실장님도 알고 계셨어요?"

말을 해 놓고, 유진은 그 말이 백 실장을 비난하는 말처럼 들릴 수도 있겠다 싶어 고개를 숙였다. 백 실장은 웃었다. 웃고 있었지만 그 손에 들린 큼직한 종이컵에, 손가락이 닿은 자리마다 움푹 눌려 있었다.

"위국헌신 군인본분(爲國獻身 軍人本分)이라는 말이 있어. 군인이라면 마땅히 나라를 위해 몸과 마음을 다해 헌신하라는 이야기지. 그런데 말이야. 나는 가끔 그런 생각을 한다. 나는 나라를 위해 헌신하는데, 과연 나라는 나를, 그리고 여군을 군인으로서 존중해 주고 있나. 아니, 인간으로서 존중해 주기는 하나 하는."

"…."

"이 안에도 물론, 괴롭힘이며 성추행이 일어나. 아주 많이 일어난다. 여긴 조직 사회고, 아주 폐쇄적인 사회고, 그 와중에 여자들 숫자는 한 줌도 안 되지. 그런 걸 보고한다고 제대로 처리될 거라고 믿는 사람은 없어. 보고를 하는 사람은, 정말 죽을 만큼 용기를 낸 거야. 더 이상 이런 모욕을 겪고 싶지 않고, 또 다른 사람이 그런 피해를 입게 놔두고 싶지 않아서."

"예…."

"그런데 말이야, 그런 일을 신고하고 보고하고, 그러면 이 군이라는 조직은, 피해자를 정말 죽을 만큼 괴롭히고 못살게 군다. 잔뜩 못살게 군 뒤에, 회유를 해. 저 사람이 우리 군에 얼마나 중요한 사람이냐. 이런 일로 군복을 벗게 하기에는 너무 아까운 사람이다, 저 사람도 진급을 해야 하지 않느냐 하면서. 웃기는 이야기지. 그러면 피해자는. 피해자는 중요한 사람도, 아까운 사람도 아니니까 참으라는 소리나 다름없는데."

백 실장은 아예 종이컵을 확 구겨 버리며 중얼거렸다.

"우리 아버지는 군인이었어. 우리 외삼촌도 군인이지. 난 그래서 나도 커서 군인이 되어야 한다고 어릴 때부터 생각했었어. 그런데 내가 공군사관학교에 가겠다니까, 두 사람이 아주 나를 뜯어말리더라. 처음에는 어린 마음에, 두 분은 부사관인데 내가 장교가 되겠다고 하니 마음에 안 드는 건가 생각했었어. 그게 아니라는 건, 사관학교에 입교하고 얼마 지나지 않아 알았지."

"…."

"서 하사는?"

"저는…."

"말하기 힘들면 안 해도 돼."

"저는 집안 사정이 좀 안 좋아서…. 고등학교도 가고, 졸업하고서 평생직장이 보장된다고 생각하니까, 여기 말고는 안 되겠다 싶었어요."

"…힘들겠네."

집안 사정이 안 좋아서 힘들겠다는 말이 아니었다. 여기 말고는 갈 곳이 없어서, 도망칠 곳이 없어서 힘들겠다는 이야기였다. 유진은 가만히 고개를 끄덕였다.

"티 내지 마라, 여기밖에 없다는 거."

"예…."

"나는 어떤 고난이 있어도 군에 말뚝을 박겠다, 내게는 여기밖에 없다, 그렇게 절박한 애들은, 결국 여기를 떠나지 못하고 죽어서야 나가더라. 그러지 마. 그럴 것 없어. 졸업하고 딱 10년 동안, 정말 많은 사람들이 살아서 도망치고, 그리고 몇몇은 그렇게 죽어서 나갔어. 그럴 때마다 생각하지. 위국헌신, 위국헌신. 그런데 우리에게 그렇게 위국헌신할 나라가 있기는 할까."

유진은 고개를 들었다. 지금도 행정동 앞쪽에서, 단발머리에 동복 근무복을 입은 죽은 소위가 나무그늘 아래 서성이고 있었다.

"저는 지금도 그 소위님이 보여요. 그 단발머리 여자분이 돌아가신 소위님이 맞다면요."

"귀신 같은 건 없어."

백 실장은 자리에서 일어나며 중얼거렸다. 유진도 얼른 뒤따라 일어났다. 백 실장은 유진의 손에 들린 빈 종이컵을 빼앗아 들며 냉담하게 말했다.

"귀신이 있었으면, 그런 짓을 한 놈들은 벌써 나가 뒈졌겠지."

• • •

"빵빵하다, 빵빵해. 한번 저기 폭 파묻혀 봤으면 좋겠네."

등 뒤에서, 들으라는 듯한 목소리들이 들려왔다. 가을이 되어 은행잎이 노랗게 물들었다. 유리창 너머로 보기에 아름다운 풍경이긴 했지만, 은행 열매가 사방에 냄새를 풍기는 바람에 병사들은 수시로 은행 열매들을 쓸어내야 했다. 그리고 그 와중에도 말년 병장들은 빗자루를 든 채 건들거리며 음담패설들을 지껄이고 있었다.

"쏘가리들이 그렇게 못살게 군다며. 한번 주면 조용해질텐데 말이야."

"근데 서유진 말야. 저만하면 밖에 나가서도 상급이지 않냐? 고등학교 졸업하고 바로 온 거랬지? 나보다도 어린데, 제대하고서 사귀자고 해 볼까. 여기서 그렇게 고생하니까, 살살 꼬시면 넘어올 것 같은데."

유진은 일부러 걸음을 재촉하지도 않고, 어떤 새끼들이 헛소리를 하고 있는지 돌아보지도 않으려 애쓰며, 아무렇지 않게 걸어가기 위해 정말 혼신의 힘을 다했다. 하지만 저렇게 대놓고 자신을 눈요깃감 취급하는 놈들 앞을, 아무 소리도 못 들은 듯 태연히 지나가는 것도 쉽지 않은 일이었다.

SNS에 접속하면 일병이 여군 하사와 부대에서 섹스하는 웹툰 광고가 보인다. 얼마 전에는 커뮤니티 게시판에 누가 그 웹툰을 불법으로 올렸다가 삭제되기도 했다. 인터넷 게시판에서는 제복 입은 여자들을, 마치 군인이나 경찰이 아니라 징징거리고 무능한 사람들, 제 손으로는 형광등도 못 가는 사람들로 몰아갔다. 남성 군인이나 남성 경찰이 저지른 범죄는 개인의 일탈이었고, 여성 군인이나 여성 경찰이 저지른 실수는 여군이나 여경 전체의 실수인 것처럼 일반화되었다. 젊은 남자들이 득실거리는 남초 사이트 게시판에서는 여군들을 자신들의 성적 노리개로 삼는 망상들을 늘어놓거나, 전쟁이 나면 위안부로 삼고 싶다는 끔찍한 소리를 하는 짐승 같은 놈들이 한둘이 아니었다. 엄연히 존재하는 그런 일들을, 사람을 사람 취급하지 않고, 군인을 군인 취급하지 않는 그런 폭력들을, 눈 감고 귀 막고 없는 일 취급한 채 앞으로도 계속 아무렇지도 않게 지나쳐 갈 수 있을까.

그때 반장의 호통 소리가 들려왔다.

"이 새끼들이 말년에 영창 가고 싶어서는!"

유진은 깜짝 놀라 뒤를 돌아보았다. 반장이, 조금 전까지 자신을 두고 제멋대로 떠들어대던 병장들을 꾸짖고 있었다. 그런데도 딱히 고맙다는 생각은 들지 않았다. 저 사람은 그저 일개 병사가 하사관에게 기어오르는 것이 꼴보기 싫은 것뿐일 테니까. 그리고 아니나 다를까, 반장은 거기다 꼭 한마디, 쓸데없는 소리를 끼워 넣었다.

"자고로 귀신 보는 여자는 재수가 없는 법이야!"

그럼 그렇지. 어디 나를 걱정해서 나선 것이겠어. 유진은 쓴웃음을 지었다. 그리고 반장을 향해 경례를 했다. 반장은 병장들의 등짝을 손바닥으로 한 대씩 후려치고는 씩씩거리며 유진을 향해 걸어왔다.

"넌 대체 뭘 하고 다니기에, 병들에게까지 얕보이고 다녀!"

그러게나 말입니다. 누구 때문이겠어요. 쟤들이 말하는 쏘가리 일동들이, 대체 뭐가 켕기는지, 제가 돌아가신 소위님을 본 것 같다고 하니까 슬슬 피해다니고 욕하고 못살게 구니까 그러는 거겠죠. 제가 본 게 귀신이라면 귀신을 보는 제 눈깔이 잘못된 거겠죠. 그런 말들을 뱃속으로 꾹꾹 욱여넣으며 유진은 짧게 대답했다.

"죄송합니다."

"…너, 운영통제실장이 불렀다면서."

반장은 몇 걸음 걷다가, 이야기가 들릴 만한 거리 안에 사람이 있는지 휘 둘러보더니 물었다. 유진은 잔뜩 긴장했다. 인적이 드물긴 했지만 실외에서 이야기를 나누었으니, 누군가 자신과 백 실장이 함께 있는 것을 보았을 수도 있었다. 이 부대 사람들은 대부분 자신을 못마땅하게 생각하니, 그 이야기가 반장의 귀에 들어가는 것은 그야말로 시간문제였다.

혼이 날까. 여기 부서에서 일어난 일을 쪼르르 달려가 냉큼 일러 바쳤다고, 배신자 소리라도 들을까. 완전 군장하고 뺑뺑이를 돌라고 하려는 걸까. 생각하다가 문득 깨달았다. 반장은 통제실장을 만나러 갔느냐고 묻지 않았다. 통제실장이 불렀느냐고 물었다.

"앗, 그건…."

"무슨 이야기 하더냐."

"그게…."

"너보고 뭐, 성폭력이라도 당했느냐, 그렇게 묻더냐."

"아, 저, 그런 사실 없습니다."

반장은 눈살을 찌푸리며 유진을 바라보았다. 어차피 뭐라고 말한들 믿을 것 같지도 않았다. 처음부터 자신을 싫어한 사람이다. 사무실에서 박 중사나 신 중사가 자신에게 화를 내고, 욕설을 하고, 성적인 농담들을 하며 어깨나 가슴을 툭툭 쳐도 신경도 안 쓰던 사람이었다. 자기가 보는 앞에서 강간을 당해도 눈 하나 깜짝할 인간이 아니다. 아니, 그쯤 되면 준위 진급에 문제가 생기니까, 그런 일이 생겨도 내 탓을 할 테지. 유진은 자신이 반장을 얼마나 싫어하고 원망하는지 새삼 깨달으며 대답했다.

"들어온 지 반년쯤 됐는데 적응 잘 하고 있냐고 하셨습니다."

"그래서."

"그렇다고 말씀드렸습니다."

반장이 자신을 노려보았다. 하지만 유진은 그냥 그 시선을 묵묵히 받고 있었다. 어차피 너희에게 나는 투명인간이다. 투명인간은 저런 눈빛도 그냥 싹 투과시켜 버릴 수 있어. 때리는 것도, 칼로 찌르는 것도 아니다. 그저 겁주려고 무서운 표정을 지으면 알아서 기죽을 줄 아는 것뿐이지. 그게 다 뭐라고.

"문제가 있으면 통제실장에게라도 말을 하고."

"…잘 못 들었습니다?"

"부대에서 자살하지 말라는 말이다."

"알겠습니다. 반장님 진급에 방해되지 않게 잘 하겠습니다."

"누가 내 진급 때문에 그러는 줄 알아."

"반장님 저 싫어하시잖습니까."

마음에 맺혔던 것을 말해 버리자, 뭔가 마음을 꽉 틀어막고 있던 것이 무너져 내리듯 시원해졌다. 에라, 모르겠다. 배를 째라지. 아무리 반장님이라도 날 여기서 죽이기야 하겠나. 어차피 걱정해서 하는 말도 아니라는 것은 유진이 가장 잘 알고 있다. 이 조직 사람들에게 중요한 것은 무슨 일이 벌어지든 그저 조용히 무마하는 것뿐이다. 이번 한 번만 조용히 넘어갈 수 있으면 여기 사람들 모두 괜찮은데. 누구는 곧 승진이고 누구는 어쩌면 사단장도 하고 남을 인재인데, 여기서 주저앉게 둘 수는 없는데. 아무리 억울한 일이 있어도 혼자 좀 참으면 되는 건데. 공연히 유난을 떤다고 생각한다. 그렇게 억울하다고 말하거나 억울함을 이기지 못하고 죽은 사람을, 이 조직을, 이 군대를 약하게 하는 존재인 것처럼 몰아세우면서.

"솔직히 이제 와서 통제실장님께라도 말하라고 하시는 것도, 저를 걱정해서 하시는 말씀은 아니시잖습니까. 혹시 제가 잘못되거나 해도, 반장님은 죽지 말라고 했다, 상담 받으라고 했다, 그렇게 말씀하시려는 것 아닙니까."

"얼씨구."

반장은 혀를 찼다.

"귀신이 보인다더니 이젠 아주 방언이 터지는구만. 더 해 봐라, 어디 더 해 봐."

"어차피 여기서 죽어 봤자, 은폐하기에 바쁠 것 같은데 말입니다. 저는 죽어도 여기서는 안 죽습니다. 한강 다리같이 아주 사람들 잘 보이는 데 가서 죽을 겁니다. 그리고…."

말을 하는데 눈물이 주루룩 흘렀다. 군대에서 눈물이나 뚝뚝 떨어뜨리다니, 정말 최악이었다. 하지만 사실은, 죽고 싶지 않았다. 애초에 살려고 집을 나왔고, 살려고 항공과학고에 갔다. 중학교 3학년 때의 그 마음은 지금도 마찬가지였다. 유진은 여기서 살아남고 싶었다. 남에게 휘둘리고 무너지지 않은 채로. 깨지고 망가지고 괴로워하더라도, 버텨서 더 앞으로 가고 싶었다. 반장은 그런 유진이 울음을 삼키며 손등으로 눈물을 슥슥 닦아내는 것을 그저 바라보다가, 퉁명스럽게 말했다.

"말은 잘하는구만. 학교 다닐 때 성적도 좋았다더니."

"…그렇습니다."

"자격증도 여러 개고. 군인을 안 해도 밖에 나가서도 뭐든 할 수 있을 텐데. 난 대체 왜 너 같은 멀쩡한 계집애들이 군인을 하겠다고 기어들어오는지, 이해가 가질 않아."

"…."

"귀신을 보고 다닌다니, 이야기도 들었겠구만? 여기서 죽은 소위 말이야. 공군사관학교까지 졸업하고 나왔는데, 성폭력인지 뭔지를 당했다더군. 그래서 죽었어. 죽었는데, 얘가 유서에 써 놓은 놈들은 지금 다 잘 살아 있어."

지금 저 영감탱이가 무슨 소릴 하려는 거야. 유진은 자기도 모르게 고개를 들었다. 사람이 죽으면서 자기 목숨을 걸고 고발하듯이 유서에 가해자들을 적어 놓아도, 처벌 같은 것은 없다고. 그냥 죽은 사람만 불쌍하다고 하는 거야? 사관학교씩이나 나온 엘리트가 죽어도 그리 되니까, 고등학교만 겨우 나온 나는, 내 친구들은 그냥 입을 다물고 참으라는 거야? 사람이 듣자듣자 하니까….

"그중에는 하극상이라 할 만한 일도 있었다."

"하극상이요?"

"아까 병장 놈들이 너한테 헛소리 하는 건 들었겠지? 내가 그놈들을 혼쭐낸 건… 그때 유서에 이름 적힌 놈들이 꽤 여럿이었는데, 그중에는 전역 얼마 안 남은 병장 놈도 있었다더라. 그런데 개도 별일 없었어. 개가 장교한테 술 마시고 힘으로 어찌저찌 한 게 사실로 드러났는데도 별일 없었다."

"어째서입니까."

"앞날이 창창한 대학생이 병역의 의무를 다하기 위해 군에 들어왔다가 전역을 앞두고 일탈행위가 있었지만, 앞날을 생각해서 선처했다더군."

"…."

"야, 죽으면 다 소용없다. 그 병장 놈이 그렇게 좋은 대학을 다니던 엘리트, 그런 것도 아니야. 그런데도 공군사관학교 같은 데를 나온 장교가 자살을 해도, 살아 있는 놈의 앞날이 더 중요한 거야."

"…살아 있어서가 아니라 남자라서 중요한 거였겠죠."

유진은 빈정거리다가, 손으로 제 입을 막았다. 자기가 감히, 한마디도 아니고 스무 마디쯤 쏟아냈다니, 간이 배 밖으로 나온 것 같았다.

하지만 딱히 틀린 말은 아니라고도 생각했다. 공군사관학교도, 유진이 졸업한 항공과학고도, 모두 국민의 세금으로 우수한 장교며 부사관을 길러내는 곳이라고 배웠다. 그래서 학비를 내지 않고 학교에 다닐 수 있는 대신 의무 복무가 있는 거라고. 그렇게 세금을 들여 길러낸 엘리트 여성 장교가 가해자들을 고발하며 생목숨을 끊어도, 어디 아무 대학이나 다니다 와서 다른 데도 아닌 군대에서 하극상을 저지른 남자애의 앞날이 더 중요하다는 거니까. 남성 장교가 병장에게 추행을 당했으면, 죽을 필요도 없이 그놈의 앞날을 막아 버릴 수도 있었을 거다. 병장도 감히, 술김에라도 그런 짓은 못 저질렀을 거고.

"그 소위는 아직도 장례를 못 치렀다."

반장은 그 말을 하고, 유진을 물끄러미 바라보았다. 유진은 무슨 말인지 이해가 가지 않았다. 2년 전 죽은 사람인데, 아직도 장례를 못 치르다니.

"아직도 병원 영안실에 있지. 2년 반 동안 거기 있었으니 영안실 비용도 꽤 나올 텐데, 그 부모는 그걸 다 감당하더라도 기다리겠다는 거야."

기다리다니, 대체 무엇을? 가해자들의 처벌을? 그건 다 끝난 일이 아니었나? 하다못해 가해자 중 일반 병조차도 앞날이 창창하다고 선처하는 마당에, 대체 무엇을?

"순직 처리를."

유진은 입술을 달싹거리다 아랫입술을 꽉 깨물었다. 입술 안쪽에서 피맛이 배어나왔다. 가슴 한복판에 얼음덩어리를 쑤셔 넣은 것처럼, 마음이 싸늘하게 식어갔다. 죽어 봤자 소용없다. 하다못해 딸의 죽음을 그렇게 애통해하며 순직을 인정받기 위해 나라와 싸우고 있는 부모도 없는 너 따위는, 정말로 여기서 어떻게 죽어도 아무도 알아 주지 않을 거다. 그러니까 괜한 분란 일으키지 말고 죽지 말아라. 유진의 귀에는 그 말들이, 그런 협박처럼 들렸다.

• • •

"아이고, 하늘에서 폐기물이 쏟아져 내리는구나."

신 중사가 바지 뒷주머니에 손을 찔러 넣은 채 껄렁거리는 말투로 중얼거렸다. 유진은 자리에서 일어나 창가로 다가갔다. 흐린 하늘 아래 눈이 흩날리고 있었다.

날이 쌀쌀해질 무렵이 되어서야, 같은 부서 사람들은 조금씩 유진을 받아들였다. 물론 친한 척하며 같이 어울려 다니거나 막내라고 살뜰히 챙겨 주는 것은 아니었다. 유진은 여전히 혼자였다. 혼자 다니고, 웬만하면 혼자 점심을 먹었다. 일은 열심히 했지만 부서에서 대단히 환대받는 존재는 될 수 없었다.

하지만 공군은 기계는 많고 사람은 적은 곳이었다. 많은 부분이 기계화되어 있다고는 하지만, 그만큼 기술 부서는 늘 바쁘고 일손이 부족했다. 그리고 유진은, 들어온 지 1년도 되지 않았는데도 한 사람 몫을 얼추 해내고 있었다. 계절마다 돌아가는 연례행사들을 전부 겪어 나가고 1년을 채우고 나면 어디 가도 빠지지 않게 일할 터였다. 겨울이 되고 장비들이 얼어붙거나 이런저런 문제를 일으키면서 부서는 더욱 바빠졌고, 사람들은 유진에 대해 까짓거 귀신 좀 볼 수도 있지 하고 적당히 넘어가게 되었다.

"눈 치워야지요. 넉가래 꺼내 올까요."

"됐어, 이 정도면 연병장이나 활주로에 있는 건 송풍으로 날리면 되고, 구석구석은 병장들이 애들 데리고 치울 거야. 넌 커피나 좀 타라. 으, 춥다."

신 중사는 짐짓 과장되게 추위를 타는 척하며 책상 앞에 앉았다. 여기도 여자가 반장이 되면 커피는 셀프가 될까. 유진은 사관학교를 졸업한 대위이고, 대대장과 관련된 업무를 도맡은 운영통제실장인데도, 무력하게 쓴웃음을 짓던 백 실장을 떠올렸다. 언젠가는 그럴 날이 올지도 모르지만, 지금은 의무 복무 기간을 무사히 마칠 수는 있을지가 걱정이었다. 조금씩 이곳 생활이 익숙해지긴 해도, 한 걸음 한 걸음이 사방 낭떠러지 위를 걷는 듯 불안하기만 했다.

신 중사는 TV를 틀었다. 뉴스에서는 날씨 이야기며 신종 호흡기 감염병에 대한 이야기, 정치가들에 대한 이야기가 나오고 있었다. 그리고 그 뉴스와 뉴스 사이에 아주 짧게, 낯익은 풍경이 언뜻 비쳤다.

"3년 전, 부대 내에서 스스로 목숨을 끊은 김 소위. 군인사법이 개정되면서 자살이라고 해도 직무 관련성을 인정받으면 순직으로 처리될 수 있습니다. 김 소위의 순직에 대해 법원에서는…."

"어, 저건…."

"아직도 순직 처리 한다고 그러나 보네."

신 중사가 어깨를 으쓱거리며 고개를 돌렸다.

"쟤가 걔야, 네가 본다는 그 귀신."

"왜 쓸데없는 소리는 또 하고 그래."

구석에서 졸고 있던 박 중사가, 신 중사를 향해 짜증을 내며 밖으로 나갔다. 그는 밖으로 나가다가, 애먼 문짝을 아주 부서뜨릴 기세로 걷어차기까지 했다.

"…박 중사님은 왜 그러시는 건데요."

"그때 조사받는다고 여러 번 불려 다녀서 그래. 지금 생각해도 아주 지긋지긋하다더라."

"…."

"아, 왜. 왜 또 그렇게 못된 표정을 짓고 그래. 네가 자꾸 그러니까 박 중사가 너만 보면 화내는 거잖아."

"누가 돌아가셨는데 여러 번 불려 다니셨다니, 대체 무슨 일이 있으셨나 해서요."

"아, 그래. 말 안 하고 화만 내 봤자 이렇게 오해만 사는 거지. 실은 저 사람이 성폭행 때문에 죽었다고 유서를 쓰고 죽긴 했어. 그런데 오해야, 오해. 다 큰 어른들끼리 서로 합의해서 같이 잘 수도 있는 거지. 같이 좋아 놓고서는 갑자기 유서에 이름을 써 놓고 죽었는데, 그게 어디 평범한 사람이 할 짓이냐?"

그때 책상을 걷어차는 소리가 났다. 유진과 신 중사는 동시에 반장을 돌아보았다. 반장은 책상을 손으로 짚고 일어나더니, 두 사람을 손가락으로 가리켰다가 다시 문을 가리켰다.

"시끄러우니 둘 다 나가서 눈이나 치워."

"아니, 제가 아직도 눈이나 치울 군번도 아니고…."

"강원도에서는 눈 많이 오면 사단장도 넉가래를 들고 나오는데, 어디서 빠져서는 군번 타령이야. 당장 뛰어나가서 눈 치워!"

유진은 밖으로 나갔다. 유진이 넉가래를 끌고 오는 동안 신 중사는 적당히 농땡이를 부리며 병장들과 농담 따먹기를 하다가 사라졌다. 유진은 한숨을 쉬며 눈을 밀었다.

김 소위는 자살하면서 가해자들의 명단을 남겼다. 그중에는 박 중사도 있었고, 반장이 말한 말년 병장도 있었을 거다. 하지만 그들은 아무렇지도 않게 살고 있다. 조사 몇 번 받으러 다닌 것을 평생의 트라우마를 얻은 듯 자신이 피해자인 양 굴기도 하고, 성추행을 한 사실이 밝혀졌어도 앞날이 창창해서 용서받기도 했다. 어떤 사람은 그 명단에 오르지 않았지만, 신 중사처럼 피해자도 좋아서 한 일이라는 식으로 말하기도 했을 것이다. 한둘이 아니겠지. 죽은 사람의 사진을 굳이 저장했다가 보여 준, 수빈이네 선임처럼. 누군가가 성폭력의 피해자가 되었을 때 그 사람의 얼굴을 찾아보고 조롱하는 사람이 어디 한둘이었을까.

항공과학고의 동기들이 졸업을 하고 아직 1년도 되지 않았다. 귀신을 본다며 따돌림을 당한 유진의 처지는 그나마 양반이었다. 민지는 한 달에도 몇 번씩 회식 술자리에 끌려다녔다. 민지네 반장은 아직 할 일이 있다, 당직이 있어서 회식에 갈 수가 없다는 민지를 억지로 끌고 가, 이제 겨우 스무 살인 민지를 지휘관들 앉는 테이블에 가서 술을 따르게 했다. 점잖고 위엄 있어 보이던 지휘관들은, 술 들어가면 부하 직원과 술집 여자를 구분하지 못한 채 추태를 부리는 개새끼가 되었다. 어려서 좋다고 낄낄대고, 2차로 노래방에 가면 블루스를 추자며 덤벼들어 끌어안고 부비적거렸다. 한 번은 지휘관이 무슨 기분 좋은 일이라도 있었는지, 잔뜩 술이 취해서는 민지의 가슴에 5만원짜리 지폐를 구겨 넣으려 들기도 했다. 그 꼴을 다 봐 놓고도 민지네 반장은 민지에게, 그건 그저 술자리에서 흔히 벌어지는 실수일 뿐이라며, 신고해 봐야 좋을 거 하나도 없으니 그냥 입을 다물라고 했단다. 회식 자리에서 지휘관들이 하신 말씀은 극비 사항이니, 밖에 나가서 떠들면 큰 문제가 생길 거라고, 무슨 각서 같은 것도 쓰고 그 밑에 도장도 찍게 했단다.

수빈이네 부대에도 사고가 있었다. 죽은 김 소위의 사진을 갖고 있었던, 수빈이가 변태 스토커 같다고 욕하던 선임이, 부대 밖에서 불법 촬영 현행범으로 적발된 것이다. 체포된 선임의 휴대폰에서는 민간인들뿐 아니라, 같은 부대 여군들을 불법 촬영한 사진들도 쏟아져 나왔다고 했다. 수빈이는 전화로 그 이야기를 하며 엉엉 울었다. 찍기만 한 게 아니라 인터넷에 올리고도 남았을 인간인데, 피해자들은 대체 그 인간에게 어떤 사진이 얼마나 찍혔는지도 알 수가 없다고. 선임이 남의 사생활을 모아 놓았다는 하드디스크도 압수당했다. 군생활 하는 내내 그런 것들을 찍어 모았다면, 그 양도 어마어마했을 것이다. 그나마 부대 밖에서 경찰에게 잡혔으니 망정이지, 부대 내에서 적발되었으면 유야무야 다 덮었을 거라고 했다.

결국은 집구석이나 군대나, 그 잡놈이 그 잡놈이었다.

문득 유진은 어렸을 때 읽었던 전래동화들을 생각했다. 계모의 모함을 받거나, 겁탈을 당하고 자살한 여자들, 억울하게 살해당한 여자들은 죽어 귀신이 되어 사또 앞에 나타났고, 사또는 그 여자들을 죽게 만든 진짜 범인들을 찾아 억울함을 풀어 주곤 했다. 현실은 조선 시대 이야기만도 못 했다. 사람이 괴로워하다 마침내 죽음으로 가해자들을 고발해도, 군대는, 법관들은, 나라는, 그저 죽은 사람만 불쌍하지, 산 사람은 살아야지 하고 유야무야 넘어가기 바빴다. 그렇게 원통하고 원통해서, 유진의 앞에 돌아가신 분이 자꾸만 나타나도록.

유진은 넉가래 손잡이를 쥔 채, 눈을 깜빡였다.

아직 눈을 덜 치운 연병장 구석에서, 김 소위는 이 추운 날씨에 동복 근무복만 입은 채로 눈을 밟고 있었다.

무척 들뜨고 설렌 듯한 그 모습이, 실재하지 않는다는 것을 알면서도 가슴 아팠다. 가까이 다가가면 디딘 자국마다 그 발자국이 보일 것 같았다.

• • •

해가 바뀌었다. 먼저 달력이 바뀌더니, 그다음에는 설이 다가왔다. 연말연시나 설이라도 어디 멀리 갈 만한 상황은 아니어서, 유진은 관사에서 조용히 새해를 맞았다. 사실 유진은 새해보다는 대보름이 더 기대되었다.

어릴 적 서울에서 살 때에는 달이 그렇게 커다란 줄 몰랐다. 대보름이 왜 대보름이라고 불리는지, 유진은 군복을 입고 나서야, 정확히는 항공과학고에 들어간 다음에야 알게 되었다. 그리고 이번 대보름은, 정식으로 군인이 되고 맞이한 첫 번째 대보름이었다. 달은 유난히 홀리도록 아름다워서, 유진은 잠을 청하다가 이불을 박차고 일어났다. 유리창 너머로 스며드는 것만 바라보기에는 아까운 달빛이었다.

패딩을 걸치고 밖에 나갔을 때는 새벽 2시였다. 달 구경을 하자고 생각한 것은 유진 혼자만이 아니어서, 밖에는 백 실장도 나와 있었다.

"뭐야, 안 잤어?"

백 실장은 싸늘한 벤치에 앉아, 이 겨울에도 얼음을 잔뜩 채운 커피를 홀짝이고 있었다. 그는 손에 든 텀블러와 유진의 얼굴을 번갈아 바라보며 곤란한 표정을 지었다.

"이거 날씨가 이래서 한 모금 마시라고 할 수도 없고."

"괜찮습니다, 감사합니다."

"편하게 해."

"감사합니다."

그렇긴 해도, 백 실장이 가까이 있다는 것에 유진은 조금 안심이 되었다. 혼자 사는 여자에게 완벽하게 안전한 곳이란 없다. 군대 관사도 마찬가지다. 어디의 부사관은 여군 숙소에 침입하다가 현행범으로 체포되었다고 한다. 여군들이 사용하는 탈의실에 불법촬영 카메라가 설치된 것이 적발되었다는 이야기도 뉴스에서 들었다. 유진이 그런 걱정을 한다고 하면 박 중사나 신 중사는, 그런 것도 얼굴 봐 가며 당한다고 비웃기나 하겠지만, 처음 여기 왔을 때그들이 던지던 불쾌한 농담들을 생각하면 솔직히 그 사람들이 자신에게 무슨 짓을 하더라도 이상하지 않을 것 같았다.

그런 생각들이 피곤했다. 한순간도 방심할 수 없다는 것이.

"안 주무셨어요?"

"잠이 안 와서."

"달빛이 너무 환해서요?"

"…3년 전 내가 여기 발령받고, 얼마 후에 김 소위가 죽었어."

백 실장이 씁쓸하게 중얼거렸다.

"발견되고 나서, 내가 바로 달려왔었지. 가서 시신도, 유서도 수습하고."

"아…"

"같은 여군이니까. 또… 우리 화장실에 스티커 붙여 놓은 것 봤겠지만, 내가 성폭력 상담 담당이니까. 상담하고 보고한다고 해서, 우리 조직에서 피해자를 딱히 보호해 주는 건 아니었지만. 그래도 필요하다면 어떤 식으로든 도울 방법을 찾아보고 싶었는데."

"하지만…"

유진은 그건 실장님 잘못이 아니라고 말하려 했다. 하지만 백 실장이 고개를 저었다.

"김 소위가 죽은 건 막지 못했어도, 그래도 유가족들을 도우려고 애를 썼다고는 생각해. 하지만 아직 순직조차도 온전히 인정받질 못했지. 상담을 하고 신고를 해도 조직에서 오히려 피해자의 입을 막으려 드는 게 반이 넘어가. 그런 일이 계속될수록, 나 자신이 얼마나 무력한가 생각하게 돼."

"실장님."

"내일이 딱 3년째 되는 날이야. 날짜를 잊어버리지도 않았지."

"실장님은… 살아서 여길 떠나시려는 거죠."

유진은 문득 깨달았다. 백 실장은 아마 그때 이미, 군대를 그만두겠다고 마음먹었을 것이다. 김 소위의 죽음 때문에 절망한 그를 지금까지 군대에 남게 한 것은, 죽은 김 소위가 순직이라도 받도록 도와야 한다는 생각 때문이었을 거다. 하지만 벌써 3년이 지났다. 죄를 지은 남자는 앞날이 창창하다며 그렇게 감싸고 돌던 이들은, 죽은 자에게 그 작은 명예를 안겨 주는 것조차도 뭐가 그리 아까운지 아직도 유가족에게 죄송하다는 말을 하지 못하고 있었다.

유진은 자신이 백 실장이라면 군대를 떠날 것이라고 생각했다. 하지만 백 실장은 대답하지 않았다. 그저 커피에 가득 채워 넣은 얼음을 한 알 한 알, 오도독오도독 씹으며 달을 바라볼 뿐이었다.

덜덜 떨면서도 얼음을 다 비우고, 바닥에 남은 커피를 털어 마신 다음에야 백 실장은 벤치에서 일어났다. 그리고 텀블러 뚜껑을 대충 덮으며 말했다.

"차라리 내가, 옛날이야기에 나오는 선비나 사또나, 뭐 그런 사람이었으면 좋았을 텐데."

"실장님."

"나는 아무것도 아니어서, 죽은 사람이 마지막으로 남긴 것조차도 들어줄 수가 없었어. 이렇게 계속 뭔가 해 본다고 했는데도."

그렇지 않아요.

유진은 백 실장의 옷소매를 붙잡았다. 좌절하고 절망했다고 자살 같은 걸 할 사람 같진 않았지만, 그래도 이 말을 지금 하지 않으면 후회할 것 같았다. 유진은 필사적으로 그를 가로막으며 말했다.

"실장님께서 그때 티 내지 말라고 하셔서… 제가 지금 그래도 어떻게든 군 생활을… 감사합니다."

어수선하게 정리 안 된 말이 쏟아졌다. 백 실장은 이게 무슨 일인가 하는 표정으로 유진을 들여다보다가 실없이 웃었다.

"걱정 마, 안 죽어."

"아, 그게…."

"됐어, 가서 자라. 애들은 자야지."

"그게… 애 아닌데요."

"스무 살이면 아직 애야. 들어가서 자. 얼른."

· · ·

다음 날은 하루 종일 바빴다. 정비해야 할 것들이 쏟아져 들어와서, 유진은 화장실 다녀올 틈도 없이 일해야 했다. 전날 달 구경을 하느라 제대로 못 잔 것이 이렇게 후회될 수가 없었다.

하지만 역시 나가길 잘했다. 하루 지나 생각하니 민망해서 얼굴에 열이 홧홧하게 오르긴 하지만, 그래도 백 실장에게 그 말을 하길 잘했다. 유진은 일하다 말고 몇 번이나 메신저를 들여다보았다. 백 실장이 잘 출근하셨는지, 업무 시간에 자리에 안녕히 잘 계시는지 자꾸 마음이 쓰였다.

그건 백 실장님 잘못이 아니야.

유진은 몇 번이나 생각했다. 그때 잘못을 한 사람들은 다들 가만히 있는데, 억울해하지나 않으면 다행인데, 백 실장님이 그렇게 괴로워하는 것이 안타깝고 속이 상했다. 마음 같아서는 겨울이 온 이후로 냉장고에서 그냥 방치되고 있는 캔커피라도 전부 털어다가 가져다 드리고 싶었다. 하지만 오늘은, 솔직히 그럴 틈도 체력도 없었다. 게다가 밤에는 당직도 있었다. 그나마 당직 다음 날은 휴무니까, 오늘 밤까지만 어떻게 잘 버티면 괜찮을 거다. 유진은 그런 마음으로 하루를 또 보냈다.

밤이 되었지만, 사무실에는 아직 정비할 것들이 남아 있었다. 반장 이하 반원들은 저녁을 먹고, 이왕 이렇게 된 거 야근이라도 만근을 찍는다며 정비를 하다가 쉬다가 하며 노닥거리고 있었다.

"야, 이번 주말에 중사들 한잔하는데, 너도 갈래?"

신 중사가 말했다. 유진은 이제는 조금 여유가 생긴 미소를 지으며 대답했다.

"괜찮습니다."

"넌 어떻게 1년을 그렇게 뻣뻣하게 굴어. 가자면 좀 같이 가지."

"뭘 그래. 싫다는 놈을."

박 중사가 퉁명스럽게 끼어들었다.

"여군이 좀 나긋나긋한 맛이 있어야지. 저건 여군도 아니고 그냥 아저씨야, 아저씨."

"잘 못 들었습니다?"

"됐다, 너 같은 거랑 술을 마셔 봤자 술만 아깝지."

두 사람은 뭐라뭐라 소곤거리다가, 자기들끼리 또 죽이 맞아서는 별로 재미있지 않은 지저분한 이야기들을 떠들어 대기 시작했다. 어제와 비슷한, 하지만 조금 이지러진 달이 하늘 높이 떠올랐다. 밤 11시였다.

"야근 다 채우신 것 같은데 슬슬 들어가셔야죠."

"그러게."

반장이 자리에서 일어났다. 그는 허리에 손을 짚고 슬쩍 기지개를 켜더니, 정비실 안쪽의 탈의실로 들어갔다. 유진은 다른 사람들이 퇴근을 하고 나면 간식이라도 먹을까 하고 책상 서랍을 살짝 열어 보았다. 그때였다.

창문 너머, 저 밖에 사람들이 있었다.

"응?"

유진은 일어났다. 지금 이 시각에, 군부대에 사람이라니. 근무서는 초병들은 제자리를 지키고 있을 터였다. 늦게까지 일하고 돌아가는 사람들이야 있겠지만, 저렇게 많은 숫자가 나올 리 없다. 하지만, 유진의 눈에는 분명히 보였다.

"저, 저기⋯."

"뭐야?"

여자들이었다.

군복을 입은 여자들이, 마치 저 활주로에서 솟아나기라도 하는 것처럼 하나씩 둘씩 고개를 들며 일어났다. 누군가는 근무복을, 누군가는 전투복을, 또 누군가는 구형 전투복을, 누군가는 치마 정복을, 그렇게 군복을 입은 여자들이 하나씩, 하나씩 일어나 고개를 들었다. 쏟아지는 달빛 아래, 저 하늘에 뜬 달보다도 더 희고 창백한 얼굴을 하고.

유진은 창문을 열었다. 차가운 공기가 뺨에 확 와 닿았다. 그리고 등 뒤에서 크고 묵직한 것이 쓰러지는 둔탁한 소리가 났다.

신 중사가 갑자기 눈을 까뒤집으며 쓰러졌다.

"어, 뭐야. 무슨 일이야!"

박 중사가 소리쳤다. 그러다가 유진의 등 뒤, 창 밖을 보고 갑자기 하얗게 질리며 소리쳤다.

"귀, 귀신…!"

박 중사는 창문을 향해 손가락질을 했다. 반쯤 열린 창문 바로 앞에, 단발머리를 한 젊은 군인이 서 있었다. 박 중사는 아무거나 손에 잡히는 대로 창문을 향해 집어던지며 주저앉은 채 엉덩이로 뒷걸음질을 쳤다.

"그, 그, 창문 닫아! 창문 닫으라고!"

박 중사의 손이 구석에 놓인 접의자에 닿았다. 박 중사는 그대로 의자를 들어 창문을 향해, 그 앞에 서 있는 유진을 향해 집어던졌다. 유진은 옆으로 피했지만, 의자는 창문에 날아가 부딪치며 유리창을 박살냈다. 그리고 김 소위가 그 깨진 유리 사이로 손을 내밀었다.

"저리 가! 저리 가! 저리 가라고!"

박 중사는 마구 몸부림을 쳤다. 그러다가 정말로 뭔가에 홀린 듯, 깨진 유리조각을 들고 제 목을 찌르려 했다. 그때였다.

"이 미친 새끼가."

박 중사의 커다란 몸이 옆으로 고꾸라졌다. 반장은 조금 전 박 중사의 머리를 내리친 키보드를 옆에 내려놓고, 그의 몸을 굴려 엎드리게 했다.

"청테이프 갖고 와."

유진이 얼른 청테이프를 건네자, 반장은 박 중사의 손목을 청테이프로 묶었다. 더 이상 뭔가를 부수지도, 자해하지도 못하도록. 그때 다른 사무실에서도 비슷한 소리가 들렸다. 유진은 얼른 복도로 뛰어나갔다. 여기저기에서 장교들과 부사관들이, 때로는 기절을 하고 때로는 이마에 피가 나도록 건물 기둥에 머리를 박으며 자해를 했다. 어떤 이는 창문에서 뛰어내리려는 듯 창틀에 상반신이 끼인 채 버둥거리기도 했다.

"이건… 대체…."

밖으로 달려나갔다. 활주로 위, 군복을 입은 여자들의 숫자는 점점 더, 계속해서 늘어나고 있었다. 그들은 아무 짓도 하지 않았다. 그저 그 죽음으로 이 활주로를 가득 메울 듯이, 한 사람 한 사람 일어나 고개를 들 뿐이었다. 그것만으로도 그들은, 죄지은 자들은 죽은 이들의 눈을 바라본 것만으로도 발광해 날뛰기 시작했다. 고작 이 정도에 그럴 거면서, 죽은 자들이 눈앞에 나타난 것만으로도 두려워서 차라리 창문으로 뛰어내리려 들 거면서, 어떻게 그렇게 뻔뻔하게 굴었을까. 그런 일은 흔한 실수라고, 남자가, 사내가, 수컷이, 술 좀 마시고 어떻게 분위기가 좀 되다 보면 벌어질 수 있는 사고일 뿐이라고, 그렇게 이 군대가, 조직이, 이 사회가 자기들을 감싸줄 거라고 믿어 의심치 않았으니까, 그랬으니까 그렇게 당당하게 고개 쳐들고 잘 살아왔던 거겠지. 웃음도 나지 않았다.

군대는 원래 이런 곳이라며 숨 쉬듯이 음담패설을 늘어놓고, 심지어는 성폭력 관련 교육을 받다가도 당할 만해서 당한 것 아니냐며 낄낄거리던 이들은 다들 발작을 일으키듯 쓰러졌다. 정신을 차리고 119를 부르거나, 이게 무슨 일인가 싶어 밖으로 뛰어나오거나 하는 이들은 얼마 되지 않았다. 유진이 이해할 수 없었던 것은, 반장도 그중 한 사람이었다는 거였다.

"지금 대체 무슨 일이 벌어지는 거냐. 응?"

반장은 아무것도 보이지 않는지, 주위를 두리번거렸다.

"활주로에 사람이 잔뜩 나타난 것 같아요."

"사람이라니, 아무도 없는데. 설마 너, 또 귀신을 본 거냐?"

"죽은 사람들요. 죽은 여군들."

그리고 그 여군들의 무리가 갑자기 갈라지더니, 찰랑거리는 단발머리를 한 김 소위가 천천히 이쪽으로 다가왔다.

"그, 우리 부대에 돌아가셨다는 소위님도…."

"언제까지 이럴 셈이야!"

반장은 김 소위가 보이기라도 하는 건지, 정확하게 그를 향해 몸을 돌리면서 외쳤다.

"이제 그만 좀 해라. 이제 그만 좀 해! 언제까지 이럴 거냐고! 너도 그렇고, 누님도 그렇고, 사람이 이미 죽었으면 끝난 거야. 왜 너는 귀신이 되어서 자꾸 나타나고, 또 누님은… 누님은 아직도 네 장례를 못 치르고…."

"반장님…?"

차갑고 싸늘한 겨울밤이었다. 김 소위가 누워 있을 영안실 냉동고도 이렇게 차가울까. 유진은 김 소위를 향해 소리치다 마침내 주저앉아 오열하는 반장을 내려다보았다. 사람의 마음은, 이 겨울 날씨보다도 더 차갑고 강퍅한 것일까. 사람이 젊은 나이에 억울한 일을 당하고 스스로 목숨을 끊었는데, 거기에 대고 그만 좀 하라고, 너 하나만 참으면 되었다고 말하는 것은. 너 때문에 누님과의 인연조차 끊어졌다고 울부짖는 것은, 대체 얼마나 이악한 마음일까. 그의 손등 위로, 차가운 아스팔트 바닥 위로 뚝뚝 떨어지는 눈물은, 또 그 얼마나 차가운 것일까. 유진은 죽은 이를 바라보았다. 김 소위는 어쩔 수 없다는 듯 어깨를 으쓱해 보였다. 죽은 사람의 창백한 얼굴이 유진을 향해 웃는 듯 보였다. 그리고 달빛이 흐려지더니, 천천히 달을 가렸다.

달빛이 사라지자, 활주로 위의 여자들은 움직임을 멈추었다. 구름이 눈을 흩뿌리기 시작했다. 그 눈에 닿을 때마다 여자들 하나하나가 마치 눈송이처럼 녹아내렸다. 유진은 그 눈을 맞으며 울었다. 그들 하나하나가 바로 자신이고 자신의 친구들 같았다. 아주 오래 전부터 알던 사람들 같았다.

· · ·

"…조카가 죽고 아직 장사도 못 지냈는데, 나보고 여기로 가고 했지."

다음 날, 부대는 아수라장이 되었다. 갑자기 기절해서 실려간 사람들은 그렇다고 쳐도, 폭력을 휘두르거나 기물을 파손하고, 자해를 하거나 자살을 기도한 이들까지 덮을 수는 없었다. 깨진 유리창이 한두 개가 아니었고, 팔다리가 부러진 사람도 몇이었다. 그저 불운한 사고라고 말하기에는 너무나 큰일이었다.

몇몇은 술 때문이라고, 근무 후에 술을 마셨다가 잠깐 사무실에 나와 봤는데 사고가 난 거라고 변명하기도 했다. CCTV에 찍힌 이들의 상태는 심각했다. 술을 마셨다고 변명해서 넘어갈 수 있는 일은 아니었다. 유진은 그런 것도 짜증이 났다. 여군을 추행했을 때는 술 먹고 그럴 수도 있다더니, 유리창을 박살내고 자기들끼리 치고받은 것은 문제가 된다니.

"누님이, 얼마나 금쪽같이 귀하게 키운 딸인지 몰라. 그런 아이가 자살을 했으니, 그 유서에 적힌 놈들을 처벌해 달라고, 하루도 빼놓지 않고 여기 부대 앞에 와서 시위를 했다. 그랬더니 군에서는 나를 여기로 보냈지. 조카가 죽은 부대에 외숙을 보내 놓고, 그렇게 버틴 거야. 내가 나와서 누님을 막았더니, 누님은 내게 새끼 잃은 어미 심정을 아느냐고 묻고는, 그대로 인연을 끊고 가 버렸지."

지금 그런 이야기를 왜 나한테 하고 있는 건데. 조카가 죽은 게 원통하면, 백 실장님처럼 순직 처리라도 될 수 있게 나서서 뭐라도 했어야지. 군인은 명령에 죽고 산다며, 자기 손으로 자기 누님을 막아서 놓고는.

"나도, 이 나도 피해자야."

이제 와서 그런 변명이라니. 안 듣느니만 못한 변명이었다.

유진은 귀신을 보았다거나, 그날 밤 이곳의 활주로 위에 죽은 이들이 가득했다는 말을 하지 않았다. 하지만 이곳 사람들은 이번 사고가 죽은 소위의 원한 때문이라고 수군거렸다. 공교롭게도 이번에 폭력을 휘두르거나 기물을 파손한 이들이 전부, 그 소위의 유서에 적힌 이들이기 때문이었다.

유진: 귀신이 어디 있다는 거야.

유진: 조선 시대도 아니고 21세기나 되어서,

유진: 그런 일을 제대로 처리하지도 못 해 놓고는 이제 와서 귀신 핑계라니.

유진: 뻔뻔하기도 하지.

친구들과의 채팅방에 그런 이야기들을 털어놓으며, 유진은 씁쓸하게 웃었다. 어쩌면 이 부대에서는 당분간 이런 사고들이 덜 일어날지도 모른다. 이유가 무엇이든, 유진이 본 것이 진짜이든 환상이든, 죄지은 이들은 다른 방식으로라도 벌을 받고야 말았다. 하지만 그것으로 충분한 걸까.

그럴 리 없었다.

그리고 다시 봄이 올 무렵, 백 실장은 유진을 불러 두 가지 소식을 전했다.

한 가지는 죽은 김 소위의 죽음에 대한 국가의 책임을 일부 인정하고, 순직 처리를 하기로 결정되었다는 소식이었다.

그리고 또 하나는 백 실장이 군을 떠나기로 결심했다는 이야기였다.

"그러면 어디로 가실 건데요."

"아직 확실하진 않아. 일단은 군 인권센터에서 상근직을 모집한다는데, 거기 지원해 볼까 생각하고 있었어."

"하지만… 실장님 같은 분이 군에 계셔야 하는 게 아닐까요."

유진은 서운한 마음을 비쳤지만, 백 실장은 별소리를 다 들어 보겠다는 듯 웃었다.

"됐어, 군에 있어야만 위국헌신을 할 수 있는 것도 아니고."

유진은 뭔가 더 말하려고 했지만, 백 실장은 대답 대신 유진의 폰을 손에서 빼앗았다. 그리고 자기 전화번호를 찍어 주었다.

"나가고 나도 연락하자."

"예."

유진은 백 실장의 전화번호를 들여다보다가 얼른 백지현이라고, 그의 이름을 입력했다. 잊어버리지 않도록, 작별하며 으레 하는 빈말이 아니라, 앞으로도 계속 연락하고 지낼 수 있도록.

그리고 며칠 뒤, 김 소위의 순직이 정식으로 인정되었다. 3년이 넘도록 영안실 냉동고에 누워 있던 김 소위는 마침내 입관을 하고, 온전히 세상을 떠날 수 있게 되었다.

참 이상한 인연이었다. 한 번도 만난 적 없는 사람인데, 이곳에 오자마자 그의 모습을 보았고, 달빛 아래 수많은 죽은 이들의 모습을 보았다. 그리고 마침내 그의 죽음이 제대로 인정받는다고 생각하니, 유진은 안심이 되면서도 조금은 눈물이 날 것 같았다.

며칠 뒤, 죽은 소위는 간소한 장례식을 치렀다. 그의 몸은 관에 담긴 채, 3년 동안 머물렀던 병원을 떠나 화장장으로 향했다.

화장장으로 가던 길, 영구차는 부모님의 요청으로 잠시 그가 정식 군인으로서 처음이자 마지막으로 복무했던 부대 앞에 멈추어 섰다.

부대 연병장 앞 높은 깃대 위에 매달려 있던 태극기와 부대기는, 바람도 불지 않았는데 요란하게 흔들리더니 그대로 반으로 찢어져 바닥으로 떨어졌다.

작가의 한마디

"옛 이야기 속 죽은 여자들은 귀신이 되어 억울함을 호소했다.
지금 죽어가는 여자들의 억울함은 누가 듣고 있을까."

주인 잃은
혼례복

김청귤

아주 오랫동안, 즐겁고 행복하게 글을 쓰고 싶은 사람. 경장
편 『재와 물거품』과 단편 「서대전네거리역 미세먼지 청정구
역」을 썼다.

자는 동안 너무 추웠다. 아씨가 주신 도톰한 이불보가 아니었으면 자다가 얼어 죽었을지도 몰랐다. 이따가 아씨 방에서 졸면 어쩌지? 우리 아씨는 마음씨가 비단처럼 고와서 자라고 베개도 내어 주시고 이불보도 펼쳐 주시고 등도 도닥여 주시는데, 몸종이 되어 설랑 아씨한테 보살핌만 받으면 안 될 일이었다.

이불을 벗어날 엄두가 나지 않았지만 아씨를 떠올리며 벌떡 일어나 밖으로 나갔다. 저편에서 횃불을 든 누군가가 종종걸음으로 걸어오고 있었다. 불이 바람에 일렁일 때마다 그 아래 있는 기괴한 얼굴이 보였다. 나는 얼음장 같은 문고리를 꽉 쥔 채 가만히 서서 저것이 사람이라는 확신이 들 때까지 서 있었다. 저것이 숨을 내뱉을 때마다 허연 김이 몽글몽글 피어올랐다. 발도 땅에 잘 붙어 있었고 그림자도 뒤따라오고 있었다.

눈을 한 번 감았다 뜨고 불이 사라질세라 서둘러 신을 신었다. 발가락이 저절로 움츠러들었지만 몸을 최대한 웅크린 채 불을 뒤쫓았다. 발걸음을 맞추다 보니 내 걸음 소리가 나지 않았다. 앞에 있는 사람이 별생각 없이 뒤를 돌아봤다가 나와 눈이 마주치고 펄쩍 뛰어올랐다.

"아이고 깜짝이야! 기척 좀 내, 이것아!"

목소리를 들으니 칠복 아저씨였다.

"아저씨, 안녕히 주무셨어요."

"아씨한테 가는 게야? 데려다줘?"

"네에."

"조금 있으면 시집도 갈 애가 어두운 걸 무서워해서 어째."

"시집 안 가고 아씨랑 살 거니까 괜찮아요."

"아씨 따라가려면 재주가 있어야 하는데? 네가 요리를 잘하니, 옷을 잘 만드니, 청소를 잘하니. 아씨가 귀여워해 준다고 그러면 안 돼. 나이가 차면 순덕이랑 결혼해서 식구나 꾸려라."

"싫어요! 순덕이는 무슨 순덕이. 어제도 아씨한테 가는데 발 걸어서 넘어질 뻔했단 말이에요!"

"네가 자꾸 순덕이 마음을 몰라주니까 그렇지! 순덕이가 싫으면 길동이는 어떠냐. 길동이가 생긴 것도 훤칠하고 모아 놓은 재산도 꽤 될 게다."

"순덕이고 길동이고 다 싫어요. 전 아씨가 제일이란 말이여요."

"너처럼 낯이 반반한 것들은 일찌감치 시집가는 게 나아. 못된 분들한테 희롱당하다 버림받는 것보다는 낫지 않겠냐. 아니면 역시 얼굴 믿고 한자리 노리는 게야? 그것도 나쁘진 않지. 너라면 사랑받고 살 거, 악!"

그 말이 끝나기도 전에 아저씨의 오금을 거세게 걷어차고 안채 문을 넘었다. 아저씨는 내게 맞은 다리를 들고 깽깽이질 치며 나에게 눈을 부라리고 있었다.

"요 녀석이!"

아저씨를 향해 혀를 낼름 내밀고 뒤도 돌아보지 않고 앞으로 걸어갔다. 안채는 여자들만 들어올 수 있어서 절대 쫓아올 수 없었다. 열을 냈더니 얼어붙은 땅에서 올라오는 냉기도 느껴지지 않는 것 같았다. 아씨에게 가까워질수록 어둠이 걷히고 있었다.

끓인 물을 얻기 위해 부엌으로 가자, 나보다 더 일찍 일어나 아침 식사를 준비하고 있는 사람들이 있었다. 물이 끓으며 솟아오르는 김 사이로 일그러진 얼굴이 아른거려서, 숨을 고르며 눈을 내리깔고 바닥을 바라보았다. 부산스럽게 움직이는 발과 뿌리를 내린 듯 한 곳에 가만히 서 있는 발들이 보였다.

시선을 다시 올리자 괴이한 것들이 대감마님과 도련님들에게 조반을 올리기 위해 쌀을 뭉근하게 끓이며 눌어붙지 않도록 끊임없이 젓고 있다. 찬물로 쌀을 씻고 있는 아주머니의 손이 빨갰다.

"순이 왔어? 잠시만."

아주머니는 가마솥에서 팔팔 끓인 물을 퍼서 물동이에 담아 주었다. 물동이를 조심스럽게 들고 안채로 향하는데 주방에서 멀찍이 떨어진 곳에 서 있던 사람이 내게 다가왔다.

"저 순이야, 그거 안채 앞까지 들어 줄까?"

조심스럽게 말하는 목소리를 들으니 길동이었다.

"괜찮아."

"그러지 말고. 내 할 말이 있어서 그래."

"네가 할 말 있다고 하면 내가 다 들어줘야 하니? 저리 가."

톡 쏘아붙이자 앞에 있는 길동의 얼굴이 붉어졌다. 눈이 하나는 붓으로 쓱 그은 것마냥 너무 작았고 다른 하나는 주먹처럼 컸다. 그러면서도 누가 봐도 나에게 마음이 있다는 걸 알 수 있을 정도로 눈동자가 아주 초롱초롱했다. 몇 번 눈을 깜박거리며 바라보자 이제는 목덜미까지 붉어졌다.

"왜, 왜 그렇게 쳐다봐?"

나는 대답하지 않고 옆으로 돌아갔다. 그러자 강아지도 아닌 것이 뒤를 졸졸 쫓아왔다.

"들어 준다니까?"

뭐라고 하면서 쫓아와도 내가 반응하지 않자 어물어물하더니 부엌으로 향했다. 드디어 떨어졌다. 한숨을 푹푹 쉬며 뜨거운 물을 들고 조심히 걸어 안채로 들어가 별채로 갔다. 조금이라도 식을세라 종종걸음으로 아씨가 머무는 방 앞으로 가니 안에서 인기척이 있었다.

"아씨, 순이예요. 일어나셨어요?"

"순이야, 나의 동백이 왔구나. 추운데 어서 들어오렴."

물동이를 내려놓고 문을 열려 하는데 벌컥 문이 열렸다. 깜짝 놀라서 뒷걸음질 쳤더니 물동이 안의 물이 출렁거리며 내 발에 떨어졌다.

"동백아!"

아씨가 놀라며 내 앞으로 가까이 다가왔다. 혹시라도 아씨께 물을 쏟을까 봐 저도 모르게 뒷걸음질을 치자 아씨가 내 등에 팔을 둘렀다.

"바닥도 없는데 자꾸 어딜 가니! 그거 얼른 내려놓으렴."

물에서 솟아오르는 하얀 김 사이로 아씨의 뽀얀 얼굴이 보였다. 부드러운 곡선들이 모여 눈매와 입술이 되고, 아무도 밟지 않은 눈을 정성껏 빚은 것처럼 피부가 희게 빛났다. 나를 걱정하시는지 눈썹을 한껏 찌푸린 채였다. 그마저도 한 폭의 그림 같아 두 눈만 깜박거렸다. 내가 가만히 있자 아씨가 직접 물동이를 잡았다.

"아, 아씨!"

힘을 주면 물이 튀어 나갈까 말리지도 못하고 아씨의 행동을 따라 마루에 물동이를 내려놓았다. 내려놓자마자 아씨는 내 손을 잡고 방 안으로 쏙 들어갔다. 보드랍고 따뜻한 아씨의 손과 겨울이라

더 부르튼 내 손이 비교되어 부끄러웠다. 손을 빼려고 꼼지락거리자 아씨가 내 손을 더 꽉 잡고 놔주지 않았다. 오히려 바닥에 나를 앉히고 버선을 잡았다.

"아씨, 더러워요!"

"가만히 있어 보렴."

아씨는 순식간에 내 버선을 벗기고 말았다. 하얗게 부르튼 발등이 부끄러워 두 손으로 가리자, 아씨가 한 손으로 내 두 손을 꽁꽁 묶어 버렸다.

"아씨, 냄새나요. 제가 이따가 볼게요."

"냄새 하나도 안 난다. 피부가 빨갛게 달아올랐어. 발을 만져 볼 테니 아픈지 말이나 하거라."

그러고는 손가락으로 꼼꼼하게 내 발등을 살피고 발가락을 매만졌다. 자개처럼 빛나는 손톱이 이리저리 움직일 때마다 발가락이 찌릿찌릿했다. 동상에 걸린 것도 아닐 텐데 왜 이럴까. 나는 두 뺨을 붉힌 채 작고 귀여운 마늘을 뒤집어 놓은 것 같은 아씨의 코를 바라보았다. 쨍긋거리는 코가 귀여웠다. 이런 불경한 생각은 하면 안 되는데, 아씨의 얼굴에서 눈을 뗄 수가 없었다. 다른 사람들의 얼굴이 제대로 보인다고 해도 아씨가 제일 아리따울 거다.

"하, 하나도 안 아파요. 정말 괜찮아요!"

나는 후다닥 아씨의 손에서 발을 빼고 버선을 신었다. 버선은 어제 갈아 신어 그나마 깨끗한 게 다행이었다. 재빨리 버선을 신고 밖에 있는 물동이를 들고 왔다. 팔팔 끓인 상태에서 가져온 거라 아직도 뜨뜻했다.

"아씨, 손부터 닦고 세안하세요."

세숫대야에 뜨거운 물을 붓고 찬물을 섞어 온도를 맞췄다. 천을 살짝 적셔서 아씨께 드리려고 하자, 아씨가 손을 내밀었다.

　"닦아 주렴."

　아씨는 대감마님이 아끼는 난보다 더 고고하고 우아한 자태로 웃었다. 나는 손이 떨려와 몇 번 주먹질을 한 다음에 아씨의 손을 내 왼손 위에 얹은 후 오른손으로 아씨의 손을 닦기 시작했다. 손바닥에 먼지라도 내려앉은 것처럼 손금을 따라 닦고, 천으로 손가락을 부드럽게 잡고 쓸어내렸다. 손가락과 손가락 사이의 여린 부분을 건드리는 게 간지러우셨는지 아씨가 작게 웃음을 터뜨렸다. 깜짝 놀라서 나도 모르게 아씨의 손을 잡은 손에 힘이 들어갔다.

　"아…."

　"헉! 죄송해요, 죄송합니다, 아씨! 괜찮으세요? 죄송해요. 아프셨죠."

　손을 쫙 편 채 어쩔 줄 몰라 하자 아씨가 손을 뒤집어 천천히 내 손을 잡았다. 엄지 아래 있는 넓은 부분에 아씨의 손바닥이 닿고 내 손등을 아씨의 가늘고 긴 손가락으로 천천히 감쌌다. 닿아 있는 부분이 너무 두근거려 아씨가 알아차리고 웃는 건 아닌가 힐끗 보니 아씨는 내 손을 보고 있었다. 쫙 편 상태로 뻣뻣하게 굳은, 여기 저기 흉이 지고 못난 내 손이 부끄러웠다.

　"손에 힘을 빼 보렴."

　아무리 그렇게 말하셔도 힘이 안 빠지는 걸 어떡해요. 입 밖으로 하지 못할 말을 중얼거리며 입술만 삐죽였다. 그러자 아씨가 손가락으로 내 손등을 살살 간지럽혔다. 뭔가 찌릿찌릿하면서 손이 오그라들며 자연스럽게 아씨의 손을 감싸 쥐었다. 손끝에 닿은 피부가 한겨울이라고는 믿을 수 없을 만큼 매끄러웠다. 청나라에서 들어온 비단이나 대감마님이 지체 높은 양반집에 선물하려고 사 온

도자기도 아씨의 발끝에도 따라오지 못할 것이다. 조금이라도 힘을 주면 구겨지거나 금이 갈 것 같았다.

"더 세게 쥐어도 된다. 나는 깨지는 도자기가 아니야."

아씨는 힘을 줘 내 손을 잡았다. 아주 소중하고 애틋하게.

"그래도요….."

투정 부리듯 말이 나오자 아씨는 부드럽게 손을 위아래로 흔들었다. 서슴없는 행동에 삐죽 튀어나온 입에서 웃음이 새어 나왔다. 아씨의 손등에서 손가락까지 닦고 몇 겹으로 접었던 천을 펼쳐 손가락에 감았다. 손톱과 피부가 맞닿아 있는 부분을 둥글게 돌려가며 닦고 손톱 아래 여린 부분까지 빼놓지 않고 닦았다. 열 손가락을 모두 닦는 데 시간이 좀 걸렸다. 다행히 물은 여전히 따뜻했다. 세숫대야에 따뜻한 물을 조금 더 부어 온도를 다시 맞췄다.

"이제 세안하셔요."

"세안도 네가 해 주면 안 되니?"

"아씨, 세안은 스스로 하셔야죠!"

"그러는 너는 세안한 거야? 눈곱이 그대로 있는데?"

"저, 저는 세안했는데요? 행랑어멈이 죽 끓이고 있던데 가져올게요!"

후다닥 일어나서 방을 나섰다. 닫히는 문 사이로 아씨의 웃음소리가 흘러나왔다. 밖으로 나오니 찬바람이 얼굴을 할퀴는데도 추운 줄 몰랐다. 진짜 눈곱이 아직 붙어 있는 건가? 어디에 붙어 있는 거야? 젖은 천으로 눈을 마구 비비며 부엌으로 향했다. 어느새 눈이 내리고 있었다. 아씨를 처음 만난 그날처럼.

천인의 배에서 난 자식 또한 천인이라, 내 앞길은 뻔했다. 열심히 시키는 대로 일하다가 안방마님이 정해 준 남자나 부모의 뜻에 따라 가족을 이루어 또 다른 일손을 낳아야 했다.

태어났을 때부터 이렇게 예쁜 아기는 처음이며, 잘 울지도 않고 순해서 어미 속을 썩이지 않는 착한 아이라는 칭찬이 쏟아졌다고 했다. 다들 입을 모아 피부가 곱고 희어 자라면서 부잣집 첩실로 보내도 한 몫 단단히 챙길 수 있을 것이라고도 했었다. 고된 일을 끝마치고 숙소로 돌아온 어른들이 피곤한 기색을 지우지도 못한 채 내 주위를 둘러쌌던 걸 기억한다. 예쁘다고 머리를 쓰다듬고 질투 난다고 볼을 꼬집고 부럽다고 팔 안쪽 여린 살을 꼬집던 일들.

그 기억이 너무 강렬했던 탓일까. 어릴 때는 매일매일 꿈을 꿨다. 입이 귀에 걸릴 듯이 방실방실 웃는 얼굴, 내 부모를 바라보는 열 오른 눈동자, 호박 덩굴처럼 엄마에게 들러붙는 팔. 깨진 도자기 조각처럼 각각의 모습이 떠오르더니 괴상한 모양으로 합쳐졌다. 얼굴 반을 차지하는 커다란 입, 불꽃이 일렁이는 것처럼 초점이 몽롱한 눈, 꼬불꼬불 덩굴처럼 옭아매는 팔이 달린 사람들이 나를 둘러싸고 있었다. 예쁜 아이구나, 너무 예뻐, 왜 너는 예쁘지, 우리 딸과 바꾸고 싶구나, 내 딸 할래, 내 아들이 널 좋아한단다, 잘해 줘도 양반 첩실로 들어갈 아이야, 얼굴에 상처를 만들까, 궂은일만 시켜서 손을 거칠게 만들자. 두서없는 말들이 나를 칼처럼 찔렀다. 형체도 없는데 푹푹 찔려 피가 나고, 그 피 웅덩이 속에서 허우적거리는데도 아무도 손을 내밀어 주지 않는 꿈이었다.

너무 무서워서 비명을 지르다 깨면 엄마가 졸린 눈을 비비며 나를 달래 주었다. 그러나 그것도 하루 이틀이지, 고된 일에 지친 엄마는 으레 그러려니 하며 눈도 뜨지 않고 내 등을 토닥였다. 그 손길도 곧 없어졌지만. 나는 꿈에서 죽어가다가, 비명을 지르지도 울지도 않고 깨어 뜬눈으로 밤을 지새우기 일쑤였다.

잠을 제대로 자지 못하니 점점 말라갔다. 뽀얗고 통통한 볼살이 홀쭉해지고 힘차게 휘두르던 팔다리가 앙상해졌다. 어른들과 또래 아이들이 날 불쌍하고 가엾게 여겼지만, 속으로 좋아하는 게 아닐까 하는 생각이 들었다. 그런 내색을 보이는 사람이 실제로 있어 더 괴로웠다.

어느 순간부터 사람이 제대로 된 모습으로 보이지 않았다. 한쪽 눈이 쌀알처럼 작아지거나 한쪽 발이 머리통보다 더 커다래졌다. 호랑이 손이 눈앞으로 다가오고, 세 개의 눈동자가 날 쳐다봤다. 괴이한 것들 틈에서 겁에 질려 으앙으앙 울고 말았다. 내 울음을 듣고 누군가 달려올수록 겁에 질려 더 목놓아 울었다. 담 밖으로 울음소리가 넘어가면 안 된다, 안방마님 귀에 들어가면 경을 칠 거다 하며 내 입을 막지만 않았다면 난 더 크게 울었을지도 모른다.

나를 옭아매는 손아귀를 벗어나려 발버둥 쳤지만, 어린 아이가 빠져나오기에는 역부족이었다. 당장이라도 죽을지 모른다는 공포가 밀려왔다. 엄마가 내 이름을 부르며 오는 소리가 들려 그쪽을 바라봤는데, 거기에도 괴이한 것이 있었다. 그것은 익숙한 목소리로 나를 부르며 얼굴을 쓰다듬고 품에 안아 토닥여 주었다. 나는 눈물이 그렁그렁한 채 땅바닥을 바라보았다. 그림자에는 커다란 귀도, 여러 개 달린 꼬리도 없었다. 엄마가 맞았다. 내가 이상한 거였다.

이부자리에 누워 어째서 엄마와 아버지마저 괴이하게 보이는 건지 생각해 봤다. 엄마와 아버지도 나를 재산이 많은 집에 보내고 싶어 했다. 날 사랑하고, 내 행복을 바라니까. 또… 한몫 잡고 싶어 하기도 했다.

그렇구나. 이상한 건 나구나. 내가 문제구나. 이제 어떻게 하지? 고민하다가 잠들자 꿈에서 괴이한 것들과 만났다. 그것들은 아무 말도 하지 않았고 우리는 달 아래 손을 잡고 원을 그리며 빙빙 돌았다. 멈추고 싶었지만 그것들에게 이끌려 쉼 없이 원을 그렸다. 잠에서 깰 때까지 계속.

일상생활도 쉽지 않았다. 귀신의 모습을 하고 있어서 누가 누군지 알 수 없기 때문이었다. 게다가 모습은 시시때때로 달라졌다. 개, 고양이, 참새, 개구리, 호랑이, 구미호, 산 자 같지 않은 창백함, 삼눈이, 삐쩍 마른 나뭇가지, 깨진 도자기, 종이에 떨어진 먹물, 구멍 난 낙엽 등이 뒤섞였다.

그래서 이름을 잘못 부르는 실수도 꽤 자주 했다. 한 아이가 내 이름은 그게 아니라고 엉엉 울어서야 나는 긴장을 하고 목소리에 귀를 기울여 구분하기 시작했다. 그것은 부모님도 마찬가지였다. 꿈속에서 보던 것들이 꿈 밖으로 튀어나와 나를 둘러싸고 있었다. 내색하지 않고 아이들 속에 섞여 놀고 어른들의 잔심부름을 하며 시간을 보냈다. 나는 하루종일 이해받지 못할 괴이함에 시달리며 서서히 죽어가고 있었다.

아씨와 처음 만나게 된 것도 어김없이 잠을 제대로 자지 못하고 꾸벅꾸벅 졸다가 길을 잘못 들어서였다. 발이 가는 대로 걷다가 정신을 차려 보니 한 번도 본 적 없는 곳이라 겁이 났다. 어디로 가야 할지도 몰라 제자리에서 발만 동동 구르던 중이었다. 그런데도 정원이 너무 예뻐서, 소담스럽게 핀 빨간 꽃이 너무 아름다워서 자꾸만 시선이 그리로 향했다.

조금만 보다가 가려고 했는데 시간이 얼마나 흐른 건지 알 수 없었다. 어느새 하늘에서 눈송이가 내리고 있었다. 쌀알처럼 작던 눈이 점점 커져서 시야를 하얗게 가렸다. 가만히 있다가는 얼어 죽을 것 같아, 하얀 세상 속에 있는 유일한 색인 빨간 꽃을 따라 걸었다. 하나도 따뜻하지 않은데 가까이 있으면 온기가 도는 것 같았다. 눈이 너무 내려서 이제는 방향도 잡을 수 없었다.

내리는 눈을 피하기 위해 꽃나무 밑으로 들어갔다. 바닥에 주저앉자 한기가 올라와 온몸이 얼어붙는 것 같았다. 자꾸만 잠이 쏟아졌다. 땅에 떨어진 빨간 꽃을 손에 쥐고 나도 모르게 잠이 들고 말았다.

그리고 눈을 떴을 때 옆에 있던 분이 아씨였다. 호롱불 아래에서 일렁이는 어둠도 걱정하는 눈빛을 가릴 수 없었다. 아랫것한테 그렇게 마음 쓸 필요 없다는 말과 어린 아이에게 그런 말 하지 말라는 나지막한 말소리가 번갈아 들리며 다시 잠 속으로 빠져들었다. 괴이한 것은커녕 아리따운 선녀의 무릎을 베고, 내 머리를 쓰다듬는 손길을 느끼는 평화로운 꿈을 꿨다. 꿈속에서도 알 수 있었다. 아, 이분이 날 구해 주셨구나, 나의 은인이구나….

그날부터 나는 아씨의 몸종이 되었다. 아씨도 어리고 나도 어려서 놀이 동무에 더 가깝긴 했지만. 아씨는 괴이한 세상의 유일한 사람이었다. 아씨는 나를 몸종이 아니라 정말 동생처럼 돌보아 주었다. 밥을 같이 먹고, 따뜻한 아랫목에서 이불을 둘러싸고 몸을 녹였으며, 서로의 손톱에 봉숭아물을 들여 주었다.

그것은 훌쩍 큰 지금도 별다를 게 없었다. 아씨의 몸종은 난데, 아씨는 나를 아직도 지켜 주고 보살펴 줘야 하는 이로 보이는 걸까? 이제 코도 안 흘리는데. 계속 아씨가 날 귀여워하고 아껴 주길 바랐지만 어린 아이처럼 귀여워해 달라는 건 아니었다. 그러니까,

그러니까….

"너, 아씨 식사 가지러 온 거 아니야? 정신 똑바로 차리고 다녀. 아씨가 널 아낀다고 해도 넌 천인이야, 천인. 아씨 맘에 들게 빠릿빠릿하고 싹싹하게 굴어야지, 저런 애가 뭐가 좋다고 그러는지. 차라리 말년이가 낫지, 어휴."

"아이고, 왜 또 그래. 우리야 윗사람들 뜻에 따르는 거지. 자자, 순이야, 이거 가져가. 얼른 가."

"네…."

몸종의 일에 집중하자. 그게 내가 해야 할 일이니까.

구름이 잔뜩 껴 달이 보이지 않는 까만 밤이었다. 새해가 코앞이라 그런지 부모가 잠 못 이루고 두런두런 이야기하는 게 들렸다.

"저는 봄이 오면 중매인이 올 줄 알았는데, 저쪽에서 몸이 단 건지 뭔지 조만간 보낸다는 말을 들었어요. 정말 아씨가 순이를 데려갈까요? 순이를 원하는 사내녀석이 한둘이 아닌데…."

아씨는 마음이 착하니까 나를 그냥 데려가는 게 아니라 내 부모에게 어느 정도의 재물을 쥐여 줄 수도 있었다. 그러나 그게 내가 결혼해서 계속 일을 하며 재산을 모으는 것만큼인지 확신할 수는 없겠지. 중요한 건 그게 아니었다.

"중매인이요? 정말이에요?"

"에그머니나 놀래라! 아직 안 잤어?"

"그거 진짜냐고요!"

"자세한 건 나도 모르지. 일하다가 누가 이야기하는 걸 들었을 뿐이야. 그보다 너, 아씨가 나중에 신랑집에 너 데려간다고 하기 전에 얼른 시집가. 이미 살림 차려서 못 따라간다고 그래라. 그리고 아씨도 너보다는 더 야무지고 손재주도 있고 눈치도 있는 아이를 데려가는 게 좋을 거야. 너도 남의 집에 가서 모르는 노비들 사이에서 적응하기 어려울 거고…. 익숙한 곳이 좋잖아. 엄마도 우리 딸이랑 멀어지기 싫고."

"그래. 네 엄마 말이 맞다. 괜히 아씨가 하시는 말씀 듣고 들뜨지 말고, 우리 수준에 맞는 놈을 만나 가정을 꾸릴 생각이나 해라. 이 아비는 길성이가 제일 낫더라. 그동안 모아 둔 재산도 꽤 된다고 하더구나. 앞으로도 대감마님 심부름을 하면서 쏠쏠히 모을 수 있을 테니 어떠냐."

"그런데 길성이가 천인에서 벗어나는 걸 대감마님이 허락하실까요? 워낙 일을 잘하니 비싼 값을 치러야 할 수도 있어요. 얘야, 길성이 말고 재동이는 어떠니. 시전도 많이 다녀봤으니 계산도 빠를 테고 아는 사람도 많을 거야. 성격도 서글서글하니 장사하면 잘할 것 같지 않니? 천인에서 벗어나서 이 집에서 계속 일하는 것보다 장사를 하는 게 재물을 모으는 데 더 수월할 거 아니니. 그래야 더 좋은 집도 구하고 아이도 잘 키우고 부모도 잘 모실 거 아니냐."

그 말을 하는 엄마의 혀가 길게 늘어져 나를 옭아맸고, 고개를 끄덕이는 아버지의 머리가 엄청 커져서 나를 짓눌렀다. 나는 저들이 괴이하게 보이는 걸 눈치채지 못하게 하려고 작고 얕게 숨을 헐떡였다. 그것의 혀에서 꿀이 뚝뚝 떨어졌다. 달콤한 향기에 취해 나도 모르게 그러겠노라고 답할 것 같았다. 허벅지를 꼬집어 정신을 차린 후 아무 말도 하지 않고 집 밖으로 달려나갔다. 뒤에서 내 이름을 애타게 부르는 소리가 들렸지만, 신도 신지 않은 채 아씨가 있는 별채로 달렸다.

굳은살이 박인 거친 발바닥에 한기가 느껴졌다. 고된 일을 하고 곯아떨어졌는지 이런 내 모습을 바라보는 이는 아무도 없었다. 고요함 속에 타박타박 발과 땅이 부딪치는 소리가 울려 퍼졌다. 여전히 호흡이 짧고 얕은 상태에서 달리기까지 하니까 숨이 꼴깍꼴깍 넘어갈 것 같았다.

열심히 달렸지만 깜깜한 아씨의 방 앞에서 멈출 수밖에 없었다. 나는 새가 우는 소리보다 더 작은 목소리로 아씨를 불렀다. 발을 떼고 다시 땅에 디딜 때마다 찬 바닥에 발이 깨지는 것 같았으나 가만히 서 있는 것보다 덜 고통스러웠기에 빙글빙글 돌았다. 돌다가, 어디로 돌아가야 하나는 생각에 막막해서 눈물이 나올 것 같았다. 지금 울면 볼이 얼 거야. 무척 아플 거야. 그 생각으로 꾹꾹 눌렀지만, 자꾸만 눈가에 눈물이 고였다.

나도 모르게 쪼그리고 앉아 훌쩍훌쩍 울고 있는데 아씨의 목소리가 들렸다.

"거기 누구….."

대답하고 싶었지만 입이 얼어붙어 움직이지 않았다. 어둠 속에 괴한이라니, 아씨가 놀라서 사람을 불러 일이 커질 수도 있었다. 며칠 굶게 될까? 굶어도 좋으니 아씨 일은 계속할 수 있으면 좋겠는데. 그때였다. 거짓말처럼 구름이 걷히며 환한 달빛이 쏟아졌다.

"세상에, 동백아!"

아씨가 맨발로 나를 향해 달려왔다. 아씨, 아씨의 고운 발에 상처 나요. 어서 들어가셔요. 제가 일어날게요. 입술을 겨우 뗐지만 이가 부딪칠 정도로 덜덜 떨리는 탓에 어버버 하는 소리만 나왔다. 아씨가 찬 바닥에 주저앉아 나와 시선을 마주했다. 오디처럼 까맣고 진주처럼 영롱한 눈동자에 온마음이 쏠려서 그 순간에는 추위도 느껴지지 않았다.

"여기서 왜 이러고 있어. 신도 없이 이 찬 바닥에서 얼마나 있었던 거야."

아씨가 내 발등 위로 손을 올리자 따뜻함이 느껴졌다. 옴짝달싹도 못 했었는데 발가락이 저절로 꼼지락거렸다. 발목에서 발등, 발가락까지 쓸어내리는 손길이 온전히 느껴져서 동상은 걸리지 않았구나 생각이 들었다.

"들어가자."

아씨가 힘주어 나를 일으키고 천천히 부축해서 걸었다. 나와 가까이 있다가 고뿔이라도 걸리실까 몸을 떨어뜨리려고 했더니 빠져나가지 못하게 꼭 붙잡고 놔주질 않으셨다.

"아, 아…."

"말도 제대로 나오지 않는구나. 도대체 언제부터 거기 있었던 건지. 왔으면 그냥 들어오지 그랬어."

아씨의 도움을 받아 방 안으로 들어갔다. 발이 더러워서 안 들어가려는 실랑이가 있긴 했지만 아씨의 손에 이끌려 발바닥을 디디자 후끈후끈한 온기가 느껴졌다.

"동상 걸리는 건 아닌가 모르겠다. 어서 아랫목에 앉아라."

"그, 저, 더, 더…."

두꺼운 솜이불을 빠는 건 힘들었다. 물도 잔뜩 먹으면 혼자서는 들 수도 없어 두세 명은 같이 빨아야 했다. 물기를 짜는 것도, 너는 것도, 말리는 것도, 솜을 두들겨 펴는 것도 다 힘들었다. 게다가 이 불보는 값비싼 실과 천으로 만든 거라 상하지 않게 살살 비벼 빨아야 했는데 그 큰 걸 빨려면 하루도 모자랐다. 양반님들이 땀이나 술 등을 흘려 아무렇지 않게 솜이불을 빨라고 내놓을 때마다 죽어나가는 건 아랫것들이었다. 빨래 방망이를 휘두를 때마다 욕을 어

찌나 하던지. 일이 힘든 건 알지만 그들이 아씨 욕을 하는 건 듣고
싶지 않았다. 이런 자세한 걸 아씨한테 말할 수는 없어서 재빨리
문가에 주저앉았다.

"여, 여, 기."

"입에 제대로 얼어붙어 뭐라고 하는지 알 수가 없구나. 어쩔 수
없지."

아씨가 한숨을 쉬셨다. 그 소리가 뒷산 나무를 쪼갠 날벼락처
럼 크고 무섭게 들렸다. 최대한 공간을 작게 차지하고 있으려고 몸
을 웅크리고 무릎 사이로 얼굴을 묻었다. 내가 너무 멍청한 짓을
저질러서 나에게 실망하실 걸까? 이렇게 덤벙대고 대책 없는 아이
는 앞으로 몸종으로 쓸 수 없다고 하면 어쩌지? 아씨가 날 싫어하
면 죽고 싶어질 터였다. 울음이 터질 것 같아 숨을 멈추고 가만히
있었다. 가슴이 터질 것처럼 아팠으나 꾹 참다가 입술을 모아 아주
조금씩 숨을 흘리고 있는데 내 위로 옷자락이 떨어졌다. 깜짝 놀라
얼굴을 들고 가슴속에 남아 있던 숨을 모조리 토해 내고 말았다.
바로 코앞에 아씨의 얼굴이 있었다.

아씨는 내 눈을 똑바로 바라보았다. 촘촘하게 박힌 부챗살 같은
아씨의 속눈썹이 팔랑거렸다. 입술을 벌린 채 멍하니 있으니까 아
씨의 눈이 초승달처럼 휘다가 살포시 감겼다. 그러더니 점점, 점점
가까워져서… 내 입술에 아씨의 입술이 닿았다. 갓 지은 쌀밥을 먹
은 것처럼 따뜻하고 달고, 파르르 떨리는 아씨의 속눈썹은 봄날의
나비 같았다. 가만히 닿아 있기만 해도 가슴이 쿵쾅쿵쾅 너무 시끄
러웠다. 가슴팍에서 참새 떼들이 한목소리로 노래하는 것 같았다.

입술이 떨어졌다. 아씨가 온기를 전해준 것처럼 온몸에 열이 돌
았다. 아씨가 천천히 눈을 떴다. 눈동자에는 웃음이, 온기가, 애정

이 가득했다.

"옷을 두르고 이불을 덮으면 괜찮을 거야."

"네, 네…."

아씨는 손수 나를 꽁꽁 싸매 주셨다. 추위는 가셨는데 온몸이 굳어 아씨가 하는 대로 가만히 있기만 했다. 아씨는 아무 말 없이 눈물 자국이 난 내 볼을 손으로 쓱쓱 닦아 주고는 아랫목으로 데려갔다. 방금까지 아씨가 덮고 있던 이불을 들어 지리를 만들어 주고는 나를 눕혔다. 이불도 목 끝까지 잘 덮어 주시고 내 옆에 앉아 나를 가만히 내려다보셨다. 나는 아까의 입맞춤에 넋이 나가 있다가 눕고 나서야 눈을 동그랗게 뜨고 아씨를 바라보았다.

"아, 아씨?"

"싫었느냐?"

"그치만 아씨… 저, 저는 여자여요…."

"나도 안다. 그래서 싫었느냐?"

싫었냐고 물으면 아니었다. 내 평생 그런 건 처음이었다. 누구는 그냥 삶은 고기를 입술에 갖다 대는 것 같다고 하고 누구는 꽃잎에 입 맞추는 것처럼 기분 좋았다고 했는데…. 다 아니었다. 들은 것 없는 머리로는 다 표현할 수 없었다. 그저 시간이 멈춰 있었으면 바라게 되는, 그런… 그런 거였다.

"왜 그러는지 물어봐도 말해 주지 않을 거지?"

"죄송해요…."

"괜찮다. 네가 이리 내 옆에 있으니 되었어. 네가 때때로 악몽을 꾸는 걸 안다. 그럼에도 밝게 웃으려고 노력하는 것도 알고. 네가 얼마나 열심히 노력하는지, 얼마나 어여쁜지 다 안다. 그래서 내 너를 동백이라고 부르는 게 아니겠니."

추운 겨울날 피어나는, 아름다운 동백과 내가 어디가 닮았다고 그리 어여삐 불러 주시는지 모르겠다. 아씨가 나를 동백아, 그렇게 불러 줄 때마다 내 안에서 꽃이 피어나는 것 같았다. 아씨는 내가 어떤 취급을 받는지 알고 있어서 더 싸고돌았다. 그게 어떤 이들의 눈에는 고깝게 보여 더 괴롭힘을 당하기도 했으나 아씨 덕분에 그 시간마저 줄어들어서 괜찮았다. 아씨는 그때나 지금이나 여전히 나의 은인이었다.

"밤도 늦었으니 같이 자자."

"제가 어찌 같이 자요. 저는 곁방으로 넘어갈게요."

"요새 악몽을 꿔 무서워서 그래. 네가 나를 지켜 다오."

그러면서 다정히 웃고 내 머리에 손을 올리고 쓰다듬어 주셨다. 자리끼로 천을 적셔 볼이랑 눈가도 살살 닦아 주셨다. 자꾸만 열이 오르는 게 고뿔 기운이 있어서 그런지, 방바닥이 너무 뜨거워서 그런지, 아니면 아씨가….

"홀로 앉아 있으니 서늘하고 무섭구나. 옆에 좀 누우마."

"예, 예?"

아씨는 거침없이 이불을 들더니 내 옆에 누웠다. 갑작스러운 상황에 가슴이 콩닥콩닥했다. 아씨의 숨결이 아주 가까이에서 느껴졌다. 나는 그 소리를 듣기 위해 점점 숨을 작고 얕게 내쉬었다. 부모와 함께 있을 때는 금방이라도 죽을 것만 같았는데, 아씨와 같이 있으니 다른 의미에서 죽을 것 같았다.

"얼굴이 발개졌구나. 고뿔이 걸린 건 아니겠지?"

"아니에요! 그저, 그저 아씨가 너무 가까이 있어서 그런 거…."

"열을 재어 봐야겠구나."

그러면서 아씨의 얼굴이 또 가까워졌다. 아까처럼 아씨를 눈에 담고 싶었으나, 이미 눈을 감고 있는 아씨가 코로 웃었다. 콧구멍에서 나온 동글동글 작은 바람이 내 코끝에 닿았다.

"이번에는 눈을 감아 보렴."

"네…."

바닥은 절절 끓고 공기는 차가운 한겨울이었지만, 계절이 뒤바뀌고 위아래가 뒤바뀌고 사랑이 흘러내렸다. 지금 이곳은 나비가 팔랑거리는 봄날이었다.

얼었던 강이 녹아 졸졸 흐르고, 겨우내 자고 있던 나뭇가지에도 새싹이 돋아나는 싱그러운 봄이 왔다. 그리고 아씨를 원하는 중매인도 몇 번이나 찾아왔다. 어찌나 발이 부르트도록 돌아다녔던지, 모두가 아씨의 혼인에 대해 소곤거렸다.

어차피 준비하는 것만으로도 몇 개월이 걸리기 때문에 당장 혼인하는 건 아니었으나, 애초부터 거절하지 않는다면 준비하는 과정에서부터 아씨는 그 집 사람이었다. 양반의 입장에서, 정말 피치 못할 사정이 아닌 자식의 뜻, 특히 재산과도 같은 여식의 뜻으로 혼인을 파기한다면 가장이 되어서 자식 교육도 제대로 시키지 못했다며 조상님들에게 얼굴을 들지 못할 정도로 수치스러운 일이 될 것이었다.

여자의 말소리가 안채를 벗어나면 안 되지만, 아씨가 혼인을 거부하는 말이 담을 넘어 여기저기 퍼졌다. 아씨는 대감마님의 뜻을 꺾기 위해 곡기까지 끊었지만, 대감마님에게는 아씨보다 집안을 일으킬 장자가 더 중요했다.

상대 집안의 자식은 난봉꾼이라는 소문이 자자했다. 워낙 힘이 있는 집안이라 대놓고 말할 수는 없지만, 장안을 돌아다니던 이들의 귀에는 김씨 집안의 둘째 아들에 대한 소식이 들려왔다. 술을 마시고 어느 주막 기물을 부쉈다더라, 기생의 치맛자락을 벗기기 위해 돈을 물 쓰듯 쓴다더라… 가문을 바로 세우기 위해서라면 그런 집안에 딸을 팔아도 상관없다는 걸까?

"아씨, 이 죽 좀 드셔 보세요. 제가 찬모에게 배워서 직접 끓였다고요."

"동백아…. 나는 싫다. 원치 않는 혼인은 하고 싶지 않아. 우리 집이 가난한 것도, 명예가 낮은 것도 아닌데 어찌하여 아득바득 위로 올라가고 싶어 하는 건지 모르겠다. 그냥 이대로 살면 안 되는 걸까."

아씨의 말에 뭐라 대답해야 할지 알 수 없었다. 나는 그저 배부르고 등 따뜻하게 자고 조금씩 모은 재물로 언젠가 천인을 벗어날 수 있지 않을까 소망하는 게 전부였다. 그래야만 했다. 더 많은 것을 바라는 건 분수에 맞지 않는 일이었다. 내가 차라리 남자였더라면 산에 가서 나무라도 베어 팔아 아씨를 먹여 살릴 수 있을 것이다. 그러나 여자 둘이서 산다면 외간 남자의 표적이 되는 건 너무나 뻔한 일이었다. 집 안에서도 시시때때로 남자가 여자를 희롱하는 걸 봤는데, 담 밖의 세상은 아씨에게 너무 위험했다.

하지만 아씨가 말라 죽는 것보다는 나을 것이다. 아씨는 하고자 하면 하는 분이라는 걸, 대감마님은 왜 모르시는 걸까. 두 볼이 패고 입술이 거칠게 일어나고도 눈동자가 형형한 우리 아씨를 보면 고집불통이라는 걸 한눈에 알 수 있는데. 어찌하여 대감마님은 딸자식 얼굴도 보지 않는단 말인가. 안방마님이 배 아파 낳은 자식이 이러다 죽겠다며 아씨에게 잠시 시간을 주자고 했으나 대감마님은 귓등으로도 듣지 않으셨다.

아씨에게 무릎을 꿇고 손이 발이 되도록 빌고 빌어서 약간의 곡식 가루가 섞인 물은 드시지만 그 외에는 아무것도 입에 담지 않았다. 이대로 간다면 정말 송장 치를 것 같았다.

"아씨, 우리… 우리 도망가요. 담 안에서만 사느라 바깥세상은 잘 모르지만, 거기도 사람 사는 곳 아니겠어요? 아씨가 저한테 주신 패물, 아무도 모르게 잘 모아 뒀어요. 그걸 팔면 당분간은 괜찮을 거예요. 게다가 도성을 벗어난 곳에 독녀촌이라는 마을이 있대요. 혼인을 피해 도망친 양인, 자식 장사 하려는 부모를 피해 도망친 천인, 남편이 죽고 홀로 남은 과부 등이 산대요. 거기라면 아씨와 제가 살 수 있지 않을까요? 제가 잘 모실게요. 아씨 밥 안 굶길게요. 그러니까 우리 도망가요. 가서 행복하게 살아요…."

아씨는 이제 기운이 없는지 눈을 감고 있는 시간이 늘어났다. 관짝에 누워 있다고 해도 이상하지 않을 것 같은 파리한 얼굴을 하고 눈을 감고 가만히 누워 있던 아씨의 머리맡에 얼굴을 숙이고 속삭였다. 그러자 아씨가 눈을 번쩍 뜨고 나를 바라봤다.

"그 말이 참이야?"

"그럼요. 누구 앞이라고 제가 거짓을 말하겠어요. 그러니까 잘 드셔야 해요. 이리 약해서는 담을 넘지도 못할 거라고요."

"그래. 알았어. 지금부터 잘 먹을게."

희망이 생기자 아씨의 얼굴에서 꽃이 피었다. 그것은 내 마음도 마찬가지였다. 아씨가 침상에서 일어나 식사를 하자 안방마님이 눈물을 흘리며 안도하셨다. 혹시라도 마음이 바뀔라, 부랴부랴 중매인을 통해 혼인을 승낙할 의사를 신랑 측에 전달했다.

그동안 아씨는 혼인을 준비하기 위해 하얗고 윤이 나는 피부를 만들고자 비싼 꿀과 곡물을 갈아 얼굴에 발랐다. 일주일에 한 번씩 동백기름을 발라 빗질도 하고 온몸에 결리는 곳이 없도록 일주일에 한 번씩 안마도 했다. 그러나 아씨는 남몰래 패물을 모았고, 방안에서 달리기 연습도 하시고, 깜깜한 밤에는 담 앞에서 널뛰기 하듯 뛰어넘는 시늉도 하셨다. 가녀리고 연약한 아씨는 풀이 무성히 자라듯 희망을 통해 점점 강해지고 있었다.

봄이 가고 여름 오고 가을이 가고 겨울이 왔다. 사주단자를 받기 위해 신랑집으로 사람이 떠나고, 다음 날 화답하는 글과 함께 사주단자가 돌아왔다. 안방마님은 고르고 고른 성혼일을 적은 연길단자를 신랑집으로 보냈다. 납채를 했으니 실제 혼례를 치르진 않더라도 법적으로는 이미 혼인을 한 상태였다. 이제 다음 달이면 초례를 치르기 위해 신랑이 이곳으로, 아씨의 곁으로 올 터였다.

그 사이에 있는 게 바로 귀신날이었다. 바로 우리가 도망가기로 계획한 날. 귀신날에 집 밖에 있으면 귀신이 잡아간다는 말이 있기 때문에, 귀신날만 되면 집 안이 조용해졌다. 가족끼리 두런두런 모여 대화를 하기도 했고, 겁이 많은 사람들은 일찍 잠들었다.

나는 아씨가 겁이 나 같이 있어 달라 했다며 진즉에 아씨의 방에서 가볍고 비싼 것들을 챙기고 있었다. 시전에서 쉬이 팔 수 있을 만한 것들도. 옷은 나중에 살 수 있으니 다 뺐다. 최대한 짐이 없는 게 좋았으니까. 오래 걸어야 할 수 있으니 튼튼한 신과 도톰한 버선, 고뿔에 걸리지 않기 위해 솜을 누빈 옷까지. 여차하면 천을 하나하나 뜯어 새로 옷을 지어 팔 수도 있을 것이다. 그러나 겉모습은 허름해 보여야 하기 때문에 내 옷을 기워 입혀 주었다. 이러면 누가 봐도 어둠을 틈타 양반의 심부름을 하는 노비로 보일 것 같았다. 파수꾼에게 걸리지 않는 게 제일이니 무사하길 바라는 수밖에. 아씨는 집을 떠난다는 사실에 들떴는지 발걸음이 가벼웠다. 이것도 챙기면 도움이 되지 않을까 하며 집어 드는 걸 말리면서 우리는 웃고 말았다. 아씨가 입은 옷을 다시 확인하고 짐을 챙겨 방 한쪽에 있던 신을 들어 밖으로 나갔다. 내가 먼저 신을 신고 몸을 숙여 아씨에게 신을 신겨 주었다.

"후회하지 않으시겠어요?"

"후회할 게 뭐가 있겠니."

"다시는 돌아올 수 없을 거에요."

"나중에 후회하더라도 지금보다는 나을 거야. 가자."

달빛이 아씨의 얼굴을 환하게 밝혀 주고 있었다. 불안함으로 떨리는 입매와 그럼에도 불구하고 단호하게 빛나는 눈동자가 어여뻤다. 우리는 손과 손을 맞잡은 채 발소리를 죽여 걸었다. 항아리를 밟고 안채 담을 넘은 뒤 다시 걸었다. 아무리 귀신날이라고 해도 문으로 나가는 건 아니 될 말이었다. 분명 귀신을 두려워하지 않는, 혹은 돈을 더 받고 문지기를 하는 이가 있을 터였다.

담 그림자에 몸을 숨겨 살금살금 미리 봐 뒀던 장소에 도착했다. 담장 위로 훌쩍 큰 나무의 가지가 담 밖으로 뻗어 있는 곳이었다. 이 나무를 타고 담을 넘어 탈출하는 게 우리의 계획이었다. 미리 항아리를 두고 싶었지만 담을 넘을 만한 커다란 항아리를 옮길 수가 없었다.

우선 내가 먼저 담을 넘기로 했다. 나무를 타는 게 서투르긴 했으나 어려운 건 아니었다. 나무도 담장 쪽으로 살짝 기울어 자라 있기 때문에 더 수월했다. 담 밖으로 살펴보니 길에 사람이 아무도 없었다.

"아씨, 조심히 오세요."

아씨가 나무를 타는 모습이 불안하다 싶었는데 기어코 바닥으로 떨어지고 말았다. 쿠웅. 고요한 밤공기를 타고 소리가 울려 퍼졌다. 다행히 나오는 사람들은 없었다. 어쩌면 귀신의 짓이라 생각하는 건지도 몰랐다.

"아씨! 괜찮으세요? 어디 다치셨어요?"

"발목이…."

아래로 내려가 치맛자락을 들어 살펴보니 발목이 꺾여 있었다. 이대로라면 도망치는 게 무리였다. 그러나 오늘을 놓친다면 다음 기회가 있을까? 어떻게 해야 할지 알 수가 없었다. 그러나 아씨는 기어코 집에서 도망치고 싶었나 보다. 이를 악물고 나의 부축을 받으며 일어나셨다.

"나는 괜찮으니까 가자. 가서 치료 받으면 돼."

얼굴이 하얗게 질린 상태에서도 눈빛만은 형형했다. 나는 아무 말도 없이 아씨를 먼저 나무 위로 올리고 내가 밑에서 받쳐 가며 나무를 타기 시작했다. 그러나 시간을 너무 지체한 탓일까. 거리를 순찰하는 순라군의 눈에 띄고 말았다.

"도둑이다!"

그 후로는 모든 게 뿌옇게만 느껴졌다. 집 안에서 우르르 사람들이 몰려오고, 대감마님은 수염을 파르르 떨면서 아씨와 나를 가두라고 명하시고, 안방마님은 아씨의 모습을 보고 혼절하셨다. 사방 팔방이 귀신이라, 도망칠 구석이 보이지 않았다. 나는 아씨를 끌어안고 다가오는 이들을 노려보았다. 달빛은 환했고 사람들의 눈이 도깨비불처럼 활활 타오르고 있었다. 그 불씨가 내게 옮겨붙어 괴로웠다.

차마 아씨를 때릴 수 없던 대감마님은 아씨가 아끼는 나를 아씨가 보는 앞에서 매질을 했다. 젖은 옷 때문에 추웠고, 회초리 때문에 뜨거웠다. 아씨의 비명이 천둥처럼 크게 들렸다. 아씨가 나에게 사과해도 맞았고, 대감마님께 그러지 말라고 애원해도 맞았다. 아픈 티를 내면 아씨가 더 괴로워할까 봐 아무 소리도 내지 않으려 애썼다. 아팠지만 아프지 않았다. 정신을 어딘가로 보내면 고통은 저 멀리 있는 것 같았으니까. 귀신들 사이에서 울부짖는 아씨만 가여울 뿐이었다.

내 꼴을 보며 이게 다 너의 부덕함 때문이라고 반성하라는 뜻이었을까. 대감마님은 우리를 따로 떨어뜨려 놓지 않았다. 방에 단둘이 남겨질 때면 아씨는 눈물을 뚝뚝 흘리며 나를 내려다봤다. 만지면 내가 아파하니까 손을 뻗지도 못했지만, 되레 내가 손을 뻗어 아씨의 손을 잡았다.

"다 내 탓이다. 도망가지 말 것을, 그냥 순응하며 살 것을…."

"아씨, 저는 괜찮아요. 정말로요. 그러니까… 아씨 먼저 도망가세요. 제가 몸이 좀 나으면 뒤쫓아갈게요."

"자유로운 곳이 어디일까. 이미 사방에서 나를 감시하고 있으니 두 번 다시 도망치지 못할 거야."

"쫓아오지 못하는 곳으로 도망가면 되죠."

독녀촌. 그곳은 하도 음기가 가득해서 그곳으로 들어가면 쉬이 쫓아오지 못한다고 들었다. 남정네는 절대 들어오지 못하는, 버림받고 도망친 여인들의 마을. 시간이 좀 지난 다음에 외출한 상태에서 도망치면 되지 않을까? 아씨와 내가 옷을 바꿔 입고 이씨가 먼저 도망친 다음에… 매질 좀 당하고 나중에 도망치면 되겠지. 그런 희망에 찬 생각을 할 때였다.

"쫓아오지 못할 곳…."

아씨가 나지막이 중얼거리며 고개를 끄덕거렸다. 나는 아씨의 목소리를 들으며 눈을 느릿느릿 깜박거렸다.

어느새 잠이 들었다가 깨고 나서 눈앞에 보인 건 허공에서 하늘하늘 춤을 추는 아씨였다. 어디 하나 열린 곳도 없는데 바람결에 붉은 옷자락이 나폴거렸다. 바닥에는 경대와 온갖 책들, 이불이 널브러져 있었다. 바닥에서 올려다본 아씨의 얼굴은… 너무나 평화로워서 눈물이 났다. 원망도 미움도 절망도 슬픔도 고통도 하나 없는 깨끗하고 맑기만 한 얼굴. 녹의홍상 혼례복을 차려입은 모습이 어찌나 어여쁘던지. 아씨가 장난스레 나와 혼인할 테냐? 물었을 때 그러겠다고 할걸 후회스러울 정도였다. 그랬더라면 나도 같이 데려갔을까? 부부는 일심동체이니, 홀로 가기 싫다고 자고 있는 나를 깨워 하늘로 너울너울 날아갔을까?

차라리 날 죽이시지, 기꺼이 따라갔을 텐데…. 이리 가면 나는 어쩌라고, 아씨 없이 어떻게 하라고….

나는 아씨가 흔들리지 않도록 아씨의 발치에 엎드려 아씨의 발을 받쳤다. 무게감이 하나도 느껴지지 않았지만, 온몸을 짓누르는 것처럼 느껴져 숨이 막혔다. 나는 이불에 얼굴을 묻고 울고 또 울었다. 식사 때가 되어 밥상을 들고 찾아온 사람이 놀라 비명을 지를 때까지 계속.

혼인은 이뤄져야 했다. 그것이 첫째 도련님이 조정에 나가고 가문의 명예를 드높일 수 있는 방법이었으니까. 어째서 이 집안은 여인을 팔아 그렇게까지 하려는 걸까.

그날 아씨의 죽음을 목격했던 이는 사라지고, 순이 또한 고된 매질을 당하다 죽어 나가고야 말았다. 실은 아씨가 없어진 건데. 죽었는데도 죽었다 말하지 못해서 뒷문으로 달이 구름 사이에 숨은 밤이 되어서야 어디론가 사라졌는데. 아씨가 어디에 묻혔는지 물어도 답해 주지 않아 알 수 없었다.

나는 계속 눈물만 뚝뚝 흘리는 안방마님의 극진한 간호 속에서 이 집안의 여식이 되었다. 내 부모 또한 어디로 갔는지, 죽었는지 살았는지조차 알 수 없었다. 이제 내 부모는 대감마님과 안방마님이었다. 아씨 덕분에 조금씩 사람의 형상을 찾아가던 것들은 모두 민들레 홀씨처럼 한없이 흔들리고, 한껏 짓밟힌 눈처럼 본래의 색을 잃어버렸다. 곱게 차려입은 옷이 아니라면 안방마님을 알아볼 수조차 없을 정도였다.

"제 혼례복은 제가 짓겠어요."

침상에 누운 채 멍하니 천장만 바라보다 겨우 한 말이었다. 목표가 있으면 자리에서 일어날까 수락할 수밖에 없었다. 그때부터 나는 침상에서 일어나 아씨가 되었다. 혼례복을 만들고 집안을 어떻게 단속해야 하는지 안방마님에게 배우고 그러다가 멍하니 하늘을 바라보며 울다가 잠들었다.

잠결에 검은 나비를 따라 헐레벌떡 쫓아갔는데 정신을 차려 보니 집 안 어딘가였다. 목이 긴 귀신이 나를 바라보며 덜덜 떨고 있었다. 검은 나비는 그 귀신 주변을 날아다니고 있었다. 저렇게 크고 아름다운 나비를 왜 아무도 보지 못하는 거지?

"혼례복에 검은 나비를 수놓아야겠다."

"예, 예?"

"아, 아씨! 여기서 뭐 하세요! 세상에 맨발로…. 얼른 들어가요. 아직 날이 차요."

"하지만 나비를 잘 봐야 수를 놓을 수 있는데…."

"아무것도 없어요. 꿈꾸셨나 봐요."

한들한들 꽃처럼 흔들리는 목이 긴 귀신을 뒤로하고 터벅터벅 걸었다. 발바닥에서 냉기가 느껴졌지만 오히려 더 몽롱해지는 것 같았다.

다음 날 그쪽 숙소에서 머물던 노비 중 한 명이 밤새 고열에 시달리다가 죽었다는 소식을 들었다. 그러나 노비 하나가 죽은 정도는 아씨 행세를 하는 나에게 아무 영향도 주지 않았다. 그건 다른 사람들도 마찬가지였다. 노비 하나가 나가고 노비 하나가 들어왔다. 변한 건 아무것도 없었다.

다음 날 밤에도 나는 자다가 갑자기 밖으로 뛰쳐나가 집 안을 맴돌았다. 계속 나비가 따라오라는 듯, 그날의 치맛자락처럼 팔랑거렸다. 목적지에 도착한 나비는 그 주변을 맴돌다가 사라지고, 인기척에 물구나무 서서 손으로 걸어 나온 귀신만이 나를 보고 발발 떨고 있었다. 네 모습이 더 무서운데 왜 나를 보고 떠는 걸까. 나비를 찾아 가만히 서서 주위를 둘러보고 있다가 나를 찾으러 온 귀신의 손에 이끌려 별채로 돌아갔다.

"어찌하여 밤마다 집 안을 돌아다니는 게냐. 집 밖으로 소문이 날까 염려스럽구나."

"검은 나비를 보면 아씨가 생각납니다…."

"아씨는 너인데 무슨 소리를 하는 게냐. 네가 보았단 나비를 본 이가 아무도 없다. 미친 척하지 말고 별채에 얌전히 있거라."

"혼인이 깨질까 그렇습니까?"

"본분을 다하여라."

온몸이 쪼그라드는 게 아닐까 싶을 정도로 울던 어머니는 없고,

집안을 위해 자식을 파는 안방마님만 내 앞에 있었다.

나는 그날부터 혼례복에 나비를 수놓았다. 안방마님의 몸종은 내 기행을 보고 기겁을 했으나, 안방마님은 아무 말도 하지 않았다. 다른 이가 내가 입을 혼례복을 만들고 있다는 걸 알고 있었다. 이건 그저 내 관심을 돌리기 위한 방법일 뿐이었다. 혼인하기만 하면 출가외인이라, 이 집안과는 아무 상관도 없으니까 말이다.

밤만 되면 소복 차림으로 집 안을 돌아다녔다. 내가 미쳤다는 소문이 더 널리 퍼지길 바랐다. 이미 죽은 아씨를 산 사람이 멋대로 주무르는 꼴이 싫었다. 파혼이 되면 더 좋았다. 내 사용 가치가 사라져 죽임을 당한다 해도 좋았다.

그러나 죽는 건 다른 이들이었다. 내가 나비를 찾아다닐 때마다 시체 한 구가 집을 나갔다. 나는 죽을 사람이 죽은 것뿐이라 생각했지만, 다른 사람들은 내가 미쳐서 혹은 귀신이 들려서 죽음을 몰고 다닌다고 수군거렸다. 귀신은 자기네들이면서.

나만 없으면 죽는 사람이 나타나지 않을 거라고 생각한 걸까. 내가 나가지 못하도록 밤새 돌아가며 별채를 지켰다. 괴이한 것들이 불쌍하진 않았지만 혼례복을 만들 시간이 부족하여 밖에 나가는 대신 계속 바느질을 하고 수를 놓았다. 꽃 위에 날아다니는 검은 나비들이 저승에 간 아씨를 기리는 것 같아 나비 하나를 완성하면 또 나비를 수놓았다.

이제는 내가 나비를 수놓을 때마다 사람이 죽어간다는 말이 떠돌았다. 누군가 죽고 또 죽었지만, 죽은 이들은 모두 노비였다. 이 집에 힘은 없어도 재산은 많았으므로 죽은 노비가 가고 산 노비가 왔다.

어느 날은 내게 식사를 가져다 준 이가 악에 받쳐 혼례복을 찢으려고 했다. 나 때문에 자신의 남편이 죽었다며 별채가 떠나가라 소리를 질렀다. 그러나 나는 양반이었고, 그는 천인이었기 때문에 곤장을 맞고 창고에 갇혔다고 들었다. 시름시름 앓다가 죽었는지 싹싹 빌어 목숨을 연명했는지는 모르겠다. 진짜 아씨라면 아랫것들에게도 마음을 쓰셨겠지만, 나는 그런 것쯤은 눈 하나 깜빡하지 않을 가짜 아씨였으니까.

내가 얌전하고 노비들이 날뛰니 별채를 지키는 이는 없어졌다. 나는 계속 혼례복에 수를 놓았다. 침모가 만드는 혼례복은 이미 완성되었으나 혼례는 결국 미뤄졌다. 내 병환이 그 이유였다. 조금만 정양하면 될 터이니, 내년에 새로 길일을 잡자고 말이 오갔다고 했다. 그러나 이미 납채를 주고받았기 때문에 법적으로는 혼인 상태라고 했다. 얼굴도 모르는 신랑이 생겼다. 나는 이 집에 살되 이 집 사람이 아니었다. 상관없었다. 어차피 귀신들 세상에 내가 지낼 곳은 없었다.

죽고 들어오는 노비들 속에서 예전의 나를 알던 이는 몇이나 될까? 아씨가 제정신이 아니라는 소문만 남아 노비들에게 불길함을 줬을까? 혼례복이 구겨질까 방 안에 활짝 펼쳐 두며 구석에서 잠을 자던 나날들이 가고 드디어 귀신날이 왔다. 아무도 없는 밤이 오자 나는 떨리는 마음으로 방문을 활짝 열고 툇마루와 방문 사이로 혼례복을 펼쳤다. 너무 추워 제대로 앉아 있을 수가 없어서 할 수 없이 화로에 불을 붙이고 이불을 둘러싼 채 밖을 바라봤다.

달이 밤하늘을 천천히 가로질러 사라지고 하늘이 청자색으로 물들다 해가 떴다. 그리움으로 검은 천을 짓는다면 아씨가 오실 때까지 온하늘을 덮을 수 있을 것이다. 그러나 밤은 야속하게도 눈 깜짝할 새에 지나가고 아씨는 오지 않았다. 거짓말 같았다. 내가 이리 정성스럽게 예쁜 혼례복을 지어 밖과 안을 연결했는데, 왜 그리던 이는 오지 않고 사방팔방 원치 않는 괴이한 것들만 득실거리는 거지?

화로의 불도 희미해졌다. 나는 아씨가 목매달았던 천장을 바라보다가 혼례복을 안으로 들였다. 문을 닫아도 추워서 견딜 수가 없어 혼례복을 껴입었다. 혼례복에 가득 수놓은 검은 나비들이 나를 하늘로 날아가게 해 줄 것 같았으나, 나는 아직도 땅에 있었다. 하늘로 올라갈 동아줄을 찾아 걸었는데 문이 열리며 비명이 들렸다.

소식을 전해 들은 안방마님이 별채로 찾아와 말없이 나를 보고 갔다. 비명을 지른 이는 소리 소문 없이 사라진 것 같았다. 내 수발을 드는 이들은 늘 바뀌었는데, 그가 죽어 사라진 게 나 때문이라 다들 무서워한다며 소곤거리는 걸 들었다. 양반을 보고 비명을 질러서 사라졌으니 내가 아니라 그런 걸 넘기지 못하는 양반 탓 아닌가? 아니면 정말 내가 다른 이들을 귀신으로 보는 것처럼 다른 이의 눈에는 내가 귀신으로 보인단 말인가?

의아했지만 죽은 사람은 돌아오지 않는다. 아씨가 돌아오지 않는 것처럼. 사람을 귀신으로 보기 때문에, 이미 귀신 천지인 세상 속에 살고 있기 때문에 아씨는 귀신이 되어서도 오지 않는 걸까.

그럼 귀신날을 기다리는 게 의미 없는 일인가 생각하고 있는데, 드디어 나에 대한 소문을 알게 된 대감마님이 안방마님에게 집안 단속을 어떻게 했길래 돼먹지도 못한 말들을 쑥덕거리냐고 호통을 쳤다. 하는 일 없이 입만 놀리는 건 대감마님인데, 왜 안방마님에게 큰 소리를 치는 거지? 내가 뒤에서 고개를 갸웃하고 있는데 대감마님과 눈이 마주쳤다. 예의 있고 배운 자식이라면 아비의 눈을 똑바로 바라보지 않는 거라고 했다. 눈을 내리깔고 조신하고 얌전하게 있어야 한다는 걸 떠올리며 천천히 눈을 내리깔자 대감마님 근처를 날아다니는 나비가 보였다.

"나비다…."

"뭐라고 했느냐?"

"저기 검은 나비가…."

"네가 정녕, 정녕 정신을 놓았느냐? 한동안 얌전히 있어서 안심했더니 이게 무슨 일이야! 하나뿐인 딸이 집안 망신을 다 시키는구나. 조상님들을 어찌 뵐꼬!"

"대감, 그러지 말고 차라리 용한 무당을…."

"조용히 하시오! 그런 걸 집 안에 들였다가는 가만있지 않을 것이오. 올해 안에 혼인을 올릴 테니 그리 알 거라. 그때까지 별채에 박혀 아무것도 하지 말거라."

저들이 무슨 말을 하든 상관하지 않고 그냥 멍하니 대감마님 주위를 날아다니는 검은 나비를 봤다. 이렇게 가까이에서 오랫동안 본 건 처음이었다. 그랬구나, 나비 무늬에 더 마음을 담아 수를 놓았어야 했는데 제대로 만들지 못해 아씨가 오지 않은 게 틀림없었다. 손안에 두고 더 자세히 보고 싶은데 손을 내밀 수가 없었다. 내밀면 안 될 것 같았다.

갑자기 대감마님이 죽고 그 충격으로 안방마님이 쓰러지셨다. 안방마님이 내 탓을 할 것 같아 병간호는 하지 않았다. 집 안을 정처 없이 돌아다니니 노비들이 허겁지겁 숨는 게 보인다. 역병귀가 된 것 같아 마음에 들었다. 우리가 도망갈 때 이렇게 길을 열어 주었으면 얼마나 좋았을까.

아비가 죽으면 삼년상을 치러야 한다고 해 혼인이 미뤄졌다. 아씨의 무덤이 어딘지도 알려 주지 않았으면서 대감마님은 선산에 묻혔다. 아이고아이고 목 놓아 우는 안방마님 뒤를 메마른 얼굴로 따라가자 사람들이 수군거리는 게 느껴졌다.

그때 신랑을 처음 만났다. 주변에서 신랑이라 해서 신랑인 줄 알았지, 그저 검게 일렁일 뿐이라 눈코입이 달렸는지도 알 수 없었다. 숯으로 칠한 계란 같아 히죽 웃으니, 검은 얼굴에서 숟가락만 한 눈이 한껏 겁에 질린 눈빛으로 나를 보고 있었다.

그길로 파혼을 당했다. 별채에서 깔깔 웃고 혼례복에 다시 수를 놓기 시작했다. 처음부터 다시 만들고 싶었으나 이제 나는 신부가 아니었고, 새 비단을 내어 주지도 않을 것 같았다.

부족해 보이는 나비는 쪽가위로 섬세하게 뜯어냈고, 수정할 수 있는 건 수정하기로 했다. 바늘을 잡을 때마다, 쪽가위를 볼 때마다 나를 찌르고 싶은 충동에 휩싸였지만 그날 보았던 나비의 날개를 떠올리며 바늘 한 땀에 사랑과 바늘 한 땀에 그리움을 담았다.

혼례복을 다시 만드는 동안 가세가 점점 기울고 갑작스레 죽어 가는 이들이 많았다. 첫째 도련님은 능력도 부족하면서 욕심은 얼마나 많은지, 제정신이 아니라고 소문난 나를 칠순 먹은 노인네나 지체 높은 집에 씨받이로 보내야 한다고 성화였다. 그때마다 안방마님이 보내는 게 오히려 손해니 하지 말라고 한 덕분에 이곳에 있을 수 있었다. 첫째 도련님이 우연히 안방마님과 함께 있던 날 뚫어지게 바라보다가 간 뒤로 더 조용해졌다. 날 도와준 안방마님이 이해되지 않았으나 감사했기 때문에, 때때로 안방마님 곁에서 나비를 수놓았다. 대감마님이 사라지니 우리는 그런대로 괜찮은 가짜 모녀였다.

오히려 첫째 도련님이 나를 찾아와 어머니 곁에는 나비가 보이지 않냐고 몇 번이나 묻고, 어머니만 없으면 나를 첩으로 삼을 테니 어떻게든 해 보려는 통에 댁의 어깨 위에 나비가 앉아 있다고 해 버렸다. 그 말을 듣자마자 걸음아 나 살려라 뛰어가는 꼴이 얼마나 웃겼는지 모른다.

어미가 죽기를 바라는 자식이라니, 콩가루 집안이 따로 없었다. 내가 친혈육이 아닌 걸 알고 어떻게 해 보려는 개자식. 대감마님, 당신의 조상은 개인가 봅니다. 어찌 이런 개자식을 위해 아씨를 팔았어요? 조상의 피는 남자에게서 남자에게로만 흐르니 아씨는 오로지 저의 아씨지요.

어느 순간 사람이 죽어 나가는 건 멈췄지만 안방마님은 여전히 일어날 줄 몰랐다. 안방마님과 나는 방에서 창을 활짝 열어 사계절을 함께 보았다. 우리 사이에 특별한 말은 없었다. 그저 한 공간에서 시간을 보낼 뿐이었다.

귀신날이 왔어도 창을 열고 혼례복을 내놓는 대신 문을 꽁꽁 닫고 안방마님 곁을 지켰다.

"너는 내가 원망스럽지 않느냐?"

"원망할 마음도 없습니다."

"그렇구나…. 사과는 하지 않으마. 내가 다 끌어안고 갈 테니, 너는… 너는 잘 지내거라."

안방마님 근처에 있는 화로에서 불이 점점 사그라들었다. 바닥이 절절 끓는데도 너무 추웠다. 나는 안방마님을 향해 절을 한 다음에 제등을 들고 달빛 속을 가로질러 별채로 넘어왔다. 미리 챙겨 둔 지푸라기로 불씨를 키우고 바짝 마른 나무에 불을 붙이자 빨간 동백꽃이 사방에 너울거리는 것 같았다.

연기가 별채를 서서히 뒤덮기 시작하자 혼례복을 툇마루로 꺼내 잘 펼쳤다. 여기저기서 불이 났다고 외치는 소리가 들렸다. 연기로 뒤덮인 하늘을 바라보고 있는데 갑자기 검은 나비가 날아왔다. 손을 뻗어 잡으려 하자 나비는 내 손길을 피해 툇마루에 펼쳐 둔 혼례복 위에 내려앉았고, 곧 혼례복을 입은 아씨가 나타났다.

"순이야, 나의 동백아."

나를 데리러 온 저승사자이자, 나의 아씨였다. 아씨는 아무 말도 하지 않은 채 슬픈 눈동자로 나를 바라보았으나, 나는 환히 웃으면서 일어났다. 편찮은 안방마님 곁을 지키며 간소하게 입어 어여쁜 옷은 아니었으나, 최대한 손으로 정갈하게 정돈한 후 아씨를 보며 절을 했다. 그러자 아씨도 내게 절을 했다. 부부 맞절이었다. 서로의 손을 잡고 일어난 후 입을 맞췄다. 아씨에게서 온기는 느껴지지 않았으나 따뜻해서 눈물이 나왔다.

입술을 떼니 어느새 나도 아씨와 같은 혼례복을 입고 있었다. 아씨는 그런 나를 보며 웃고는 다시 입을 맞춰 주셨다. 우리는 두 손을 잡고 한겨울날 동백꽃으로 만든 담을 따라 걷듯 걸었다. 아씨와 함께 걷다 보니 어느새 하늘을 날고 있었다.

아무도 쫓아올 수 없는 곳으로, 나비처럼 훨훨.

작가의 한마디

"그리하여 두 사람은 오래오래 행복했습니다."

시간의 거품

이
하
진

대학에서 물리학과 화학을 전공하고 있으며 제1회 포스텍
SF 어워드에서 「어떤 사람의 연속성」으로 데뷔했다. 과학과
사회, 일상 사이의 틈을 포착하고 쓰는 사람이 되길 희망한다.

●

거울에 옅게 비친 정길은 셔츠까지 바르게 차려입은 채 주머니에 손을 걸치곤 뻐딱한 태도로 정길을 바라보고 있었다. 정작 그걸 바라보는 정길 본인은 주머니도 없는 바지에 맨투맨을 입고 팔짱을 낀 채 뻐딱한 정길을 바라보고 있었다. 맨투맨을 입은 정길은 한숨을 내쉬며 수도꼭지를 열었다. 상반된 상의 정길 사이에서 조용히 물이 흘렀다. 그러는 와중에도 거울의 정길은 주머니에 손을 넣은 그대로 현실의 정길을 바라보고 있었다.

정확히는 겹쳐 있었다. 마땅히 비춰야 할 정길의 원래 모습에 또 다른 모습이 옅게 비쳐 보였다. 빛을 붙잡을 수 있다면 닿자마자 부서질 듯 성기고 흐릿한 상이었다. 마치 거품처럼, 힘없이 사라질 것처럼 공허하고 엷은. 쏟아지는 하얀 물줄기에서 빼낸 손에서 물거품이 사라지던 미세한 감각이 꼭 그럴 것만 같았다. 그렇게 맥없을 것만 같은데도 자신을 관조하듯 바라보는 거울 속 정길의 모습은 어쩐지 당당하다 못해 자신을 비웃는 것처럼 보일 지경이었다.

기존의 빛과 판이한 성질을 가진 새로운 빛이 관측된 날부터, 그것들은 '거품'이라고 명명됐다. 미처 풀어지지 못한 과거와 미래의 가능성이 그간의 한을 풀듯 물리적인 기행을 부리며 세상에 겹쳐 왔다. 처음은 흐릿하게 보이는 것에 불과했다. 우연스럽게도 꽤 예전부터, 사람들은 이미 거품을 귀신이라는 이름으로 부르고 있었던 모양이었다. 오래도록, 현재까지도. 그렇게 불리는 것도 이상한 일은 아니었다. 거품은 나타나기도 사라지기도 했으므로 그 요행이 귀신의 소행이라며 두려워하는 것도 어찌 보면 당연한 일이었다. 여기까지만 보자면 거품은 큰 문제를 일으키지 못하는 것처럼 보였다. 그저 흐릿하게 세상에 겹치는 것이 전부였으니까. 문제는 시간이 흐르면서 드러났다.

세월이 흐르며 상이 하나둘 늘어났다. 출몰 빈도가 연, 달, 일로 잦아졌다. 세간의 귀신 목격담이 전후 맥락도 알 수 없이 늘어가기만 하자 사람들은 혼란 속에서 해명을 원했다. 드디어 세상이 망하려는 거냐며 대규모 귀신 출몰 사건이 벌어지고 끝내는 한 국가의 주석이 거품에 둘러싸여 끔찍한 모습으로 죽음을 맞이했을 때 비로소 귀신들은 거품으로 정정될 수 있었다. 어찌 됐든 정길은 모두 우연에 불과하다고 생각했지만 말이다.

정길을 바라보는 거울 속 정길 역시 그러한 거품 중 하나였다. 쫓아내지 못한 귀신, 후회의 망집. 어쩌면 다른 세상에서 실현된 가능성. 혹여 가능성이라면 무슨 이유를 가지고 이런 보잘것없는 정길을 바라보고 있는 것인가? 그토록 번듯한 옷을 입고도 재밌다는 듯 정길을 바라보는 거울 속 정길을, 현실의 정길은 그 의도를 헤아릴 수 없었다.

몇몇 거품들은 어느 날 약속이라도 한 듯 한순간에 태세를 바꾸었다. 그저 갈라져 관조하던 가능성처럼, 우리와는 상관도 없었던 것처럼 홀연히 제멋대로 나타나고 제멋대로 사라지다가 어느 순간부터는 우리를 관찰하는 모습으로 태세를 바꾸었다. 정길은 그것이 섬뜩했다. 마치 조롱받는 느낌 같았다. 인간성이 결여된 것처럼 입 하나 뻥긋하지 않고 바라보는 형상에게 관찰당한다면 불쾌한 게 당연하지 않을까. 오늘 하루만큼은 불규칙하게 나타나는 거품을 마주치지 않길 바랐건만 늘 그렇듯 소망은 쉽게도 부서졌다.

정길은 거품을 잠시 노려보다가 이게 다 무슨 소용인가 싶어 한숨을 쉰 뒤 수도꼭지를 잠갔다. 카페 화장실을 나와 제자리로 돌아오려니 또 다른 거품이 비어 있는 자리 하나에 앉아 고개를 돌린 채 정길을 바라보고 있었다. 오늘 무슨 날인가. 거품이 왜 이리 많아? 카페로 출근하기 전 집에서 본 게 첫 번째, 출근길에 횡단보도 옆에서 두 번째, 아까 화장실에서 세 번째, 이번이 네 번째.

전문가인지 아닌지도 모를 사짜들은 사라진 풍습이 내쫓지 못한 한들이 거품으로 실체화되었다며 떠들어 대곤 했다. 사실인지 아닌지는 알 수 없었지만 가능성이라면 대충 한과 비슷하지 싶었다. 학자들은 "빛의 성질이 변했을 뿐 귀신과는 관련이 없다."며 혼란을 조장하지 말라 당부했지만 대중들 사이에선 그동안 목격되었던 귀신들이 전부 거품이었다는 게 기정사실로 굳어진 뒤였다. 이제서야 귀신 대가리를 깨겠다며 널뛰기가 유행하거나 윷놀이 세트가 품귀를 빚거나 하는 건 말할 것도 없었다. 과학조차 설명할 수 없는 것들의 인과에는 오랜 믿음이 있었다.

그러거나 말거나, 거품의 존재 자체에 익숙해진 지는 꽤 되었다. 정길은 에스프레소 머신을 닦고 좋은 온도로 예열한 데미타스와 샷 글라스를 머신 밑에 내려놓는다. 커피를 내린다. 기분 좋은 향기가 아직은 허전한 가게로 퍼지기 시작한다. 정길은 본격적인 일과를 시작하기 전 직접 내려 마시는 에스프레소 콘파냐를 좋아했다. 비록 알바생에 불과했고 사장이 "근무 중 마시는 커피는 양심껏 시급에서 까라."며 으름장을 놓긴 했지만 그럼에도 정길은 이 공간에서 일하는 것이 좋았다. 적어도 설날 당일조차 사정없이 출근해야 하는 다른 알바보다는 훨씬 나았다. 추출이 끝나고 좋은 빛깔을 띤 사랑스런 액체에 조금은 묽은 크림을 얹는다. 티 스푼으로 살짝 저어 뜨거운 커피와 차가운 크림이 적당히 섞이도록 한 뒤 그 색이 정길의 기준에 정확한 베이지색이 되었을 때 휘젓길 멈추고 잔을 들어 단숨에 그걸 마셨다. 처음은 단맛, 다음은 산미, 그다음은 약한 과일향, 끝내는 원두와 크림의 고소함으로 부드럽게 마무리되는 예술적인 맛이었다. 이러니 커피를 못 끊지 하며 정길은 홀로 중얼거렸다. 기분 좋게 잔을 내려놓고 풍미에 취해 있는 그 순간에도 구석에 앉은 거품 정길은 아직도 정길을 바라보고 있었다. 거품들은 도대체 뭐가 문제이기에 저러는 것인지 거슬렸지만 고민할 틈도 없이 카운터의 기계에서 배달앱 주문을 알리는 알람이 울렸다.

…아이스 아메리카노 서른 잔? 40분 뒤 픽업? 어떤 불쌍한 회사의 망령들이 출근 직후 시간대의 오전부터 생명수를 원하는 것인지 안됐다 싶었다. 여느 때처럼 말단 사원들이 가지러 오겠지. 그리고 그걸 만들어야 하는 정길은 자신을 잠시 자기 연민으로 위로한 뒤 한숨을 쉬며 주문을 수락했다.

제발 그 사이에는 손님이 오지 않길 빌었다. 하지만 알바생의 바람은 항상 깨지기 쉬운 것이었고 단체 주문의 아이스 아메리카노를 스무 잔쯤 만들었을 때쯤 카페 입구의 종이 청아한 소리를 내며 손님을 알렸다. 시계를 보니 조금 늦었지만 아직은 누군가가 출근하고 있을 시간대였다. 일부러 붐비는 시간대를 피해 오픈 시간을 잡았다며 사장이 자랑했던들 예외는 항상 있었다. 정길은 카운터에서 텀블러를 들고 어김없이 아이스 아메리카노를 주문하는 손님에게 단체 주문이 있으니 양해해 달라는 말을 습관적으로 덧붙였다. 몇 분 정도 걸릴까요? 10분 정도 걸립니다. 조금 더 빨리 받을 수는 없을까요? 아차. 정길은 짧은 고민 후 말했다. 그럼 먼저 준비해 드리겠습니다. 루틴이 크게 꼬이는 일도 아니었다. 아이스 아메리카노를 연속해서 만드는 일이었고 픽업 시간까지는 조금의 여유가 있었다. 그렇다면 테이크아웃 손님을 먼저 응대함이 마땅했다. 텀블러의 손님은 감사하다며 기꺼이 정길에게 텀블러를 내주며 주문을 결정했다. 텀블러를 받아들자마자 뚜껑을 따 보니 깨끗하게 세척되어 있었다. 다행이었다. 커피 크림이 남은 텀블러를 내밀며 설거지를 요구하는 손님이었다면 오전부터 일과가 배로 꼬였을 터였다.

정길은 카페 오픈 알바 2년차의 노련한 솜씨로 아이스 아메리카노 서른한 잔의 주문을 순식간에 처리했다. 텀블러 손님을 보내고 캐리어에 서른 잔을 싸고 있으니 어느덧 픽업 시간이 다가와 있었다. 단체 주문의 마지막 잔을 캐리어에 넣으며 창밖을 보니 과연 치기 어린 신입사원들이 쫙 맞는 정장을 입고 유리창 너머에 서 있었다. 여느 때처럼, 다른 이들이 그렇듯 그들은 자기들을 둘러싼 거품과 함께 카페로 향하는 건너편 횡단보도에서 보행 신호를 기다리고 있었다.

오늘도 신들린 듯한 솜씨로 주문을 완수했다는 것에 작은 자부심을 느끼며, 정길은 신호가 떨어지기까지의 짧은 여유를 즐기기로 했다. 구석에 앉은 거품은 아직도 능청스럽게 카페에서 거드름을 피우며 정길을 힐긋힐긋 바라보고 있었다. 아마 화장실에 있는 거품도 여전하겠지. 정길은 오늘을 거품 긴 날로 명명하기로 했다. 퇴근하면 마트에 들러 부럼이라며 한창 행사 중이었던 견과류 더미나 사서 맥주와 까 먹어야겠다고 생각했다. 오늘 하루도 별일 없이 끝나게 해 주세요. 정길은 뒤늦게 알바생의 염원을 빌었다.

잠깐의 여유 사이에 휴대폰에 쌓인 알림을 엄지 하나로 빠르게 넘겼다. 몇몇의 광고 문자를 빼면 그렇다 할 내용도 없었다. 애매하게 남은 시간에 빠르게 SNS의 타임라인을 훑자니 언제나처럼 거품에 대한 얘기가 지긋지긋하게 스쳐지나갔다. 오늘도 사람이 거품에 둘러싸여 죽었다더라. 서울에서도, 대전에서도, 전국 각지에서 의문의 죽음이 이어졌다는 소식으로 가득했다. 정길은 세간의 '거품사'에 대해 회의적이었다. 거품이 결국 귀신으로 지칭되어 왔던 것에 불과하다면, 단순히 도시 괴담 정도로 치부되어 그치는 게 당연하다고 생각했다. 그저 음모론 같은 새로운 자극을 원하는 사람들이 없는 인과를 엮어 그럴싸한 사건을 편협하게 바라보는 것이라고 여겼다. 결국 빛에 불과하잖아? 사람은 모름지기 대중이 모르는 것에 깨어 있는 자신의 이미지를 갈망했고 거품사 역시 그 과정에서 나온 허황된 현상이라고 정길은 회의했다.

엄지손가락으로 하릴없이 스크롤을 내리며 시간을 때우고 있으니 어느덧 횡단보도 신호가 바뀌어 있었다. 정확히는 사람들 중 한 명이 시야 한켠에서 횡단보도에 발을 내딛는 걸 보았으므로 그렇게 생각했다. 손님을 응대할 생각에 고개를 돌려 유리창을 보았다. 아직 횡단보도의 신호는 붉은색이었다. 무단횡단인가 싶었지만 횡단보도 한복판에 놓인 사람의 걸음걸이가 기묘했다. 이상하게 지쳐 보이기도 했고 매 걸음을 바라지 않는 것처럼 보였다. 주변인들의 술렁임이 유리창 너머로 느껴졌다. 주변에 발이 많았다. 빨간빛의 횡단보도 신호 속에서도 여유롭고도 흐릿한 발걸음을 내딛는 발들이 많았다.

직전의 회의를 부정하듯 버거운 발걸음을 내딛는 그는 같은 얼굴을 한 거품에 둘러싸여 있었다. 직전에 바라봤을 때보다도 많은 수의 거품에. 게다가 무표정한 보통의 거품과는 다르게, 하나같이 기대감에 벅차고 상기된 듯 섬뜩하게 웃는 얼굴을 한.

예감이 좋지 않았다. 정길은 즉시 카운터를 박차고 달려나갔다. 그의 동료들이 건너편에서 우왕좌왕하는 모습이 보였다. 카페 앞을 지나가던 사람들이 수군대는 것이 유리창 너머로 들렸다. "저거 거품이야?" 정길이 커다란 카페를 가로질러 문을 열어제꼈다. 모서리에 달린 종이 아까처럼 청아한 소리를, 하지만 거친 리듬으로 내었다. 이윽고 회색 세단이 고통스럽게 사람을 들이받으며 브레이크 소리를 내었다.

순간의 정적조차 없이 거리를 지나던 모든 사람들이 비명을 질렀다.

●

"또 거품이야?" 출동한 경찰 중 한 명이 모자를 정돈하며 중얼거렸다. 구급대원이 시신을 수습하는 순간까지도 거품은 그 사람을 둘러싸 오싹할 정도로 무미한 미소를 지으며 자리를 지키고 있었다. 거품은 구급대원의 자취를 따라 사라락 사라지면서도 다시 물거품이 올라오듯 아무렇지 않게 자신의 상을 재생했다. 정길은 그 모습이 섬뜩해서 눈을 돌렸다. 중얼거렸던 경찰이 정길에게 다가오며 물었다. 카페 알바생이라 했지, 뭐 본 거 있어요? 제가 봤을 땐 이미 횡단보도 한복판에 있었어요, 빨간불이었는데도요.

그간의 냉소를 비웃기라도 하듯 정길의 눈앞에서 벌어진 일은 부정할 수 없이 거품이 만든 죽음처럼 보였다. 거품이 나타나고 나서 누구도 피할 수 없었던 '가능성으로부터의 죽음' 같았다.

거품은 사람을 간접적으로 죽인다고들 했다. 이따금씩 죽은 자들 주변에는 거품이 가득했다. 그 사람과 같은 얼굴을 하고 소름 돋게 웃으며 관음하는 거품이 가득했다. 정길은 그런 죽음이 갖는 거품과의 인과성을 인정하지 않았으나 거품은 능청스레 실체를 내보였다. 아무리 그래도 이렇게까지 적나라한 건 너무 잔혹한 처사가 아닌가? 처음 보는 사람의 죽음에, 그것도 거품에 둘러싸인 허망하고도 기괴한 죽음에 저도 모르는 새 구역이 올라오는 것 같았다. 죽음을 앞에 두고 도의적으로 할 짓은 아니라고 생각했지만 정길은 경찰 조사를 받는 내내 몇 번이고 카페 화장실로 뛰어가 속을 게워냈다. 받아들일 수 없는 현실이 뇌리에 생생했다. 끔찍했다.

"거품 때문인 것 같아요." 그동안 믿어온 것들을 송두리째 부정하는 짧은 증언을 마친 뒤 카페로 돌아가기 직전, 정길은 잠시나마 눈을 감아 고인의 명복을 빌고 별일 없으리라 마음을 추스렸다. 저것은 타인의 불운이지 자신의 불운이 아니라고 몇 번이고 되새겼다. 우연이겠지, 우연일 거야. 정말 거품에 둘러싸여서 죽은 건지, 죽는 순간에 거품에 둘러싸인 건지는 누구도 알 수 없는 일이었다.

정길은 출근한 지 불과 두 시간도 안 되어 끔찍한 기분이 되고 말았다. 사람이 죽는 모습은 어쩔 수 없이 괴롭고 슬플 수밖에 없었고, 오전부터 거품만 네 개를 마주치질 않나 오늘따라 재수가 사나웠다. 정길은 귀신이니 미신이니 하는 것들을 믿지 않는 편이었지만 거품이 물리학적으로 타당한 현상이고, 눈앞에서 이토록 선명하게 사람들을 비웃는 거품들이 즐비하니 마음을 놓을 수가 없었다. 당장 경찰들의 주변에서 마른세수를 반복하다 손님을 받기 위해 급히 돌아온 정길의 눈앞에도 새로운 거품이 생겨난 뒤였다. 이걸로 다섯 개째였다. 11시를 막 넘긴 시각이었다. 자꾸만 횡단보도의 거품 무리가 눈앞에서 아른거리는 것 같아 현기증이 일었다. 오늘은 쉴까? 점장이 허락할 리가 없었다.

오늘 정길의 근무는 3시까지였다. 3시 정각에 이제 막 2주차가 된 신입 알바생과 교대해야 거품이라는 불청객이 점거한 이 공간을 빠져나갈 수 있었다. 같은 공간에 거품이 더 들어차는 꼴을 보고 싶지 않았다. 그저 밖에 나가 쉬고 싶은 마음뿐이었다. 이제는 화장실에서 보았던 너석까지 바깥으로 나와 커피 머신 옆에 하나, 테이블에 하나, 화장실 앞에 하나가 정길을 바라보고 있었다. 그들은 마치 횡단보도의 거품처럼 정길의 죽음을 고대하고 있는 것 같았다. 정확히는 기대하고 있는 것처럼 보였다. 그것이 섬뜩해서 절로 몸서리가 쳐졌다.

정길은 이후 몇 개의 주문을 건성으로 넘기고 나서야 카운터 안쪽에서 진정을 찾을 수 있었다. 맑은 종소리와 대비되는 탁한 한숨을 뱉으며 고개를 드니 아까부터 앉아 있던 거품과 눈이 마주쳤다. 건너편에는 그새 거품 하나가 더 늘어나 있었다. 그런 일을 목격한 직후 몇 개의 거품이 건조하게 자신을 바라보는 모습을 보고 있자니 그대로 정신을 놓아 버리고 싶었다. 오늘 왜 이래? 정길은 오늘 평소보다 많은 자신의 거품을 관찰했다는 사실로부터 어떤 운명의 끝을 가늠했고, 직후 고개를 저어 머릿속에서 그것을 쫓아냈다. 우리에게 가능성으로부터의 죽음은 회피할 수 없는 것이었다. 그렇다고 받아들여야만 한다고? 어떻게 그런 부조리함이 존재할 수 있는 거지? 피할 수 없는 운명을 가늠하는 짓은 두려움과 지레 마주하는 어리석은 방법 중 하나였다. 정길은 몇 년간 무사했듯이 올해도 별일 아닐 거라며, 그저 시기가 좋지 못해 평소보다 많은 거품을 마주쳤을 뿐이라고 스스로를 다그치며 계속 안심시켰다.

3시, 3시까지만 버텨 보는 거다. 큰일은 없겠지 생각하면서도 그런 걸 목격했으니 마음이 편치 않았다. 거품이 어떻게 행동하는지는 몰랐지만 죽은 이들이 거품에 둘러싸여 있었다면, 최대한 그들로부터 멀어지면 되는 것이 아닌가? 당장이라도 이곳을 뜨고 싶은 마음뿐이었다.

●

"여러분, 가능성으로부터의 죽음을 기억하십니까? 우리가 처음으로 도망친 운명 말입니다. 예. 거품이라고 불리는 것들 말이지요. 이건 차차 말하도록 하고.

세상은 수많은 가능성으로 이루어져 있습니다. 가령 당신이 아침에 커피를 마실지 말지 고민했다고 해 봅시다. 결국 마셨을 수도, 안 마셨을 수도 있겠죠. 그럼 세계는 당신이 커피를 마신 세계와, 마시지 않은 세계로 갈라지게 됩니다. 시간을 돌릴 수 없기 때문에 선택을 돌릴 수 없다는 건 아시겠지요?

거기에 더해, 우리는 시공간의 유일성에 따라 분화된 다른 세계를 관측할 수조차 없었습니다. 이것이 우리 우주의 기본 원리였습니다. 익히 알고 계신 그대로지요.

그런데 어느 날, 갑자기 빛과 시공간이 변덕을 부려 그 성질을 바꾸었습니다. 유일성이 깨지고 세계의 가능성은 겹치게 되었죠. 커피를 마신 당신 앞에 커피를 마시지 않은 다른 세계의 당신이 흐릿하게 나타나기 시작했습니다. 네, 시간의 거품이라 불리는 것들이요. 시간의 일방성에 함께 떠밀려 가 사라져야 함이 마땅함에도, 남아 있는 모습이 마치 하수구 구멍에 흘러가지 않고 남은 거품 같다고 해서 붙여진 이름이었죠. 거품. 하등 쓸모도 없는 그런 거요. 환영이자 환상에 불과하다고 여겨졌죠. 사실은 아니었지만요.

네. 아시다시피 거품은 죽음을 이끕니다. 그렇다면, 고작 거품이 어떻게 '가능성으로부터의 죽음'을 이끌게 된 걸까요? 그리고 우리는 어떻게 그 죽음이란 운명을 회피하고 남 얘기처럼 회고하듯 이야기하고 있는 걸까요?"

_〈미래일보〉창간호, 윤정길 강연록 「우리 우주에서부터」 중에서 발췌

●

정길은 불안함을 애써 감추며 다음 파트 알바생에게 인수인계를 서둘렀다. 신입의 주변에는 거품이 보이지 않았다. 운도 좋아라. 그는 매장에 들어와 희끄무레한 거품과 눈이 마주치자마자 소스라치게 놀랐고 이내 그것이 정길의 것임을 깨닫고는 정길에게 짧은 걱정의 눈길을 보냈다.

"저거, 정길 씨 거품이에요?"

"네, 그런 것 같아요. 별일 없겠죠."

거짓말이었다. 추격전 같은 소란을 피울 작정은 아니었지만 그렇다고 마냥 안심할 수는 없어 서둘러 카페를 떠나려는 와중에 신입이 물었다.

"아까 사고 났다면서요. 그건 괜찮아요?"

직후 신입은 화장실 앞에서 정길을 지켜보는 거품을 뒤늦게 알아채곤 소리 없이 경악했다. 정길 역시 그러고 싶은 심정이었지만 관자놀이를 누르며 꾹 참고 있었다.

정길은 창문 너머 폴리스 라인이 쳐진 도로변을 바라봤다. 거품은 구경이 끝났다는 듯 사라진 뒤였다. 거품이 사라졌어도 사람들

의 관심은 시들해지지 않았다. 지나가는 사람들은 저마다 휴대폰을 들고 사진을 한두 장 찍어 가곤 했다. 사고 직전에 엄지손가락으로 가볍게 넘긴 스크롤을 이뤘던, 지역 인플루언서 계정 같은 곳에 가벼운 제목으로 저 사진이 돌아다닐 걸 생각하니 머리가 아찔했다.

정길은 한숨을 내쉬며 거품 없는 신입에게 간단히 인사한 뒤 창고에서 겉옷과 가방을 챙겨 카페를 나왔다. 한 겹 유리창을 건너 흐리게만 보였던 횡단보도를 선명하게 마주하니 어딘가에서 피 냄새가 나는 것만 같았다. 그것이 불안을 가중시키는 것만 같아 정길은 빠르게 카페 주변을 떠났다.

그냥 멍하니 바람을 쐬고 싶었다. 그 좁은 자취방에 나타날지 모를 거품과 답답하게 갇히느니 조금이라도 여유를 느끼며 착잡한 마음을 다스리고 싶었다. 누군가라도 붙잡고 하소연이라도 하고 싶은 심정이었지만 멀쩡히 학교 다니며 수업을 듣고 있을 동기들과는 다르게 홀로 휴학을 선택한 정길로선 선택의 여지가 없었다. 결국 기진맥진한 몸을 이끌고 공원으로 향하기로 결정했다.

일부러 숨을 크게 쉬며 걸으니 도심 특유의 인공적인 향취와 낙엽의 냄새가 폐로 스몄다. 동시에 시선이 느껴졌다. 뒤를 흘깃 바라보니 카페에서 자신을 바라보던 거품 몇 개의 실루엣이 언뜻 비쳤다. 처음 있는 일이었다. 보통 하루에 하나둘 보이던 게 전부였던 거품은 각자 자리를 지킬 뿐 이렇게 자신을 따라오는 건 처음이었다. 젠장. 따지고 보면 거품이 자신을 바라보는 일도 지금까진 없었던 일이었다. 줄곧 거품에 무관심했던 정길로선 이런 거품의 거동을 예측할 수 없었다. 공원까지 따라올까? 만약 따라온다면 저 중 몇 놈이 따라올까? 공원에서도 다른 거품이 생겨날까? 거품의 거동은 누구도 예측하지 못하는 영역에 있었으므로 정길은 그 무엇에도 답할 수 없었다.

거리엔 거품이 가득했다. 각자의 거품이 각자의 자리를 지키며 무심하게 순간을 빚은 조각품마냥 멀뚱히 서 있었다. 마땅히 자신의 거품도 그래야 할 터였는데, 왜 저것들은 따라오고 있는 건지 모를 일이었다. 짜증이 스멀거리며 올라오려 했다. 가끔은 지극히 일상적인 것에도 지긋지긋함이 느껴지곤 했고 오늘 역시 그런 날인가 싶었다. 아니지, 오늘은 전혀 일상적인 날이 아니었잖아. 정길은 애써 자신을 어르고 달래며 공원으로 잰걸음을 재촉했다.

●

정길은 공원에 도착하자마자 희끗한 거품의 머릿수를 세어 보았다. 스물다섯, 스물여섯… 개중 자신의 얼굴을 한 거품을 다시 세어 보았다. 하나, 둘, 셋… 세 개였다. 그중 하나는 카페 화장실에서 거울 너머로 자신을 거만하게 바라보았던 그놈이었다. 다행히 멀리까지 따라오는 녀석은 그 한 녀석이 유일한 모양이었다. 실제로 따라온 건지 우연히 같은 상을 공유하는 건지는 알 수 없었지만. 어지러움을 참아가며 다른 거품과 그 원본을 대조해 보니 한 사람당 거품 한둘이 전부였다. 이따금씩 세 개의 거품을 가진 사람도 있었지만 열 명에 한 명 꼴로 드물었다. 그렇다면 오늘로 다섯 개가 넘는 거품을 보아온 정길의 상태는 충분히 이상하다고 볼 수 있었다. 재수 옴 붙었다는 표현이 적절해 보였다. 거품이 옴은 아니겠지만. 차라리 옴이었으면 좋았으련만.

정길은 적당한 벤치에 앉아 숨을 돌리며 가방을 뒤져 차갑게 찌

그러진 참치마요 삼각김밥과 사이다 캔을 꺼냈다. 아침에 먹으려다 때를 놓쳐 먹지 못한 끼니였다. 김가루가 떨어지지 않도록 절묘한 솜씨로 비닐을 벗겨 내기 직전, 정길은 까다 남은 삼각김밥을 잠시 벤치에 올려 둔 뒤 캔을 먼저 개봉했다. 탄산이 터져 나오는 소리가 경쾌하게 공원을 울렸다. 목이 바짝 말라가던 정길은 그대로 음료를 몇 모금 마신 뒤 삼각김밥을 마저 까서 먹으며 자신을 따라온 것으로 보이는 거품을 의식했다. 지금은 멀찍이 떨어져 여유를 부리고 있었다. 그러면서 힐긋힐긋 곁눈질로 정길의 동태를 살피는 것 같았다. 정길은 그것의 행동에 불쾌함과 불안함을 느꼈다. 단일 개체로서의 거품은 치명적이지 않다. 거품에 둘러싸이면 죽는다는 것도 낭설에 불과할 것이다. 그러면서도 계속해서 느껴지는 께름칙함을 참을 수 없었다.

자신의 다른 거품을 둘러보니 여느 거품처럼 사진을 찍어 그대로 옮긴 듯 정지한 상을 띠고 있었다. 그래 봐야 한둘에 불과했지만 모든 거품이 저토록 수상히 거동하지 않는다는 사실에서 조금의 위안을 받았다. 이쯤 되니 움직이는 거품이 수상하다 못해 이상하게 보일 지경이었다. 거품이 귀신으로 불렸던 시절에야 종종 움직이는 모습이 관찰되긴 했지만, 인터넷의 무수한 귀신 목격담 속에서 창작 괴담과 목격 실화를 구분하는 일은 좀처럼 쉽지 않았기에 그로부터 단서를 얻고자 함은 쓸데없는 짓이었다. 백문이 불여일견이라더니 옛말에 틀린 말이 하나도 없었다. 문제는 직접 겪고 있는 당사자가 정길 자신이라는 점이었고, 거품이 자신을 따라온다는 말을 마땅히 공유할 곳도, 적절한 답변이나 대처를 해 줄 사람도 존재하지 않는다는 점이었다.

애초에 대응이 가능할까? 세간에 따르면, 거품은 새로운 성질의

빛이다. 빛은 실체를 가지지 않는다. 빛의 부재가 어둠으로 칭해질 뿐 빛의 발원점, 광원을 가린다는 선택지 말고는 빛을 제거하는 방법 따위는 존재하지 않았다. 게다가 거품은 말만 빛이지 광원이랄 게 존재하지 않는다. 그것의 실체가 무엇인지 아무도 알지 못한다. 알더라도 건드릴 수 없을 것이다.

정길은 거품을 엇갈린 시간의 인과라고 어렴풋이 생각했다. 존재했을지도 모르는 어느 순간의 가능성. 물거품처럼 쓸려 나가야 할 터였지만 어째선지 그러지 못한 인과의 잔재물들. 그러한 관점에서 왼발을 들어 올린 채 오른팔을 앞으로 뻗은 거품은 걸어가던 순간에 떨어져 나간 인과의 파편일 것이고, 휴대폰을 들고 있는 거품 역시 날씨라도 보던 순간의 그것일 터였다. 하지만 저건? 독립적으로 움직이면서 자아를 가진 듯 행동하는 저 셔츠 입은 녀석만은 당최 설명되지 않았다. 정말 귀신이 곡할 노릇이었다. 그러면서도 희끄무레한 특유의 생김새는 영락없이 거품의 것이었다.

어느새 반쯤 남은 삼각김밥을 우물거리며 정길은 생각을 이었다. 그렇다면 과거만이 거품으로 겹쳐오는 것일까? 꼭 그런 것도 아닌 모양이었다. 정길은 휴대폰을 들고 있는 거품이 입은 후리스를 산 적도, 본 적도 없었다. 그렇다면 미래에 벌어질 가능성도 거품으로 보일 수 있는 것일까? 단언할 수는 없지만, 정길은 후리스를 싫어한다. 앞으로도 입을 일이 없을 것이다. 또한 거품이 들고 있는 기종은 결코 미래의 기종이라고는 볼 수 없을 정도로 투박해 보였다. 희미한 모습에 정확히 판별할 수는 없었지만, 아마 3년 전쯤 정길이 사용했던 모델로 보였다. 하지만 다시 말하건대 정길은 동일한 후리스를 입은 적이 없었다. 뭐, 어느 쪽이든 거품은 '가능성'이었으니 후리스를 살지 말지 고민하던 정길의 어떤 가능성이 갈라진 걸지도 모르는 일이었다. 고민조차 해 본 적이 거의 없긴 했지만.

거품이 미래에 벌어질 가능성 역시 보여 준다고 한들 저 셔츠 입은 놈의 거동을 설명할 수는 없었다. 저건 과거도 미래도 아니다. 명백한 '현재'로 보였다. 거품은 가능성의 상이었다. 지금이 아닌 어느 한순간의 정지 화상이다. 시야의 사각에서 거품이 조금씩 변화한다는 사실은 알았어도 눈앞에서 대놓고 움직인다는 사실은 들은 적 없었다. 줄곧 그렇다고 믿어 왔는데 상식이 위배되는 순간을 직접 보는 것은 적잖이 괴로웠다. 애초에 거품의 정체나 원인은 모두 추측에 불과할 뿐 '새로운 빛에 의한 현상'이라는 사실 말곤 본질적으로 무엇인가에 대한 인지가 부족했다는 게 더욱 그러했다. 빛의 성질이 새롭다고 해서, 그게 어떻게 세상과 상호작용하겠는가. 우리는 아직 거품에 대해 아는 게 없었다.

이쯤 들어 정길의 불쾌함은 익숙함에 무뎌졌고, 남아 있던 불안감마저 삼각김밥이 가벼워짐에 따라 호기심으로 대체되어 갔다. 저것은 정말 거품이 맞는 걸까? 이제 와서 거품으로 밝혀진 귀신의 정의를 다시금 꺼내 본다한들 소용없는 짓이었다. 정지한 거품의 옅은 빛을 특이한 거동의 것과 비교해 보며 다시 안심했다. 저것이 움직일지라도 고작 거품일 것이다. 하나의 거품에 불과할 것이다.

그래, 큰일이라도 나겠어. 이상한 거품은 저것 하나뿐이다. 하나의 거품은 아무 해도 끼칠 수 없다. 정길은 마지막 한 입의 삼각김밥을 마저 입에 털어 넣고 조금의 결심을 굳힌 뒤 공원을 빠져나가기로 결정했다.

●

　정길은 가설을 곱씹으며 쓰레기를 주먹으로 뭉치곤 자리에서 일
어났다. 손안에 쥔 비닐과 캔이 미끄러지지 않도록 세게 붙잡자 부
스럭거리는 소리가 캔에 공명하며 보다 시끄럽게 울리는 것 같았
다. 거품의 거동을 바라보니 세 개의 거품이 여전히 공원에 머무르
고 있었다. 두 개는 정지한 채로, 하나는 짜증나게 여유 부리는 채
로. 아마도 거품이 자아를 가지고 있다면 저 움직이는 녀석이 공원
까지 따라온 것도 우연은 아닐 터였다.

　정길은 작은 실험을 해 보고자 했다. 과연 공원을 빠져나가도
여전히 자신을 따라올지. 녀석은 여전히 가을 공원의 낙엽을 형태
도 없는 발끝으로 휘휘 건드리며 계절의 정취를 즐기고 있었다. 가
을 산책에 목적이 있다면 우연히 목적지가 겹칠 가능성도 있을 터,
'따라온다'고 속단하기에는 이를지도 모르는 일이었다. 하지만 저
것이 정말로 자신을 따라오는 게 맞다면? 공원 바깥까지 따라온다
면? 그 뒤엔 어떻게 하지? 무슨 목적이지? 아니다, 그래 봤자 거품
하나다. 언제나 그랬듯 손길 하나에 파스스 부서지고 마는 이 헐거
운 것들은 아무 해도 끼치지 못할 것이다. 닳아 가는 정신의 끝자
락에서 이성을 지키고자 선택한 것은 그 실체를 마주 보는 것이었
다. 정길은 악력으로 캔을 우그러뜨리며 공원을 걸었다. 입구에 도
달하기 전까지는 일부러 뒤돌지 않으리라 다짐하며 고개를 푹 숙
인 채 걸어갔다.

　어느덧 공원의 입구가 몇 발치 앞에 있었다. 정길은 입구에 놓인
쓰레기통에 캔과 비닐을 버린 뒤 몇 초 정도 공원의 경계를 바라보
았다. 얼마 후에 별 무리 없이 공원을 빠져나온 정길은 공원과 바
깥의 경계를 넘으며 드디어 뒤를 힐끗 돌아보았다. 정길의 거품 대

부분은 여느 거품들이 그렇듯 공원에서 정지한 채 경계를 넘지 못하고 있었다. 불길한 태도로 자신과 눈맞춤을 피하며 다가오고 있는 한 놈을 빼면 말이다. 젠장. 녀석은 일부러 눈길을 피하며 능청을 피우면서 한 걸음, 계절을 느끼곤 또 한 걸음 양반걸음을 내디뎠다. 본새에 어울리는 거드름을 피우면서. 이쯤 되니 녀석이 확실한 자아를 가지고 자신을 따라오고 있다는 의심은 점차 확신으로 바뀌어 갔다. 다만 그 이유를 당최 알 수 없다는 게 문제였다. 무슨 이유에서, 어째서 자신을 따라오고 있는가? 그것도 어쩌다 거품이 유독 많은 오늘? 확신이 분명해질수록 의문은 다시금 불안과 함께 피어올랐다. 정길은 애써 느껴지는 감정을 억누르며 그저 호기심을 따라 걸었다. 자신과 거품이 무슨 짓을 하더라도 시선이 쏠리지 않을 조용한 곳으로 유인해 마주해 보기로 했다. 만약에 저것이 '자아'를 갖고 있다면, 소통도 가능하지 않을까. 인간의 모습을 한 채 인간의 행동을 하고 있다면 인간의 언어를 알아듣는 것도 무리는 아닐 것이다. 그러지 않고선 미칠 것만 같았다. 왜 자신을 따라오는 거고, 당신들의 정체는 대체 뭔지. 거품사는 전부 사실인지. 그렇다면 도대체 왜 그러는 것인지. 그 면전에 대고 소리 지르고 싶었다. 어느덧 가방끈을 붙잡은 오른손에는 땀이 흥건히 흐르고 있었고 그 축축함에 일부러 끈을 더 세게 붙잡은 채 걸음을 옮겼다.

정길은 공원의 분위기가 남은 거리를 빠져나와 일부러 인적이 드문 골목으로 골라 들어갔다. 다행히도 그곳엔 거품이 없었다. 예상대로 정길을 따라오고 있는 거품을 제외하면 말이다. 긴장 속에 가방끈을 양손으로 꾹 붙잡은 채 골목의 끝에 다다르자 정길은 발을 되짚어 뒤를 돌았다. 예상대로 희끄무레한 실루엣의 거품이 서 있었다. 하얀 셔츠에 검은 정장 바지, 구두, 포마드 헤어. 카페 화장실에서 거울 너머로 자신을 바라봤던 거품이었다. 이렇게까지 시간을 두며 자세히 생김새를 관찰하긴 처음이었다. 생각보다 멀쩡하고 훤칠한 생김새와 기이한 행동거지 사이에서 괴리감이 느껴졌다. 저렇게 멀끔한 차림새로 대체 왜 할 일 없다는 듯 여기까지 따라온 거야? 정길은 골목의 끝에서 숨을 한 번 크게 들이마시고 내쉰 뒤 거품에게로 다가갔다. 무겁게 발걸음을 내딛는 순간조차도 거품은 흥미롭다는 표정을 희미하게 띄운 채 정길을 바라보고 있었다. 막상 다가서고 있지만 어떻게 해야 하지? 거품에게 상호작용을 시도해 보았다는 소리는 어느 곳에서도 찾아볼 수 없었다. 다들 거품은 무미건조하며 자아라곤 없는 것처럼 그저 우뚝 서 있는 게, 앉아 있는 게, 그저 존재하는 게 전부라고들 말했다. 혹시 반응을 보인다한들 어떡해야 하지? 그런다고 바뀌는 게 있을까? 아니, 이유라도 알아야만 했다. 그렇지 않고선 미칠 것만 같았다. 남은 평생을 이런 음침한 것들과 조금도 이해하지 못한 채 같이 살 수는 없었다.

휘몰아치는 사념에 사로잡히길 몇 초, 정길은 이제 자신을 골목으로 몰아넣었던 거품의 코앞에 서 있었다. 앞에 서서 제대로 마주한 거품의 얼굴은 소름 돋도록 정길과 닮아 있었다. 조금 더 나이가 든 듯한 모습이었지만 별 의심 없이 동일 인물이라고 봐도 될 정도였다. 제아무리 다른 세계의 가능성이라도 삶의 궤적이 다르다면 생김새가 조금이라도 달라야 하는 게 아닌가. 차이점이라곤 기백뿐이었다. 정길 자신은 덜덜 떨며 그곳에 존재했다는 것과, 거품은 여유롭고 당당한 자태로 존재했다는 차이점이.

정길과 마주 선 거품은 고개를 옆으로 기울였다. 마치 능청스레 무슨 일이냐는 듯이. 정길은 형언할 수 없는 불쾌함을 애써 삼킨 후 목을 가다듬으며 질문을 다듬었다. 분명하게 묻고 싶었다.

"당신은 뭐예요?"

알아들었을까? 이해했을까? 거품은 따분하다는 표정을 잠시 지었다. 그러고는 양손을 주머니에 넣은 채 짝다리를 짚은 그 삐딱한 자세로 조금의 흔들림도 없이 정길을 지그시 바라보았다. 의도인지 모르겠으나 질문을 알아듣지 못한 모양새처럼 보였다. 이해는 고사하고 소통조차 불가능한 것처럼 보였다.

몇 초를 어색하게 기다려도 거품은 별다른 반응을 보이지 않았다. 마른침을 몇 번이고 삼켜 먹먹했던 귀가 뚫리자 모르는 새 긴장에 막혀 있던 정신이 순간 맑아졌다. 깨어난 직감으로 상황을 다시 보아도 변한 건 없었다. 거품은 여전히 정적이었고, 무심했다.

맥 빠지는 느낌이 드는 것만 같았다. 괜한 기대였다. 그럼 그렇지. 생명 활동과는 하등 관계없을 거품 같은 것과 말이 통할 리가 없었다. 정길은 약간의 안심을 느끼며 줄곧 힘을 주고 있던 미간을 풀었다. 그리고 비교적 깊은 숨을 내쉬었다. 후우. 그래, 그저 거품일 뿐이다. 이런 것들이 내게 무슨 짓을 할 수 있겠어. 거품에 휘말렸다는 것도 전부 우연의 일치일 터였다. 오전에 본 풍경이 아직까지도 생생했지만, 갑자기 빨간불에 발걸음을 내디딘 이유도 알 수는 없지만, 의문사한 사람의 주변에 거품이 가득했다는 것도 확률적으로 극히 일부에 불과한 죽음을 확대한 결과일 터였다. 전부 평범한 죽음이었을 것이다. 고작 이런 것들이 어떻게 그러겠어. 영향력을 행사할 수 있다는 것도 전부 거짓일지 모르는 일이었다.

정길은 보다 가벼운 발걸음을 옮기며 거품을 지나가려고 했다. 모든 의문은 풀렸다. 이것들은 자신에게 어떤 해도 끼칠 수 없다.

지금까지 분투하며 고뇌해 온 시간이 아깝게 느껴졌다. 전부 우연일 뿐이야. 모든 죽음에 거품이 있었던 것도 아니었고 내 죽음 역시 평범할 거야. 말도 안 되는 도시괴담 같은 것에 시달린 자신이 바보처럼 느껴져서 한껏 우스운 마음으로 거품을 지나갔다.

정길이 가벼운 심정으로 발을 옮기며 팔뚝이 빛에 불과한 것에 스쳤을 때였다. 그것은 몸에 스쳐 희미하게 사그라드는 제 팔을 돌연 들어 올렸다. 정길은 옅고도 분명한 인기척이 만드는 섬뜩함에 뒤를 돌았다. 물거품처럼 부서지고 재생하는 그것의 팔은 검지손가락으로 앞을 가리키고 있었다. 그곳이 방금까지 정길이 있었던 장소였다는 사실에 사그라졌던 불안이 다시 피어오르는 찰나, 그것은 뒤를 돌아 아까보다 분명한 손짓으로 정길을 가리켰다. 그리고 웃어 보였다.

그것은 오전에 보았던 거품과 같은 얼굴을 하고 있었다. 그것은 비웃음과 가여움이 섞인 듯한 얼굴로 정길을 바라보며 제 손으로 정길을 분명히 가리키고 있었다.

이것들, 살아 있다.

직감적으로 알 수 있었다. 오만이었다. 합리화였다. 적어도 이것이 자아를 가지고 행동하고 있음은 확실해 보였다.

하지만 어떻게? 어째서?

알 수 없었다. 아무것도 알 수 없었다. 왜 자신을 가리키는 거지? 거품이 나 자신이라고 해서 무엇이 바뀌지? 저것이 자신일지라도, '나'는 왜 나를 비웃듯 바라보는 거지? 왜 저 눈빛에는 동정심이 서려 있는 거지? 정길은 일순간 품었던 호기심에 죄악감을 느꼈다. 이해할 수 있다고 자만한 자신을 후회했다. 호기심에 대한 답변은 불가해였다. 잠깐의 반응을 통해 느낄 수 있었다. 우리는 저것들을 이해할 수 없다. 무지로부터의 공포가 스멀스멀 목 언저리를 타고 오르는 게 느껴졌다.

도망쳐야 한다.

위협적이지 않으리라 골목으로 끌고 온 것 자체가 자만이었다. 그것은 분명 상황을 즐기는 것처럼 보였다. 자신을 유인하는 것을 뻔히 알고도 따라온 것이었다. 어째서? 정길은 겁에 질린 채 허겁지겁 골목을 뛰쳐나와 거리를 내달렸다. 사람이 많은 곳으로 향했다. 어느덧 거리를 가득 채운 다른 사람들과, 다른 거품들과, 다른 정길의 거품이 있는 곳으로부터 도망쳐 '진짜 사람'이 있는 곳으로 가고 싶었다. 정길은 공원으로 향하면서 수많은 사람들을 마주쳤다. 수많은 거품을 마주쳤고 수많은 자신의 얼굴 역시 마주쳤다. 평소 운동을 하지 않던 몸에 숨이 차오르고 근육이 굳어갈 때조차 정길은 감각이 마비된 것처럼 달렸다. 정지한 자신의 얼굴을 마주했다간 그대로 주저앉을 것 같았다.

숨이 턱 막혔을 때에야 정길은 자신이 공원에 도착했다는 사실을 깨닫고 제자리에 멈춰 호흡을 고를 수 있었다. 양손으로 무릎을 짚은 채 고개를 숙이고 몇 번이고 거친 숨을 몰아쉬었다. 고개를 들 자신이 없었다. 공원에는 얼마나 많은 거품이 있는 거지? 여기 계속 있어도 괜찮은 건가? 그놈은 아직도 따라오고 있을까? 그 무엇도 알 수 없었다. 머리가 의문과 불가해로 가득 차 제대로 된 생각을 할 수 없었다. 그러면서도 한켠에서는 고이 접어 두었던 어떤 끝에 대한 생각이 계속해서 재생하며 몸집을 키우고 있었다. 기분이 최악으로 치달았다. 가쁜 숨에 부쳐 경련하는 내장이 비틀리는 듯한 느낌이었다. 바람이 서늘하게 체온을 앗아가자 오한이 찾아

들었다.

"저기, 괜찮으세요?"

한마디와 함께 어깨에 올려진 손의 감촉을 느낀 정길은 우악스럽게 짧은 비명을 지르며 소스라치게 놀라 자빠지고 말았다. 바닥에 주저앉은 채 목소리의 정체를 확인하니 분명히 생동하는 사람 같았다. 모자를 눌러써서 얼굴을 확인할 수는 없었지만, 어딘가 익숙한 목소리였다는 기시감은 공원 한가운데에서 비명을 질렀다는 민망함에 감춰지고 말았다.

"거품이 계속 따라오는 것 같은데 모르시는 것 같아서요."

"아, 예예. 알고 있어요. 감사합니다."

주변은 어느샌가 자신을 둘러싸고 웅성거리는 이들로 가득했다.

"오늘은 초점이 모이는 날이잖아요. 걱정돼서 그랬어요."

초점이 모이는 날? 생소한 단어의 열거였지만 정길은 벅찬 체력에 그로부터 떠오른 의구심을 이어나갈 수 없었다. 정길 앞에 마주 선 그는 메고 있던 메신저백에서 뜯지 않은 생수 하나를 꺼내 정길에게 건넸다. 정길은 그제서야 자신의 꼴을 살필 수 있었다. 등골에 흐르는 땀과 젖은 이마에 엉망이 된 머리카락이 느껴졌다. 정길은 연신 감사하다고 말하고는 민망한 마음을 감추며 자리에서 일어나 생수병을 받아 들었다. 그 자리에서 뚜껑을 열고 몇 모금 마시자 물을 건넸던 이는 조심하라며 자리를 떠났다. 감각이 둔해졌기 때문인지, 물이 미지근했기 때문인지 넘기는 느낌도 들지 않았다. 이거라도 어디인가 하며 마지막으로 감사 인사를 외치러 자리를 떠난 그에게 몸을 돌렸다. 기력을 쥐어짜 첫 글자를 내뱉으려는 순간 그의 뒷모습을 이루던 윤곽선은 차츰 흐려지고 뒤틀리더니 물거품이 사그라들듯 형태를 잃었다. 두려움에 생수병을 잡고 있던 손끝이 떨리기 시작했지만 떨림에 반발하는 물체는 느껴지지 않았다. 정길의 양손은 비어 있었다.

정길은 다시 한 번 털썩, 바닥에 주저앉았다. '그들'이 명백히 자신을 조롱하고 있었다. 곳곳에서 같은 얼굴을 한 거품에게 둘러싸인 채 허공에 대고 맞지 않는 행동을 하는 정길을 바라봤을 사람들이 정길을 바라보고 있었다. 걱정스러운 모습으로, 혹은 흥미롭다는 모습으로. 정길은 어쩐지 그들 모두가 거품과 다름없다고 느껴졌다. 형언할 수 없는 섬뜩한 느낌에 손을 벌벌 떨며 주머니에 손을 넣어 휴대폰을 꺼냈다. 날짜를 확인했다. 캘린더 앱을 켜 양력이 아닌 음력을 확인했다.

정길의 거품들은 약속이라도 한 듯 그날에 당도하고 있었다.

…물리력을 행사할 수 없는 허상 주제에 거품사가 다 무슨 말인가. 아니다. 정길은 뒤늦게 현실을 받아들이기 시작했다. 거품은 정말 거품처럼 존재할 수 있었다. 남들이 말했듯 충분히 켜켜이 쌓인 빛은 에너지를 가지고 인과의 힘을 행사할 수 있었다. 그 임계에 달했을 때 쌓인 인과는 기어이 현실의 사람에게 개입하여 그들이 귀신 들린 듯 때와 장소에, 상황에 어긋난 행동을 하도록 만들었다. 그것이 눈앞에서 증명되는 모습을 보길 바라진 않았으나 덮쳐온 현실은 너무나 적나라하고 적확했다.

정길은 깨달았다. 지금 당장 어디로 향한들 정길의 눈앞에는 섬뜩히 웃으며 정길을 바라보는 거품들이 건조히 존재할 뿐이란 것을. 그리고 그런 정길의 거품들과 정길을 교대로 바라보는 사람들의 불안한 시선이 공존할 거란 사실을.

정길은 자신을 걱정스럽게, 혹은 흥미롭게 바라보는 사람들의 시선에 염증을 느끼며 왔던 길을 되돌아가기 위해 다시금 자리를 털고 일어났다. 네 발로 몇 걸음을 기고 나서야 두 발로 설 수 있었다. 정길은 바로 서서 중심을 다잡자마자 무작정 발을 돌렸다.

그 순간 몸에 제 것이 아닌 정신이 녹아드는 것을 느꼈다. 걸음이 얼어붙는다. 심장으로부터 피는 자신이 아닌 것의 기운을 담고 온몸으로 차갑게 퍼지기 시작했다. 뇌에는 무언가가 찌걱거리며 스며드는 것만 같았다. 끈적하고도 불쾌하게. 전신에 퍼진 냉혈이 기어코 의지를 가진 채 원치 않는 발걸음을 불안정하게 내딛기 시작했을 때, 정길은 비로소 자신을 둘러싼 무수한 거품의 시선을 온전히 느낄 수 있었다.

그들은 하나같이 입이 귀에 걸리도록 웃고 있었다.

●

시공간이 변화하더라도 빛의 성질은 항상 변치 않았다. 빛의 속도는 언제나 초속 30만 킬로미터였고 시공간이 굽은들 빛은 아랑곳하지 않고 직진했다. 절대적 이치의 혼돈 속에서도 유일하게 온전한 것이 빛이었다. 그렇기에 다중 세계를 투영시켜 인과를 끌어와 거품을 만드는 그것은 '빛'으로 명명되었다. 다만 그것은 빛이라 부르기 무안할 정도로 이상한 성질을 가지고 있었는데, 그 특징에 의해 그것은 '인과광'이라 불렸다.

인과광은 개인적이었다. 인과광은 한 사람에 의해 분화된 여러 다중 세계를 관통하며 한 사람의 다세계적 인과를 가지고 흘렀다. 인과를 가진 빛은 무작위의 우주에 침투해 그 인과를 빛으로, 상으로 보여 주었다. 다른 우주에서 갖는 각자의 다른 인과 관계를. 그것이 거품의 정체였다.

인과광은 대부분의 우주를 관통하기만 할 뿐 영향을 끼치지 않았다. 다만 문제는 하나의 우주에 스민 인과가 켜켜이 쌓이고 증폭되어 실체화

되면서 드러났다.

우리 우주는 최초로 가능성으로부터의 죽음을 목격했다. 거품이 **우리**의 지도자를 둘러싸 파란을 만들었다. 이윽고 만능에 가까웠던 **우리**는 처음으로 운명이라는 것 앞에 무릎 꿇었다.

인과광의 성질을 역이용해 관측한 바, 그리운 **우리**의 지도자는 다른 모든 우주에서 무사했다. 마땅히 그래야 하듯 행복했다. 인과광은 완벽한 무작위의 세계를 골라 잔혹한 운명을 선물했다. 눈앞에서 누군가가 거품에 둘러싸였다고 한다면, 대부분의 세계에서 무사할 그가 **우리** 우주에서 인과의 빛에 휩싸였을 뿐이었다. 다른 사람도 마찬가지였다. 거품에 둘러싸여 죽은 사람들은 하필 **우리** 우주에 인과의 빛이 겹쳐 스몄을 뿐이었다. 다른 우주에서는 무사한 채로. 인과광은 수없이 분화된 다중 우주의 삶 사이에서 단 하나의 삶에만 치명적이었다.

완벽한 무작위. 완벽한 죽음. 완벽한 부조리. 당연하게도, **우리**는 그 무작위의 슬픔을 받아들일 수 없었다. **우리**는 **우리** 우주의 관측 가능한 우주가 다른 우주의 것보다 넓다는 것에 자부심을 가지고 있었다. **우리**가 전 우주의, 모든 우주의 정점에 있으리라고 자부할 수 있는 지위를 사랑했다. **우리**는 **우리**의 세계를 사랑했다. 그런 완벽한 세계에 결점이란 받아들일 수 없는 것이었다. **우리**의 슬픔은 수용되는 듯하더니 시간이 지날수록 분명한 분노로 바뀌어 갔다.

신의 안배였는지 **우리**의 우주는 다른 그 어떤 우주보다도 뛰어난 문명을 가지고 있었다. 인과광의 성질을 분석하고 그 거동을 예측할 수 있었으며 다른 우주에 개입할 충분한 능력을 가지고 있었다. 보다 진보된 문명인으로서 **우리**는 다른 우주에 같은 비극이 반복되지 않길 바랐다. **우리**는 저항할 수 있었다. 이 우주에 넓게 퍼진 잔혹한 운명을 회피할 능력이 있었다. 슬픔의 총합이 줄어들 수 있다면, 하나의 우주가 모든 비극을 짊어지게 되더라도 기꺼이 그러길 바랐다.

　가만히 있어선 모든 우주의 죽음을 피할 수 없다고 판단한 **우리**는 결국, 울분 속에서 모든 인과광의 운행이 한 초점으로 모이는 절묘한 날에 의도적인 세계의 분화를 선택했다. 그리고 하나의 세계가 모든 인과를 짊어지도록 인과광의 초점을 고정했다. 어차피 운명을 소멸시킬 수 없다면, 그럼에도 지극히 수학적이고 합리적인 추첨으로 단 한 세계를 제외한 모든 세계가 죽음을 피할 수 있다면 마땅히 그래야 하지 않을까? 누구라도 그렇게 했을 것이다. 모든 가능성의 거품을 분화된 세계 중 단 하나의 세계에 집중시켜서 다른 모두가 확정된 운명을 회피할 수 있다면.

　감히 말하건대, 이것은 구원이다. 인과를 짊어질 단 하나의 세계를 제외한 모두에게 **우리**가 바치는 구원이다. 그곳이 인과광의 존재조차 제대로 분석하지 못하는 세계라면 더욱 성공적일 것이다. 모든 우주가 **우리**에게 감사할 일일 터이다. 대부분은 운명이랄 것을 파악하지도 못하는 피라미에 불과할 뿐 아닌가?

　우리는 감사를 담아 애도하고자 했다. 모든 세계의 인과를 짊어진 그 하나의 세계를. 인과광의 성질을 이용해 불운의 세계의 끝을 지켜보기로 했다. 모든 **우리**가 찬성했다. 모두가 인간됨의 마지막 도리로 인연도 없는 다른 세계의 자신을 추모하길 바랐다.

　…표면적으로는 그랬다.

　우리는 영생이 주는 축복보단 반복이 주는 단조로움에 모든 감각이 무뎌진 지 오래였다. 그런데, 죽음이 확정된 다른 세계의 자신을 볼 수 있다니. 우리에 갇힌 타인 아닌 타인의 모습을 관찰할 수 있다니. 이미 모든 곳에서 정점을 이루고 권태에 빠진 **우리**에게 그만한 자극이 더 있었을까? 앞으로 더 그런 기회가 있으리라 확신할 수 있을까?

우리는 각자 생각했다. 어차피 **우리**의 일은 아니니까. 그리고 상기된 표정으로 불운의 세계를 들여다보았다. 인과가 중첩되어 죽음을 앞당기도록 직접 거품이 되어 중첩을 가중시키고 혼란을 초래하는 데 정성을 쏟으며 우주적 규모의 장난감을 길들였다. 충분한 기술을 가진 다른 우주 역시 동참했을 것이다. 그 불쌍한 우주의 죽음을 앞당기는 유희에 말이다.

정길은 강연록의 내용을 곱씹으며 코웃음을 쳤다. 그리고 마치 거품처럼 흐릿하게 보이는, 초점이 모이는 날의 어리숙한 자신에게 오른손 검지를 세워 가리켰다. 대답했다. 선언했다.

나는 너야, 윤정길.

●

크레인에 매달려 불길한 소음을 내는 철골 뭉치 아래, 제 의지가 아닌 마지막 한 걸음을 내디디며 정길은 보았다. 자신을 바라보는 무수한 가능성의 또 다른 정길을. 순간 또 다른 자신이 죽는 모습을 즐겁다는 듯, 제 일이 아니니 다행이라는 듯 웃으며 관람하는 수많은 순간이 교차한 자신들의 모습을.

작가의 한마디

"우리가 기울이는 관심은 종종 그릇된 방향과 깊이로 뒤틀린 형태를 취하지 않는가. 그렇다면 미신이 희박한 시대에 귀신만큼 끔찍할 수 있는 건 무엇일까."

풀각시

김이삭

평범한 시민이자 번역가, 그리고 소설가. 혼자 쓴 책으로는
『한성부, 달 밝은 밤에』가, 같이 쓴 책으로는『감겨진 눈 아래
에』,『야운하시곡(夜雲下詩哭)』,『라오상하이의 식인자들』등이
있다. 『한성부, 달 밝은 밤에』는 프랑스에도 수출되었으며 드
라마화 계약을 체결하였다.

풀각시

강원도 홍천군과 충청도 아산시에서는 귀신날에 '달귀 귀신'이

사람을 잡으러 온다는 이야기가 전승되고 있다.

처녀들이 산에서 나물 캐며 풀각시 놀이를 하다가

밤에는 그 인형을 뒷간에 두는데 이 인형이 달귀 귀신이 된다고 한다.

물 떨어지는 소리가 참으로 요란했다. 험준한 절벽 아래 폭포가 땅을 부술 듯 쏟아지고, 바람은 쏜살같은 소리를 내면서 얼굴을 할퀴었다. 초가을 오후에 부는 바람이라기에는, 겨울철 서릿바람을 닮은 바람이었다. 나는 걸음을 멈추면서 주변을 둘러보았다. 오랜 세월 무성하게 자라난 나무와 수풀이 하늘을 가리고 땅을 뒤덮었다. 할머니는 왜 이곳에 가야 한다고 했을까. 백주에도 빛을 찾아볼 수 없는, 이런 흉한 곳에? 잠시 생각에 잠긴 사이, 노란 저고리에 붉은 치마를 입은 인영(人影)이 성큼성큼 어둠 안으로 들어가는 게 보였다. 곱게 묶은 금박댕기가 검은 어둠 속에서 펄럭였다. 나는 화들짝 놀라 큰 소리로 외쳤다.

"할머니, 어디 가요?"

할머니는 내 외침을 듣지 못한 듯, 아니, 할머니라는 말을 부정이라도 하듯 뒤도 돌아보지 않고 걸음을 옮겼다. 소녀를 닮은 뒷모습이 빠르게 수풀 너머로 자취를 감췄다. 나는 다급하게 뒤를 쫓으면서 거친 수풀을 손으로 헤쳤다. 칼날처럼 서늘한 한기가 피부를 스쳤다. 따끔한 통증이 느껴졌다. 나뭇잎에 손을 베다니. 다친 손가락을 입안으로 밀어 넣으면서 할머니가 해 준 말을 떠올렸다.

햇빛도 들지 못할 정도로 우거진 숲에는 나뭇살(木箭)이 있는 거야. 나뭇살. 살이 활처럼 사람의 몸을 파고든다고 했다. 이곳은 아찔한 낭떠러지 아래였고, 바람이 칼날처럼 몰아치는 곳이었으며 물이 쏘아진 화살처럼 떨어지는 곳이었다. 바람살(風箭), 물살(水箭), 바윗살(石箭)이 아니던가. 여기에 흙살(土箭)까지 있다면…. 다섯 살이 모인 곳은 대흉이었다.

나는 마음을 파고드는 불안함을 애써 억누르면서 손가락을 빨았다. 아릿함이 조금씩 무뎌지면서 비릿한 피 향이 입안에 퍼졌다. 다시 빠르게 걸음을 옮겼다. 얼마 지나지 않아 강가 옆에서 갈대를 꺾고 있는 할머니가 보였다.

"할머니! 갑자기 가 버리시면 어떡해요?"

할머니를 향해 분주히 놀리던 발걸음이 어느 순간 땅에 박혔다. 꺾은 갈대를 한 아름 안고 있는 할머니 옆으로 핏물처럼 붉은 물이 흐르고 있었다. 고개를 숙여 아래를 보았다. 흙이 피로 적신 듯 붉었다. 흙살, 이건 분명 흙살이었다. 이곳은 다섯 살이 모두 모인 곳이었다. 자고로 다섯 살이 모인 곳은 살이 오감을 파고들어 사람을 해한다고 하였다.

· · ·

할머니는 사실 조모가 아닌 숙조모였다. 찔레 열매가 빨갛게 익어가는 계절에 작은할아버지와 혼례를 올린 할머니는 다음 해에 과부가 되었다. 부친 또한 함께 고아가 되었다. 조부와 조모도 돌아가셨기 때문이었다. 집성촌이었던 마을에 호열자(虎列剌, 콜레라)가 돌았다고 한다. 단 며칠 만에 문중 사람들이 모두 숨을 거뒀다. 살아남은 이는 할머니와 부친 그리고 젖먹이였던 고모뿐이었다.

할머니는 피 한 방울 섞이지 않은 시조카들을 데리고 홍천 땅을 떠나 한성으로 갔다. 친정으로 돌아갈 법도 하건만, 할머니는 부친과 고모를 떠나지 않았다. 잘은 모르겠지만, 할머니는 부친과 고모에게 책임감을 느꼈던 것 같다. 어린 아이들을 이대로 두고 갈 수는 없다는 책임감. 그건 부친과 고모도 마찬가지였다.

할머니가 아프게 된 뒤로 부친과 고모는 할머니를 낫게 할 방법을 백방으로 찾아다녔다. 머리를 총명하게 만든다는 탕약부터 용하다는 의원의 침술까지. 하지만 백방이 무효했다. 모친은 집안에 액이 꼈을지도 모른다며 몰래 시구문 너머 아기씨당까지 갔다 왔다. 공주 아기씨를 모시는 영험한 무녀가 있다는 곳이었다.

모친은 집안에 살귀(殺鬼)가 맴돈다는 무녀의 말에 벽사 부적까지 받아왔다. 하지만 이 사실을 알게 된 부친이 길길이 날뛰면서 제법 비싼 돈을 주고 받아왔을 부적은 가리가리 찢겨졌다. 부친은 괴력난신을 잘 알았지만 절대 믿지 않았다. 부친에게 괴력난신은 다른 이의 돈을 더 많이 받기 위해서 적극적으로 이용하는, 일종의 전략이었다. 부친은 모친의 말을 들으려고도 하지 않았다. 무녀가 말한 살귀 때문인지는 모르겠지만 할머니는 여전히 아팠고, 나아질 기미를 보이지 않았다.

할머니가 아프기 시작한 건 올해 겨울부터였다. 처음에는 말을 잊었다. 촛대, 주렴, 애기장, 문갑, 빗접, 경대 같은 당연한 말들을 기억해 내지 못해 손가락으로 기물을 가리키며 웅얼거리곤 했다. 그다음에는 집을 잊었다. 건넌방에 가서 청지기를 찾거나 한겨울에도 아무렇지도 않게 마루방으로 건너가 잠을 청하곤 했다. 할머니의 머릿속에 더는 우리 집이 없었다. 집 구조도, 집으로 돌아오는 길도 더는 기억하지 못했다. 할머니 혼자 다른 집에, 다른 동네에 사는 것 같았다.

우리는 가슴이 덜컥 내려앉았다. 이런 증상을 본 적이 있기에 더욱 그러했다. 성명방에 사는 모친의 이모가, 즉 내게는 이모할머니가 몇 해 전부터 비슷한 증세를 보였다. 그 소식을 들은 할머니가 얼마나 두려워하였던가. 할머니는 다가오는 죽음보다 가족에게 남기는 부담이 더 무섭다고 했다. 하지만 사람이 죽음을 피할 수 없듯 할머니도 병을 피하지는 못했다.

좀 더 시간이 지나자 할머니는 우리도 잊었다. 나를 언니라고 불렀고, 부친을 행랑아범이라고 불렀으며 모친을 행랑어멈이라고 불렀다. 할머니 걱정에 매일 견평방을 찾아오는 고모는 아예 객처럼 대했다. 자신을 찾아온 고모를 보고 할머니가 허리 굽혀 인사하자 고모는 울음을 터뜨렸다. 그리고 시간이 더 지났을 때, 우리는 할머니가 무엇을 기억하는지 알게 되었다. 어린 시절. 할머니는 수십 년 전으로 돌아가 그때의 기억에서 살고 있었다. 어렸을 때 살았던 집에서, 어렸을 때 살았던 가족과 함께.

우리는 앞이 다 깜깜해졌다. 비슷한 증세를 보였던 이모할머니도 정신이 오락가락하기는 하였지만, 이 정도로 심하지는 않았다. 과거만 남긴 채 모든 걸 깔끔하게 지워 버리지는 않았다. 심지어 이 모든 일이 고작 두 달 사이에 벌어졌다. 할머니를 진맥한 의원들조차 입을 모아 말하지 않았던가. 이렇게 빨리 심해지는 경우는 처음 보았다고. 화타가 부활하면 모를까 자신에게는 방도가 없다고 했다.

계절 하나가 채 지나가기도 전에 할머니는 다른 사람이 되어 버렸다. 우리를 모르는 과거의 자신으로.

"서율아. 네가 할머니를 모시고 먼저 연산으로 내려가거라."

"예?"

출가한 고모까지 모두 모여 앞으로의 계획을 논의했던 날, 내 무릎을 베고 누워 잠든 할머니를 보면서 부친은 그렇게 말했다. 집 밖으로 나갔다가 길을 잃은 할머니를 늦은 밤 명례방 끝자락에서 발견했을 때 우리는 할머니를 위해 한성을 떠나기로 했다.

"연산이요?"

내 반문에 부친은 고개를 끄덕였다. 연산. 전에도 들은 적이 있는 곳이었다. 고모가 명례방에서 할머니를 찾았을 때, 할머니는 목멱산을 연산이라고 불렀다고 한다. 집으로 가야 한다고. 언니가 기다리고 있다고. 어찌나 완강한지 아무리 어르고 달래도 소용이 없었다고 했다. 결국 고모는 같이 갔던 노복들의 도움을 받아 할머니를 억지로 끌고 왔다.

"그래. 할머니 친정집이 그곳에 있다. 그 집으로 갈 거야."

"그 집으로 간다고요? 그럼 원래 살던 사람들은요? 다 같이 산다는 거예요?"

"…할머니 가족은 더는 그곳에 없어. 행방이 묘연하단다. 그 집도 물어물어 겨우 살 수 있었지…. 올 초에 출타했을 때 겸사겸사 그곳에 가 봤는데, 오래 방치되어 사람이 살기에는 적합하지 않더구나. 일단은 장공을 불러 수리해 달라고 했다. 제대로 수리했는지는 모르겠지만."

부친의 말에 의하면 할머니의 친정은 지역에서 유명한 명문가였다고 한다. 현감은 물론 중앙 관리까지 두루 배출해 위세를 떨쳤지만, 가문은 할머니 윗세대부터 쇠락세를 걸었다. 망한 부자라 할지라도 삼대는 먹고 산다고 하지 않던가. 쇠락하는 가문이라 할지라도 반가는 반가였다. 할머니는 혼인하기 전까지 유복한 삶을 살았다. 하지만 할머니는 끝까지 친정으로 돌아가지 않았다. 얼마든지

재가할 수 있었는데도 할머니는 한성에서 어린 두 아이와 함께 살았다.

생계를 고민했던 할머니는 집주름(집 흥정을 붙이는 직업을 가진 사람)이 되었다. 반가의 여식이었음에도 상업에 종사했다. 부친은 업을 이어받고 나서야 그게 얼마나 힘겨운 일이었는지를 체감했다. 할머니를 향한 부친의 효심이 더욱 깊어진 것은 당연한 일이었다.

내가 입을 다물며 아무 말도 하지 않자 부친은 다정한 목소리로 말했다.

"우리는 여기 일을 마무리 짓고 내려가마. 네가 할머니와 행랑 사람들을 데리고 먼저 연산에 가 있거라. 가서 집도 제대로 수리했는지 확인하고."

"그래도….."

"너도 이곳에 남아 있으면 불편하지 않더냐."

부친이 무심결에 내뱉은 말에 나는 바로 입을 다물며 안색을 굳혔다. 부친도 당황했는지 헛기침을 했고, 모친은 어두운 낯빛이 되어 낮게 탄식했다. 옆에 앉아 있던 고모가 타이르듯 말했다.

"똥이 무서워서 피하냐? 더러워서 피하는 거지. 그리고 묻은 똥은 물로 씻어내면 그만이야. 걱정할 거 하나도 없어. 네가 도망가는 게 아니라… 그래, 씻으러 간다, 이렇게 생각하자. 어? 네 부모님은 가쾌(家儈) 일 때문에 꼼짝 못 한다는 거 알잖니. 나도 딸린 식구 때문에 어디 갈 수가 없고."

내가 왜, 내가 왜 피해야 하냐고 소리를 지르고 싶었다. 하지만 나는 입을 꾹 다물며 고개를 끄덕였다. 손가락 끝으로 할머니의 은백색 머리카락을 쓰다듬었다. 그래. 나는 도망가는 게 아니었다. 할머니를 위해서 가는 거였다. 그와는 아무 상관 없었다.

· · ·

그와 처음 눈을 마주쳤을 때, 나는 검을 연습하고 있었다. 내게 검술은 일종의 치기 어린 저항이자 나 자신을 보호하던 방어였다. 반가 여식이 아니라 집주릅의 여식이라며 나를 놀리던 아이들도 내가 나뭇가지를 휘두르면 입을 삐죽 내밀면서 재빠르게 내빼곤 했으니까. 하지만 나이가 들자 그들도 더는 나를 두려워하지 않았다. 나를 보고 낄낄거릴 뿐이었다. 나 자신을 어찌 보호해야 할지 몰랐던 나는 내가 아는 유일한 방법을 고수했다. 나는 계속 검을 휘둘렀다. 나뭇가지에서 목검으로, 목검에서 진검으로. 그저 휘두르는 것의 종류만 바뀌었을 뿐이었다. 부친은 괜히 검술을 가르쳤다며 이마를 짚곤 했지만, 이것이라도 없었다면 나는 버티지 못했을 것이다.

그날도 나는 대문 바로 옆쪽에서 검을 휘두르고 있었다. 물길이 지나는 곳이라 사실상 공터였고, 중문 밖이라 오가는 이도 없었기 때문이었다. 그렇게 한참을 연습했을 때였다. 누군가의 시선이 느껴졌다. 나는 고개를 돌려 대문을 보았다. 문이 조금 열려 있었다. 사람 얼굴 하나 들어갈 정도로 좁게. 그는 그곳에 서서 팔짱을 끼고는 비스듬히 고개를 기울인 채 나를 보고 있었다. 마주친 눈 아래로 붉고 날렵한 입술이 옅은 웃음과 함께 벌어졌다. 그는 씨익 웃더니 고개를 주억거렸다. 나는 미간을 찌푸리며 그를 훑었다. 무관복을 입은 걸 보니 의금부 관원인 것 같았다. 의금부는 견평방 바로 옆에 있었고, 내가 사는 집은 의금부 뒷길과 이어져 있었다. 내가 검을 검집에 넣으면서 그를 노려보자 그는 피식 웃으며 자리를 떠났다.

나는 문을 닫았고, 그 뒤로 다시는 문을 연 채로 검을 연습하지 않았다. 그런데 언제부터인가 계속 그가 보였다. 시전에 나갈 때도, 집주릅 일로 가옥을 보러 갈 때도. 잊을 만하면 내 눈앞에 나타나 나를 보고 웃었다. 그리고 몇 달 뒤, 집에 매파가 찾아왔다. 그의 가문에서 혼담을 꺼낸 것이다. 매파는 조상이 복을 쌓은 모양이라고, 이렇게 좋은 인연이 제 발로 찾아왔으니 절대 놓쳐서는 안된다며 호들갑을 떨었다.

우리 집은 당연히 발칵 뒤집혔다. 지나치게 기울어지는 혼인인데다가 그의 평판이 딱히 좋지 않았기 때문이었다. 아직 성가도 하지 않았는데 시비(侍婢) 여럿을 임신시켰다나. 의정부 좌참찬이라는 부친이 이 사실을 알고 입으로 불을 뿜었다지만, 막상 불똥을 뒤집어쓴 건 애꿎은 시비들이었다. 태아를 지우는 탕약을 마셨고, 매를 맞았으며, 다른 가문으로 팔려 갔다. 시비들이 무슨 죄가 있다고. 일어나라고 하면 일어나야 하고, 누우라 하면 누워야 하는 게 그들의 서러움 아니었던가.

견평방에서는 솟을대문이 아닌 집을 찾아보기 힘들 정도로 신분이 높거나 부유한 이들이 많이 살았다. 허나 가옥들이 다닥다닥 붙어 있었고, 가옥의 크기도 작은 편이었다. 이웃과의 거리가 가까운만큼, 구설도 빠르게 퍼지곤 했다. 그의 나쁜 평판이 자연스레 우리 귀에 들어왔던 것처럼 그의 가문이 우리 가문에 혼담을 넣었다는 소식도 바람처럼 빠르게 퍼져나갔다. 이웃들은, 심지어는 부친과 모친마저도 혼담을 받아들여야 한다고 생각했다. 반가의 여식으로 태어나 중인의 자식 취급을 당했던 게 미안하셨던 거겠지. 저런 가문으로 시집을 간다면 더는 그런 수모를 당할 필요가 없었다.

허나 나는 그와의 혼인을 원하지 않았다. 사실 누구와도 혼인하고 싶지 않았다.

내가 완강히 버티자 부모님도 더는 강요하지 않았다. 혼담은 없던 일이 되었다. 문제는 그다음이었다. 그는 우리 가문의 거절을 받아들이지 못했다. 그래서 내 주변을 배회했다. 종일 나만 따라다니는 것 같다는 착각이 들 정도로. 아니, 그건 착각이 아니었다. 전에는 잊을 만하면 그가 보였다면, 그 뒤로는 잊고 싶을 정도로 자주 보였다. 나는 참았다. 그의 뜻대로 되게 하지는 않을 거라고, 참고 또 참았다. 하지만 더는 참을 수가 없었다. 내가 알고 있는 유일한 방법으로 그에게 저항했다. 그를 검으로 벤 것이다.

상처는 깊지 않았다. 그는 죽지 않았고, 그 대가는 나와 우리 가문이 짊어지게 되었다. 차라리 내가, 그냥 내가 죽어 버렸으면 좋았을 텐데. 나는 방에 틀어박혀 삶과 죽음을 고민했다. 내 목숨이 끊어질 때야 끝낼 수 있는 고민을, 하고 또 했다. 내가 죽음을 택하지 않은 건 억울했기 때문이었다. 내가 뭘 잘못했다고. 그놈이 내게 어떤 짓을 했는데. 부친과 모친, 고모가 어찌 한 건지 모르겠지만, 그 일은 조용히 덮였다. 풍파는 가라앉았지만, 내 일상은 산산조각이 났다. 가옥이 다닥다닥 붙어 있는 견평방에서는 소문이 빨리 돌기 마련이니까. 아무 일도 없었던 듯 내 일상을 영위하기에는 견평방 사람들의 눈초리는 바늘 끝처럼 따가웠고, 이들의 수군거림은 화살처럼 내 마음을 파고들었다. 그리고 이때쯤부터 할머니의 병세가 심해졌다.

어쩌면 나 때문일지도 모른다고, 그렇게 한동안 자책한 적이 있었다.

결국 나는 할머니와 연산으로 떠났다. 견평방을 벗어나자 조금

숨이 트이는 것 같았다. 성문을 지나자 마음이 홀가분해졌고, 성저 십리를 지나 경기도에 들었을 때는 조금 유쾌했던 것 같기도 하다. 그건 할머니도 마찬가지였다.

십 년이면 강산도 변한다지만, 십 년이 강산을 바꾸는 건 아니었다. 강산을 바꾸는 건 세월이 아니라 사람이었다. 사람이 없으면 강산도 그대로이니까. 이곳의 강산도 마찬가지였다. 오랫동안 인적이 끊긴 고택 주변은 변함없는 강산이 되어 그대로 남아 있었다. 할머니가 기억하는 모습 그대로 말이다. 그래서일까. 할머니는 연산에 온 뒤로 눈에 띄게 달라졌다.

더는 생경하다는 얼굴로 집 안을 두리번거리지도, 집으로 가겠다며 도망을 치지도 않았다. 할머니는 어린 아이처럼 매일 밖을 쏘다녔고, 때가 되면 집으로 돌아왔다. 다행히 할머니는 집으로 돌아오는 길을 잊는 법이 없었지만, 나는 불안한 마음에 매번 그 뒤를 쫓았다. 할머니는 특정 장소를 찾고 있었던 것 같았다. 연산을 샅샅이 누비다가 한 계곡을 찾아낸 할머니는 더는 주위를 헤집고 다니지 않았다.

그 계곡은 다섯 살이 모여 있는 불길한 땅이었다. 이런 곳은 양택(陽宅, 산 자가 사는 집)은 물론이요, 음택(陰宅, 묫자리)으로도 쓸 수 없었다. 평소라면 얼씬도 하지 않을 곳이었다.

가옥을 사고파는 집주릅에게, 그것도 양반을 대상으로 가옥을 사고파는 집주릅에게 풍수지리는 아주 중요한 소양이었다. 우리 가문이 단기간에 한성을 주름잡는 집주릅이 될 수 있었던 건 풍수지리에 능한 할머니 덕분이었다. 할머니가 풍수지리를 논할 때면 역학을 공부했던 이들도 혀를 내둘렀고, 그런 할머니에게 풍수지리를 배운 부친이 말을 보태면 가옥을 사려던 양반들이 주저 없이 금은보화를 내어주었다.

그랬던 할머니도 어렸을 때만큼은 풍수지리를 몰랐던 걸까? 아니면 불길하고 위험한 곳이라는 걸 알면서도 이곳을 찾는 걸까? 할머니는 이곳을 찾을 때마다 갈대를 뜯었고, 나뭇가지를 꺾었으며 무릇 풀을 뽑았다. 나뭇살 때문에 거듭 손을 베면서도 멈추려고 하지 않았다. 꺼림칙했지만, 결국 내가 나설 수밖에 없었다. 나는 허리에 차고 있던 검집에서 장검을 꺼내 날을 휘둘렀다. 갈대와 나뭇가지, 무릇 풀이 후드득 떨어졌다.

그 뒤로 할머니는 더는 그곳을 찾아가지 않았다. 대신 별당에만 머물렀다. 방 안에 수북하게 쌓인 갈대와 나뭇가지 그리고 무릇 풀로 무언가를 만들었다. 나뭇가지로 몸통을 만들고, 갈대를 엮어 얼굴을 만들었으며 무릇 풀로는 머리카락을 만들었다. 풀각시였다. 요와 이불, 베개, 병풍을 쳐 놓고 혼례식 흉내를 내면서 가지고 노는 인형. 할머니는 입고 있는 노랑 저고리와 붉은 치마를 조금씩 잘라서는 그걸로 풀각시 옷까지 만들었다.

할머니가 찾던 건 다섯 살이 모인 계곡이 아니라 계곡에 있는 재료를 엮어 만든 풀각시가 아니었을까? 까닭 없이 그런 생각이 들었다. 풀각시는 여아들이 가지고 놀던 인형이니까. 작지만 굳센 손가락을 움직이며 풀각시의 머리카락을 땋아 주던 할머니가 자랑이라도 하는 것처럼 내게 풀각시를 보이며 말했다.

"언니, 나 잘했지? 이렇게 물곳 끝을 실로 묶어서 머리카락을 땋는 거라고 했잖아."

나는 웃으며 답했다.

"네. 아주 튼튼하게 잘 만드셨네요."

"언니가 그랬잖아. 별당 아이들은 다 자기 풀각시를 하나씩 가지고 있었다고. 언니는 이미 있잖아. 이건 내 거 할 거야."

"예. 알겠습니다."

내가 웃으며 답하자 할머니는 주변을 살피며 눈치를 보다가 속삭이듯 말했다.

"언니. 이건 꼭 내가 언니를 위해서 쓸게. 언니도 그렇게 해 줬잖아. 나 그거 안 잊었어."

이때는 전혀 알시 못했다. 할머니가 만들고 있는 게 무엇인지를, 그것을 왜 만들고 있는 건지를. 나를 위해 쓰겠다는 게 무슨 뜻이었는지를.

• • •

할머니가 살던 고택은 제법 넓은 곳이었다. 별당채, 안채, 사랑채, 고방채는 물론이고 사당채도 있었다. 서른 칸 남짓한 가옥이었지만 방이 대청처럼 넓어 대군저 못지않았다. 가장 높은 기단 위에 지은 사랑채는 어찌나 웅장하게 세워놨는지 보기만 해도 기가 질릴 정도였다.

견평방에 있던 우리 집은 사랑채가 따로 없었다. 손님을 맞이하는 공간은 방 하나면 족했으니까. 굳이 가옥으로 위엄을 드러낼 필요가 없었다. 그래서 우리 집에는 별채인 사랑(舍廊) 대신 문간방인 사랑(斜廊)만 있었다. 이런 사랑채를 지은 가문이라면 내외법도 확실하게 지켰을 것이다. 내외법. 할머니는 이 집에서 태어나고 자랐지만, 사랑채를 드나들지 못했겠지. 나는 할머니가 친정으로 돌아가지 않으려고 했던 이유를 알 것 같았다.

그런데 시간이 지나자 집이 좀 이상하다는 생각이 들었다. 다른 건 멀쩡했는데 별당이 이상했다. 다른 이들의 눈에는 북쪽 끝에 있는 별당이 고즈넉하면서도 평범하게 보이겠지만, 내 눈에는 달리 보였다. 이 별당에는 확실히 문제가 있었다. 별당 앞뒤로 조심스레 다져 놓은 작은 길이 하나씩 가로놓였고, 별당 바로 옆에는 작은 길이 세로로 나 있었다. 분명 사람의 발이 수없이 닿은, 발자국으로 다져진 길이었다.

『고사촬요(攷事撮要)』에서는 이런 길을 시체를 멘 형상이라 하여 '강시(扛屍)'라 불렀다. 여기에 세로로 된 길이 하나 더 놓여 정(井) 모양이 되어도 집은 흉택이 되는 법이었다. 게다가 길이라 하는 것은 본래 어딘가로 가기 위해서 만든 게 아닌가. 그런데 별당을 지나는 길들은 그 끝이 막힌 곳과 이어져 있었다. 누구를 위해 만든 길일까. 누가 이 길로 오가는 걸까. 아무리 생각해도 대흉이었다.

이런 가문에서, 이런 가옥에서 자라난 할머니가 풍수지리에 통달하다니. 심지어 할머니는 별당에만 머물 것을 고집했다. 별당의 길흉을 눈여겨본 내가 안채로 옮기는 것이 어떠냐고 묻자 할머니는 절대 안 된다면서 펄쩍 뛰었다. 아이처럼 드러눕기도 하였다. 결국 나는 포기할 수밖에 없었다. 할머니를 위해 연산으로 거처까지 옮겼는데, 할머니가 싫다는 것을 강요할 수 없지 않겠는가. 무엇보다 할머니는 사랑채와 안채를 불편해했다. 밖으로 나갈 때도 마당을 빠르게 가로지를 뿐 안채나 사랑채 쪽으로는 고개도 돌리지 않았다.

별당 안 침방에 앉아 구석구석을 둘러본 나는 찝찝함을 뒤로하면서 할머니에게 물었다.

"할머니. 별당에는 원래 누가 살았어요?"

그 말에 할머니는 여긴 언니 처소잖아, 하고 답했다. 할머니의 시선은 여전히 풀각시를 향해 있었다. 풀각시의 팔을 붙잡은 할머니의 손이 이리저리 움직이자 풀각시도 나뭇가지로 만든 두 손을 휘휘 흔들었다. 풀각시를 만든 뒤로 할머니는 손에서 풀각시를 내려놓는 법이 없었다.

언니 처소라고? 할머니의 언니는 어디에 있는 걸까. 아직 살아 계시기는 한 걸까. 그러고 보니 할머니는 자신의 친정 이야기를 하는 법이 없었다. 이 집에 살던 가족들은 모두 어디로 갔을까. 나는 이런저런 생각을 하다가 할머니 곁에 누워 눈을 감았다.

귓가에서 사각사각 풀 소리가 났다. 할머니가 또 풀각시의 머리카락을 빗겨 주고 있는 모양이었다. 별당에 누워 풀각시 소리를 듣다가 잠드는 일이 어느새 일상이 되어 버렸다. 코로 은은히 전해지는 풀 내음에서 점차 생기 가득한 풀 비린내가 사라지고 마르고 뻣뻣한 냄새가 났다. 겨울의 냄새였다. 그렇게 가을이 지나가고 겨울이 되었다.

• • •

벌써 정월이었다. 가족들은 보름마다 한 번씩 서신을 보내와 사소한 안부를 전했다. 할머니는 안녕하신지, 밥은 잘 먹고 있는지. 다만 이번 서신에는 곧 연산으로 출발할 거라고, 그때까지 잘 지내고 있으라는 당부가 적혀 있었다. 나는 서신을 접으면서 방 한켠에 앉아 있는 할머니를 불렀다. 방과 우물마루의 경계에 세워진 불발기문 앞에 앉은 할머니가 매화 꽃살에 붙여진 창호지에 귀를 댄 채 가만히 소리를 듣고 있었다.

"할머니, 거기서 뭐 하세요."

"풀각시. 풀각시가 오나 안 오나 듣고 있어."

"무슨 풀각시요?"

"내가 만든 거 말이야."

나는 풀각시를 꼭 쥐고 있는 할머니의 손을 보며 말했다.

"지금 가지고 계시잖아요."

"내가 가지고 있다고?"

할머니는 의아하다는 얼굴로 주변을 두리번거리다가 풀각시를 쥐고 있는 자기 손을 내려다보았다. 조심스레 손을 펼치자 빨간 헝겊으로 만든 치마와 노란 헝겊으로 만든 저고리를 입은 풀각시가 모습을 드러냈다. 할머니는 멍하니 풀각시를 바라보았다.

"그러네. 아직 내가 가지고 있네."

"할머니, 정월 대보름쯤이면 가족들도 집으로 올 거예요. 그때는 다 같이 모일 거고요."

날짜를 따져 보니 그쯤이면 연산에 도착할 것 같았다. 할머니가 내 말에 움찔하더니 고개를 돌려 나를 보았다.

"다들 집으로 온다고? 그럼 언니는?"

"저요?"

"언니는 집에 남을 거야? 안 가고?"

"제가 어딜 가요. 같이 집에 있어야죠."

그 말에 할머니의 안색이 어두워졌다. 수심이 가득한 얼굴로 뭐라고 중얼거리다가 다짐이라도 하듯 말했다.

"나만 믿어. 내가 이번에는… 이번에는 꼭 언니를 지켜 줄게."

할머니는 이상한 말을 뱉더니 풀각시를 힘껏 쥐며 불발기문을 열었다. 어디로 가냐는 말에 잿간으로 간다는 답이 들렸다. 나는 고개를 빼꼼 내밀며 밖을 내다보았다. 마루를 지난 할머니가 댓돌

위에 놓인 신을 신고 잿간 쪽으로 걸어가는 게 보였다. 잿간에 가
는데 풀각시는 왜 가져가지. 나는 이해할 수 없다는 얼굴로 할머니
의 뒷모습을 지켜보다가 다급하게 일어나 밖으로 뛰쳐나갔다. 추
운 겨울날, 잿간처럼 위험한 곳이 어디에 있겠는가. 게다가 이곳의
잿간은 누각형이었다. 볼일을 보러 누각 위로 올라가다가 높은 계
단에서 떨어지기라도 한다면 큰일이었다. 노인의 몸은 얇은 나뭇
가지와 같아 쉬이 다칠 수 있었고, 일단 다치면 뼈도 잘 붙지 않았
다. 오래 고생해야 했다.

후다닥 달려간 나는 마루널 아래쪽에서, 잿간 일 층에서 나오는
할머니를 보았다. 누각형 잿간은 이 층이 용변을 보는 곳이었고,
일 층은 용변과 재를 모아 두는 곳이었다.

"할머니, 괜찮으세요? 거기는 왜 들어가셨어요? 잿간 청소는 사
람들이 알아서 해요. 그냥 두세요."

할머니는 괜찮다며 손사래를 쳤지만, 할머니가 마루널 구멍으로
빠졌던 걸지도 모른다는 생각에 나는 다친 곳은 없는지, 지저분한
게 묻지는 않았는지 빠르게 살펴보았다. 다행히 할머니는 멀쩡했
다. 찬바람이 윙윙 소리를 지르며 천지를 휩쓸었다. 나는 할머니의
어깨를 감싸 안으면서 서둘러 발걸음을 옮겼다.

"할머니, 이러다 고뿔 걸리겠어요. 어서 안으로 들어가요."

나는 할머니를 걱정하는 마음에 까맣게 잊고 말았다. 할머니가
잿간에 풀각시를 가져갔다는 것을. 그리고 잿간에서 나온 할머니
의 손에 더는 풀각시가 없다는 것도.

• • •

중천에 뜬 태양이 옆으로 비스듬히 기울면서 햇빛이 기와 위에 내려앉았을 때였다. 솟을대문을 지나며 걸음을 옮기던 나는 미간을 찌푸리며 걱정에 잠겨 있었다. 해 뜰 참에 조반을 먹고 집을 나선 나는 부친이 사 놨다는 땅마지기를 둘러보느라 정오가 지나서야 집에 돌아올 수 있었다. 부친이 가옥과 함께 산 전답이었다. 멀지 않은 곳에 있는 땅이라 오가며 농사짓기에는 좋았지만, 잡초가 군락을 이룬 묵정밭이었다. 숲처럼 무성한 잡초를 하나씩 뽑느니 아예 불을 질러 태워 버리는 게 나을 것 같았다. 논은 밭보다 더했다. 오랫동안 물을 대지 않아 땅이 쩍쩍 갈라져 있었는데, 어디가 물길인지 가늠도 되지 않았다. 가옥도 전답도 아주 오랫동안 방치되어 있었던 게 분명했다. 할머니의 친정에는 대체 무슨 일이 있었던 걸까?

행랑 마당을 가로지른 뒤 중문을 지나 안채 마당으로 들어서려 했을 때였다. 다른 중문에서 나온 행랑어멈이 황급히 나를 불렀다.

"아씨, 잠깐 이리 좀 와 보세요."

행랑어멈의 입에서 하얀 연기가 나오다가 흩어졌다. 이마에는 땀이 방울방울 맺혀 있었다. 연산으로 오겠다는 부친의 서신을 받은 뒤로 행랑 사람들은 분주해졌다. 별당채와 행랑채, 고방채를 제외한 다른 별채에는 사는 이가 없었다. 장공들의 수리 솜씨 덕분에 폐가처럼 보이지는 않았지만, 내부에는 뽀얀 먼지가 내려앉은 상태였다. 행랑 사람들은 남은 가족들이 이곳에 왔을 때 바로 생활할 수 있도록 며칠 전부터 마당을 쓸고, 마루를 닦으면서 별채를 단장했다.

"무슨 일인가?"

"오늘 사당채를 청소했는데, 나무 상자를 하나 찾았어요."

"나무 상자?"

"예. 사당채 뒤쪽에 나무가 한 그루 있거든요. 거기 아래에 묻혀 있더라고요. 부적이 덕지덕지 붙어 있는 게… 불길해요. 불길해. 아무튼 직접 와서 보세요."

나는 행랑어멈을 따라 발걸음을 옮겼다. 다시 행랑 마당을 가로질러 중문을 지나자 높은 회화나무가 나를 반겼다. 중문에 회화나무를 심으면 집안에 부귀영화가 더해진다고 하였다. 다른 별채보다 높게 지은 안채와 사랑채, 적확한 방위에 심어 놓은 적합한 묘목, 문의 알맞은 방향과 길의 대길한 형상까지. 별당만 제외한다면 풍수지리를 중시하는 가문의 가옥다운 곳이었다. 사당채 뒤쪽에 있다는 나무도 느릅나무일 것이다. 뒷마당에는 백귀를 막아 주는 느릅나무를 심는 법이니까. 그 아래에 상자는 왜 묻어 놨을까. 그것도 부적까지 붙여서. 뭔가 흉한 걸 묻어 놓은 걸까?

사랑채를 지난 나는 멀지 않은 곳에 있는 사당채로 향했다. 행랑어멈이 사당채 뒤쪽으로 나를 안내했다. 헐벗은 느릅나무가 높게 서 있었고, 그 아래에는 무언가를 빙 둘러싼 행랑 사람들이 수군거리고 있었다. 앙상한 손가락을 닮은 나뭇가지가 멀리까지 손을 뻗치며 아래에 서 있는 사람들을 움켜쥘 것 같았다.

"저기예요."

내가 다가가자 행랑 사람들이 빠르게 뒤로 물러났다. 그러자 작은 상자가 하나 보였다. 상자 위에는 누렇게 색이 바랜 부적이 빼곡하게 붙어 있었다. 나는 상자를 흔들어 보았다. 상자는 묵직했지만 둔탁한 소리나 날붙이 소리를 내지는 않았다. 안에 무거운 게 들어 있는 것 같지는 않았다.

"주변에 무당집이 있던가?"

"민가도 없는데 무당집이 있겠습니까. 한 십 리 정도 걸어가면 작은 마을이 하나 있습니다. 거기 가서 물어볼게요."

"가서 무녀를 좀 데려오게. 혹시 모르니 혼자 말고 둘이 가고."

행랑어멈은 얼굴을 굳혔지만, 곧 알겠다며 고개를 끄덕였다. 행랑어멈이 고갯짓하자 행랑 사람 중 한 명이 따라나섰다. 나는 상자를 살펴보며 잠시 고민했다. 괴력난신을 믿지 않는 부친이라면 곧장 부적을 모조리 뜯어내 안에 담긴 것을 확인했을 것이다. 나 또한 느릅나무 아래만 아니었다면 주저 없이 그렇게 했을 것이다. 하지만… 좀 찝찝했다. 함부로 뜯어서는 안 된다는 생각이 들었다. 나는 잠시 고민하다가 남은 행랑 사람들에게 말했다.

"일단은 다시 땅에 묻어 두게. 원래 있던 곳에."

나는 바로 별당으로 향했다. 사랑채 뒤쪽과 안채 뒤쪽을 이어 주는 일각대문을 지나자 나지막한 내담 위로 별당이 보였다. 한낮에도 이상하게 저곳만 해가 들지 않았다. 하늘의 그림자가 내려앉기라도 한 것처럼 별당은 항상 어둑했다. 참으로 불길한 곳이었다.

• • •

할머니와 함께 석반을 먹고 있을 때였다. 밖에서 행랑어멈이 나를 불렀다. 숟가락을 내려놓고 자리에서 일어나자 할머니가 내 치맛자락을 붙잡더니 수심 가득한 얼굴로 나를 보았다.

"밤에 누가 부를 때 나가면 안 돼. 귀신이 사람을 잡아가."

나는 빙긋 웃으며 옆에 놓인 장검을 움켜쥐고는 천연덕스럽게 거짓말을 뱉었다.

"걱정하지 마세요. 이것도 들고 나갈 거니까. 이거 사인검이에요. 귀신 때려잡는 겁."

할머니는 내 말을 믿은 건지 마지못해 날 놓아주었다. 나는 대청
마루로 나간 뒤 문을 도로 굳게 닫았다. 마당에 서 있는 이는 행랑
어멈이었다. 그녀는 내게 무녀를 데려왔다고, 무녀가 사당채 앞에
서 날 기다린다고 말했다. 치성에 능한 무녀이지 벽사에 능한 이는
아니라는 말도 했다. 나는 곧장 사당채로 갔다. 무녀는 백발이 성
성한 노파였다. 그런데 얼굴이 불안해 보였다. 행랑어멈이 땅을 파
내 상자를 꺼내 주자, 노파는 상자에 붙여진 부적을 보며 말했다.

"진실을 감추고 소문이 새어 나가는 것을 막는 부적이로군요."

"그런 부적도 있는가?"

"예. 있습니다. 열어 봐도 될까요?"

내가 고개를 끄덕이자 노파는 바로 부적을 뜯더니 상자를 열었
다. 상자 안에는 서책 한 권과 풀각시 하나가 들어 있었다. 노파가
풀각시를 꺼내 자세히 살펴보며 말했다.

"염승(厭勝. 목인[木人]이나 목우[木偶]를 만들어 눈에 못을 박거나 손발을 묶어 나무
에 매다는 저주술. 유사한 피해가 저주받는 대상에게도 일어날 거라고 믿는다-지은이)에
쓰던 것 같습니다."

"염승?"

"다른 이를 저주하는 일에 쓴 것이지요. 살을 날린 것 같은데요.
보십시오. 나뭇가지로 만든 몸통에 큰 구멍이 나 있지 않습니까."

살을 날렸다고. 내가 미간을 찌푸리자 노파가 두 손으로 풀각시
를 건네주었다. 나는 가까이 가져와 풀각시의 가슴 부분을 보았다.
예기에 찍힌 듯 깊게 파인 자국이 있었다.

"매흉(埋凶. 특정인을 저주하기 위해 흉한 물건을 만들어 땅에 파묻는 것-지은이)은
아니고?"

내 말에 노파가 의외라는 듯한 눈빛으로 나를 보았다가 곧 애매한 웃음을 보이며 말했다.

"매흉이라면 느릅나무 밑에 묻지는 않았겠지요. 그런데 매흉도 아십니까?"

"가옥을 허물어 다시 지을 때는 땅을 파는 일이 많으니까. 반가에서는 땅을 다질 때 이런 게 가끔 나오네."

나는 풀각시를 상자 안에 넣은 뒤 안에 담긴 서책을 훑어보았다. 서책 종이를 넘겨보던 나는 중간에 언급된 이름을 보고 순간 당황했다. 나는 내색 없이 서책을 덮으면서 말했다.

"고생하였네."

내가 행랑어멈을 보고 눈짓하자 행랑어멈이 품에서 엽전을 꺼내 노파에게 건네주었다. 나는 하얀 달빛으로 얼룩진 검은 하늘을 보면서 말을 이었다.

"밤이 깊었으니 오늘은 여기서 자고, 내일 아침에 조반이라도 먹고 가게."

노파는 무언가를 고민하다가 조심스레 말했다.

"…아닙니다. 바로 돌아가야 해서요. 이만 가 보겠습니다."

노파는 다급하게 몸을 돌렸다. 도망이라도 가는 듯한 모습이었다. 행랑어멈이 혀를 쯧쯧 차며 말했다.

"아까부터 무슨 소리가 들린다고 헛소리를 하더라고요. 그 말에 누가 속는다고. 우리가 그런 무녀를 한두 번 봐요? 집에 귀가 들렸네, 조상신이 노하셨네, 이러면서 굿해라, 부적 써라, 하는 무녀가 한성에 얼마나 많은데. 쯧쯧. 제가 아씨 앞에서는 그런 허튼소리 하지 말라고 눈치를 단단히 주었거든요. 한몫 챙기려다가 안 될 것 같으니 바로 가네요."

홀깃 보았던 서책 내용에 정신이 팔렸던 나는 행랑어멈의 말을 제대로 듣지 않았다. 나는 서책을 꼭 움켜쥐면서 다시 별당으로 향했다.

세찬 바람에 치맛자락이 비명을 지르듯 펄럭였다. 발걸음이 별당 앞마당을 지나 섬돌 위에 올랐을 때였다. 마당에서 무언가가 후다닥 움직이는 소리가 들렸다. 나는 깜짝 놀라 뒤를 돌아보았다. 그런데 아무것도 보이지 않았다. 분명 지척에서 움직이는 소리였는데 말이다. 나는 눈을 가늘게 뜨며 주변을 둘러보다가 이내 포기하고 침방 안으로 들어갔다. 불발기문을 닫기 직전 다시 밖을 훑어보았다. 서늘한 달빛이 별당 앞마당을, 강시 길을 비추고 있었다.

· · ·

그날 밤도 할머니는 석반을 먹자마자 잠자리에 누웠다. 나이가 들면 잠이 없다던데. 할머니는 아픈 뒤로 해가 지면 바로 잠들었고 해가 뜨면 늦잠을 자다가 일어났다. 어린 아이라도 된 것처럼 하루에 다섯 시진은 잤다. 나는 별당 한켠에 있는 서안 앞에 앉아 까물거리는 촛불에 기대 서책을 읽었다. 부적 붙인 상자 안에 들어 있던 서책이었다.

뭐라고 해야 할까. 이것은 일종의 기록이었다. 별당에 살던 이가 남긴 기록. 손가락으로 종이를 넘기면서 내용을 훑어보았다. 앞에 적힌 글들은 언문을 배운 지 얼마 되지 않았을 때 썼는지 필법이 서툴렀다. 나는 종이를 넘겨 마지막으로 기록된 글을 펼쳐 보았다.

별당에 처음 왔을 때가 아직도 기억난다. 당숙이 고아가 된 나를 이곳

으로 데려왔다. 먹을 것과 입을 걸 주고, 글도 가르쳐주었다. 그저 이곳에 오래오래 머물러 주기만 하면 된다고, 그게 가문에 보답하는 길이라고도 했다. 처음에는 기뻤다. 이곳은 종가니까. 종가 별당에 들어가는 건 문중 여아들에게 있어서는 과거 급제와 다름이 없었다. 여아로 태어나 문중의 보호를 받을 수 있는, 평생 홀로 살아도 의식주 걱정을 하지 않아도 되는 유일한 곳이니까. 어떤 이들은 종가의 별당이 흉택이라고, 가문의 흉을 모두 가져가 시체처럼 살아야 하는 곳이라고 했지만, 나는 그렇게 생각하지 않는다. 흉도 언제든 길이 될 수 있다. 이건 내 집이었는데 당숙이 날 내쫓으려 했다. 내 집을 빼앗으려 했다. 날 동첩(童妾, 생식 능력이 다한 노인이 회춘을 위해 동침하는 여아. 윗방아기라고도 한다-지은이)으로 만들려고만 하지 않았어도, 나도 이렇게까지 하지는 않았을 텐데. 이게 다 당숙 때문이다. 앞으로 가문이 겪게 될 일들은 다 당숙의 업보가 불러온 거다.

종이를 넘겨 앞에 적힌 것을 보았다.

당숙은 정말 무정한 사람이다. 나를 보낼 수 없으니 완여라도 보낸단다. 완여는 동첩이 무엇인지도 모르면서 잔뜩 겁을 집어먹고 별당으로 달려왔다. 매달려 우는 완여를 보니 마음이 좋지 않았다. 당숙이 보낸 노복들이 완여를 끌고 갔다. 화가 난다.

읽다 말고 그 앞을 보았다.

정말로 피를 흘렸다. 이제 동첩 걱정은 할 필요가 없다. 달거리를 시작한 아이는 동첩이 될 수 없다.

또 그 앞도.

내게 살을 날릴 거다. 그게 날 지키는 방법이다.

나는 미간을 찌푸리다가 다시 앞으로 돌아가 천천히 글을 읽었다. 앞 문장을 곱씹고, 뒤 문장을 되새겨 보았다. 아침 햇빛이 창호지를 파고들어 촛불 빛을 집어삼켰을 때 나는 서책을 덮었다. 두 손으로 이마를 짚었다. 완여. 완여는 할머니의 이름이었다. 그리고 이 글을 쓴 이는 할머니가 말하던 '언니'였다.

조금 전 느릅나무 앞에서 서책을 훑어보다가 할머니 이름을 발견하고 어찌나 놀랐던지.

풍수지리를 잘 아는 할머니네 가문이 왜 이런 가옥을 짓고 살았는지 나는 이제야 제대로 알게 되었다. 할머니네 가문은 모든 길함을 안채와 사랑채에 몰아주고, 모든 흉함을 별당채로 보냈다. 일종의 거래인 셈이었다. 가문은 별당 여아에게 의식주를 제공하고, 별당 여아는 그곳에 머물면서 가문의 액운을 막아 주는 것이다. 이 글을 쓴 '언니'가 별당에 들어오기 전까지, 별당 여아와 가문은 이런 식으로 살아왔다. 그것도 수백 년 동안.

이해할 수 없지만, '언니'는 별당 생활을 좋아했다. 자신이 실제로 액운을 막고 있으며 이를 부릴 수도 있다고 믿었다. 하지만 할머니의 부친인 '당숙'이 '언니'를 영의정의 부친에게 동첩으로 보내려고 하면서 '언니'의 삶은 흔들리게 되었다. 그때 부친이 그러지 않았던가. 할머니 윗세대부터 가문이 쇠락했다고. 별당 아이가 더는 액운을 막지 못한다고 생각한 '당숙'은 별당 아이를 다른 방식으로 쓰고자 했다. 진짜 제물을 바치기로. 그것도 천지신명이 아닌 영의정에게. 가문을 떠맡을 종자(宗子, 종가의 맏아들)가 마땅히 보호해야 하는 오촌 조카에게 이런 짓을 하다니. 실로 인두겁을 쓴 악귀였다. 할머니가 친정으로 돌아가지 않을 만도 했다. 오촌 조카를 팔아치우지 못하게 되자 결국에는 딸자식까지 동첩으로 보내려고 하지 않았던가.

반가의 여식이라 할지라도 동첩으로 지냈던 이는 번듯한 양반 가문으로 시집갈 수 없었다. 작은할아버지와 혼례를 올린 걸 보면 동첩으로 보내지지 않았던 건 분명한데. 대체 무슨 일이 있었던 걸까? 기록에 적혀 있지 않으니 나도 알 방법은 없었다. 또 굳이 알고 싶지도 않았다. 할머니가 말해 주지 않았던 것은 나름의 이유가 있기 때문일 것이다.

나라면 저런 기록을 아예 태워 버렸을 텐데. 진실이 밝혀지고 소문이 날까 봐 두려웠다면 일단은 증거부터 없애는 게 먼저 아니겠는가. 상자에 넣어서, 그것도 부적까지 붙여 느릅나무 밑에 묻는 게 무슨 의미가 있겠는가. 결국 나 같은 이에게 발견되어 다 밝혀지고 말 것을.

나는 서책을 화로 안에 던졌다. 누가 보기 전에 없애는 게 낫겠지. 화로 안 숯불이 서책을 태우기 시작했다. 검은 재가 화로 위에서 꽃잎처럼 날렸다. 그 모습을 지켜보다가 상자 안에 있던 오래된 풀각시를 떠올렸다. 그건 '언니'의 풀각시겠지? 자신이 액운을 부릴 수 있다고 믿었던 '언니'가 풀각시로 염승이라도 한 걸까? 당숙을 죽이겠다고 풀각시의 가슴을 식칼로 찌른 걸까? 잠시 궁금증이 일었지만, 의문은 흩어지는 물보라처럼 빠르게 사라졌다.

그때 나는 성급하게 서책을 태울 게 아니라 순간의 의문을 끝까지 파고들었어야 했다.

· · ·

된바람이 새된 목소리로 별당을 집어삼켰다. 별당 대청 분합문과 별방 덧문이 부르르 떨리면서 우는 소리를 냈다. 나는 오늘 밤도 잠을 이루지 못했다. 벌써 닷새째였다. 저 거슬리는 소리를 아무도 듣지 못하는 걸까? 저 소리를 나 혼자만 듣는 거라고? 엿새 전에 들었던, 무언가 별당 마당을 후다닥 지나가던 소리를 들은 뒤로 나는 매일 밤 괴이한 소리에 시달렸다. 처음에는 쥐가 내는 소리인 줄 알았다. 무언가를 긁어대는 듯한 기분 나쁜 소리였기에. 그 전날 나는 '언니'가 남긴 글을 읽느라 제대로 자지 못했고, 피곤함에 신경이 예민했다. 한숨 푹 자면 이렇게 신경 쓰이지는 않을 거라고, 고양이라도 한 마리 키워야겠다고 생각하며 잠을 청했다.

그런데 그다음 날 밤, 소리가 바람을 타고 창호지를 파고들며 문지방을 넘었다. 스멀스멀 다가와 내 고막을 긁고 서늘하게 온몸을 훑으면서 심장을 들쑤셨다. 나는 어렸을 때부터 무예를 익혔기에 감각이 예민했고, 그와 동시에 감정에 무너지지 않도록 오랜 훈련을 받았다. 내가 분노와 두려움에 완전히 무너졌더라면 그때 그를 죽였을 것이다. 무인은 어떠한 상황에서도 이성을 지킬 수 있어야 했다. 감정에 매몰되지 않기에 나는 그의 목숨을 거두지 않았다. 손 속에 사정을 두었다. 그 대가로 고통스러운 시간을 견뎌야 했지만. 하지만 저 소리는 무인의 정신으로 견딜 수 있는 게 아니었다. 오히려 무인의 본능이, 내 몸의 감각이 아우성을 쳤다. 위험하다고. 절대 밖으로 나가서는 안 된다고. 저건 네가 이길 수 없는 거라고. 차라리 두려워하라고.

두려움에 압도되면 감각이 선명해진다. 저 멀리에서 전해지는 소리도 지척에서 울리듯 또렷하게 들리는 법이었다. 선명한 소리가 머릿속에서 그것의 동선을 그렸다. 기척이 마당을 지나 기단에 오르더니 다시 섬돌에 올랐다. 툇마루를 지나 머름동자를 쿡쿡 친다. 기둥을 쓱쓱 긁어대며 타고 올라서는 기왓장을 밟으면서 지붕을 거닌다. 저 위에서 나를 내려다본다. 꼼짝도 하지 않고 나를 응시한다.

두 다리에 힘이 빠지고, 손에는 핏기가 가셨다. 온몸이 공포에 휩싸였다. 지붕 위에 서 있는 무언가가 내 몸을 밟고 있는 것 같았다. 묵직한 압박감에 숨을 쉴 수 없었다. 흐트러진 기왓장 틈새로 그것과 눈이라도 마주칠까 봐 나는 감은 두 눈을 뜨지도, 위를 올려다보지도 못했다. 그럴 용기가 나지 않았다.

괴이한 소리에 시달리며 긴밤을 새운 나는 아침 해가 밝자마자 행랑채로 달려갔다. 막 잠에서 깨어난 행랑어멈을 붙잡고 물어보았다. 지난밤에 그 소리를 들었냐고. 하지만 행랑에 있는 그 누구도 이상한 소리를 들은 적이 없다고 했다. 겨울바람 소리, 한밤중에 소변을 보러 가는 이의 발걸음 소리, 밤길을 걷다가 넘어진 이의 신음을 들은 적은 있어도, 집을 배회하는 괴이한 소리는 들은 적이 없다고.

그러나 다음 날도, 그것은 어김없이 별당을 찾아왔다. 내가 잘못 들은 게 아니라는 걸 증명이라도 하려는 것처럼. 나는 정말 미칠 것만 같았다. 밤에는 공포에 사로잡혔고, 낮에는 초조함과 의구심에 시달렸다. 가끔은 피로를 견디지 못해 아무 데서나 멍석잠을 자기도 했다. 저것은 대체 무엇일까. 왜 나타난 걸까. 무엇을 하려는 걸까. 모른다는 것. 나만 홀로 그것의 존재를 알 뿐, 아무도 그것의 존재를 눈치채지 못했다는 점이 나를 막막하게 만들었다. 나 또한 그것을 감지만 할 수 있을 뿐 그것에 대해서는 아무것도 모르지 않던가.

그것이 내 머릿속을 좀먹었다. 그것을 제외한 다른 생각을 할 수 없게 되었다. 나는 행랑어멈을 시켜 다시 무녀를 데려오라 했지만, 공교롭게도 무녀는 출타 중이었다. 언제 돌아올지 알 수가 없었다. 반면 어두운 밤은 어김없이 나를 찾아왔다.

· · ·

다시 하루가 지나고, 정월 보름이 되었다. 나는 또 밤을 지새웠다. 지난밤, 그것이 침방 안으로 들어오려 했다. 끼이익 소리를 내며 덧문을 열고는 미닫이 창문마저 열려고 했다. 천천히, 그러면서도 꾸준하게 내게 다가왔다. 빠르면, 오늘 밤, 늦어도 내일 밤에는 그것이 안으로 들어올 것이다. 나는 그것을 본능으로 알았다.

아침 햇빛이 싸늘한 겨울바람과 함께 창호지를 파고들었다. 얼마 지나지 않아 행랑어멈이 별당을 찾아왔다. 퀭한 두 눈의 나를 보고 흠칫했지만, 곧 걱정스럽다는 얼굴로 귀밝이술을 전해주었다. 정월 보름의 풍습이었다. 행랑어멈은 나에게 일 년 내내 좋은 소식만 들으라며 덕담도 건넸다. 하지만 덕담은 의미 없이 귓가를 맴돌다가 흩어져 버렸다. 나는 빈말로 감사를 표하며 병째로 술을 들이켰다. 단숨에 병 하나를 비우자 차가운 술이 목을 타고 내려가며 속을 가득 채웠다. 가슴속 냉기가 곧 뜨거운 기운이 되어 온몸으로 퍼졌다. 그 모습을 본 행랑어멈이 나를 만류하려 했지만, 곧 내 고집을 기억해 내며 쯧쯧 혀를 찼다. 빈속에 그리 마시면 탈이

난다고, 조반부터 먹고 마시라는 잔소리가 짧게 이어지다가 곧 반빗간으로 사라졌다.

조반. 그 말을 되뇌다 피식 웃었다. 지금 조반이 문제던가. 곧 제 삿밥을 먹게 될지도 모르는데. 술기운이 빠르게 퍼지자 시야가 빙빙 돌았다. 그런데 머리만큼은 팽팽 돌아갔다. 나는 이제껏 있었던 일들을 복기하며 구슬 꿰듯 이어 보았다. 흩어진 조각의 아귀를 맞추듯이 말이다.

할머니는 한양에 있는 가족들이 연산으로 온다는 말에 크게 당황했다. 나를 '언니'로 착각하고 가족을 '가족'이라고 착각했던 거라면, 그래서 그걸 막고자 했던 거라면. 그렇다면… 사람이 아닌 그것은 확실히 존재했다. 내가 직접 보고 겪었으니 의심의 여지가 없었다. 그리고 '언니'가 적은 말도 모두 사실이라면, 그녀는 정말로 풀각시를 이용해 살을 날렸을 것이다. 풀각시. 그래, 그건 풀각시였던 거야. 술이 확 깨는 듯한 기분이었다.

나는 다급하게 자리에서 일어나 그대로 밖으로 달려 나갔다. 차가운 겨울바람이 온몸을 휘감아 얼음물에 들어간 것 같았다. 물에 빠진 이가 살아남기 위해 발버둥을 치듯 나는 달리고 또 달렸다. 할머니는 풀각시를 가지고 잿간에 갔고, 다시 나왔을 때는 손에 풀각시가 없었다. 잿간 안에는 재를 푸는 삽이 있으니 잿 속에 묻었거나 땅에 파묻었을 가능성이 있었다. 염승이 아닌 매흉이었나?

잿간에 간 나는 잿간 일 층을 헤집어 놓았다. 용변과 뒤섞인 재를 삽으로 파내며 풀각시를 찾아보았다. 땅을 파헤쳤다. 허나 풀각시는 그곳에 없었다. 대체 어디로 간 거지? 이번에는 반빗간으로 달려갔다. 마침 국을 푸고 있던 행랑어멈을 붙잡고 잿간 청소를 했냐고 묻자 행랑어멈은 영문을 모르겠다는 얼굴로 답했다.

"별당 쪽 잿간은 아씨와 마님만 쓰시잖아요. 보름에 한 번씩 비우는 걸요. 며칠 뒤에 치울 거예요. 무슨 일인데 그러세요? 너무 지저분해요? 오늘 치울까요?"

"청소를 안 했다고?"

"예. 근데 이게 무슨 냄새…, 아씨, 괜찮으세요?"

그럼 그게 어디로 갔단 말인가? 발이 달려 도망이라도 갔단 것인가? 행랑어멈은 내가 술에 취해 그런 줄 알고 물이라도 마시라며 대접을 건네주었다. 나는 물을 들이켠 뒤 다시 별당으로 돌아갔다. 할머니에게 풀각시를 어디에 뒀냐고 물어볼 생각이었다.

하지만 아무리 물어봐도 할머니는 "걱정할 거 없어, 곧 돌아올 거야."라는 답만 할 뿐이었다.

• • •

둥근 달이 떠오르는 정월 대보름이 지나자 귀신이 산 자를 잡으러 온다는 귀신날이 되었다. 행랑 사람들이 머리카락과 고추씨를 태우고 자신의 신발을 감췄다. 가시 있는 엄나무를 대문에 꽂고, 귀신의 머리를 으깬다면서 방아를 찧거나 널을 뛰었다. 나는 별당 마당에서 평소처럼 검을 휘둘렀다. 검무를 추는 무녀처럼, 적군을 베는 무장처럼, 검으로 베고 또 베었다. 그것이 오늘 밤 안으로 들어온다. 귀신이 산 자를 잡으러 올지도 모른다는 그런 막연한 믿음이 아니었다. 이건 확신이었다.

나를 집어삼킬 듯 몰려왔던 두려움과 초조함도 흘리는 땀에 씻기면서 조금씩 옅어졌다. 그렇게 한참 허공을 가르자 검을 휘두르며 그를 베었을 때가 생각났다. 머릿속에 남아 있던 풀각시가 서서히 지워지고, 그가 그 자리를 차지했다. 검날에 닿던 그 이물감, 검 자루로 전해지던 둔탁한 파동. 그리고 이어지던, 살을 가르는 느낌. 피부를 찢으며 속살을 가르던 그 느낌이 검 자루를 쥔 내 손을 파고들었다. 나의 저항이 속절없이 끝날 거라 확신했던, 공격을 예상하지 못했던 그의 두 눈이 휘둥그레 떠지던 순간, 그의 눈빛에는 분노와 괘씸함이 메마른 들에 붙은 불길처럼 퍼졌다. 그는 검에 베이는 순간에도 나를 두려워하지 않았다. 그날 일을 떠올리자 검 자루를 쥔 손에도 힘이 들어갔다.

그렇게 해가 질 때까지 그를 베었다. 그의 가슴을 찌르고, 그의 팔을 베며 그의 목을 잘랐다. 하지만 검날에는 아무것도 닿지 않았고, 검 자루에 전해지는 건 바람 줄기뿐이었다. 피부를 찢으며 속살을 가르던 느낌도 느껴지지 않았다. 먹어도 먹어도 굶주림에 시달리는 아귀(餓鬼)라도 된 것처럼 나는 그를 베고 또 베었지만, 그때 그 느낌을 다시 재연할 수는 없었다.

해가 지자 할머니가 나를 별당으로 불렀다.

"언니, 들어와. 밤에는 밖에 있으면 안 돼."

나는 별당으로 들어가 할머니와 함께 석반을 먹었다. 할머니는 졸음이 몰려오는지 꾸벅꾸벅 졸며 밥을 먹었다. 상을 일찍 물린 뒤 이부자리를 폈다. 자리에 누운 할머니가 내 손을 잡고 말했다.

"언니, 이번에는 꼭 내가 언니를 지켜 줄게."

나는 웃으며 할머니의 얼굴을 쓰다듬었다. 할머니는 두 눈을 감더니 곧장 잠에 빠져들었다. 시체라도 된 것처럼 미동도 하지 않고 잠을 잤다. 나는 몸을 일으킨 뒤 다시 검을 쥐었다. 밤이 깊어지면 그것이 올 테니까. 오늘은 기필코 방 안에 들 터였다. 나는 검을 쥐고 불발기문 앞에 앉았다. 매화 꽃살에 붙여진 창호지에 귀를 댄 채 가만히 소리를 들었다.

귀신날에는 대문 밖으로도 외출하지 않는 법이었다. 행랑 사람들 또한 행랑에만 머물며 별당 근처로 오지 않았다. 인기척은 뚝 끊기고, 들리는 소리라고는 바람 소리뿐이었다. 하지만 나는 알고 있었다. 그것이 올 거라는 걸. 그래서 숨죽여 기다렸다. 기다리고 또 기다렸다. 지난한 기다림 끝에 나는 발걸음 소리를 들었다. 이 제껏 들었던 그것의 소리와는 다른, 사람이 내는 듯한 소리. 그러나 내 본능은 다르게 말했다. 그것이라고. 그것이 사람의 모습이 되어 찾아온 거라고. 나는 검집에서 검을 뽑았다. 창호지를 파고든 달빛이 검날에 맺히고, 검광이 번뜩였다.

검을 움켜쥐자 마음이 차분해졌다. 들끓는 감정이 얼음으로 뒤덮이면서 안에서만 꿈틀거렸다. 그것이 마루에 올라 불발기문 앞에 섰다. 문고리를 들어 올렸는지 쇠붙이 움직이는 소리가 났다. 날숨을 천천히 내쉬었다. 나는 검을 옆으로 겨누고는 그것이 문을 열기만을 기다렸다. 불발기문 두 개가 덜컹하다 양쪽으로 열렸다. 달빛 아래로 드러난 그것의 모습에 순간 심장이 움찔했다. 심장을 뒤덮은 얼음이 산산조각 나면서 부서졌다. 다시 감정이 들끓었다.

아, 그였다. 그것은 그였다.

대문 밖에 서서 내가 검을 휘두르는 모습을 보고 있었을 때처럼 그는 고개를 비스듬히 한 채 나를 보고 있었다. 나와 눈이 마주치자 그가 나를 보고 씨익 웃었다. 웃음기 가득했던 그의 두 눈이 곧이어 분노로 뒤덮였다.

집주릅 주제에, 네가 감히 날 거부해?

나도 모르게 뒷걸음질 치자 그것이 문지방을 넘어 성큼 한 걸음 내디뎠다. 두려움과 불쾌함이 아우성을 치며 머릿속을 집어삼켰다. 머리가 새하얘져 몸을 움직일 수가 없었다. 그때처럼 말이다.

가옥 값 좀 감정해 달라는 연통을 받고 성저십리로 갔을 때, 나는 빈집에서 그를 마주쳤다. 그는 그곳에서 나를 기다리고 있었다. 그가 파놓은 함정이었다는 걸 너무 늦게 깨달은 것이다. 뜨거운 입김과 헐떡이는 숨. 모욕감에 휩싸인 와중에도 나는 나 자신을 탓했다. 왜 의심하지 않았을까. 조금만 더 주의했더라면 알아차렸을 텐데. 그리 오래 검을 배웠는데도 자기 몸 하나 지키지 못하다니. 무예에는 무도가 있지만, 세상에는 도리가 없다. 무예가 자신과의 싸움이라면 세상사는 다른 이와의 싸움이었다. 남을 짓밟으며 그 위에 서는 게 너무나도 당연한 세상이었다. 그와의 싸움에서 나를 지키려면, 그를 짓밟아야 했다. 그가 나를 짓밟으며 승기를 거머쥐고 있는 것처럼, 나도 그를 짓밟아야 했다.

그것이 그로부터 나를 지킬 수 있는 유일한 방법이었다.

나는 그가 의금부 무관이었다는 걸, 항상 검을 가지고 다녔다는 걸 기억해 냈다. 찰나 같으면서도 억겁과도 같았던 순간에 나는 그의 검을 움켜쥐었고, 그의 배를 베었다. 그렇게 승리를 거머쥐었다. 그때 그의 목을 베어 버렸어야 했는데. 아예 죽여 버렸어야 했는데. 그럼 나도, 내 가족도 그 길고 긴 수모를 겪지 않아도 되었을 것이다. 이곳으로 도망쳐 올 필요도 없었을 것이다. 가슴에서부터 퍼져나간 분노가 핏줄을 타고 온몸으로 뻗어갔다. 감각이 극도로 예민해지고 검 자루를 쥔 손이 기억을 더듬었다. 그때 느꼈던 감각이 처음부터 끝까지 재현되었다. 이번에는 아예 목을 치자. 모든 걸 끝내 버리자.

그를 겨누던 검 끝이 호선을 그리며 움직였다. 검을 들어 올린 나는 그대로 그의 목을 향해 검을 내리쳤다. 검날이 그의 목에 닿는 순간, 쓰윽, 풀 베는 소리가 들렸다. 그의 머리가 옆으로 기울더니 툭 바닥에 떨어졌다. 떨어진 머리와 쓰러진 몸. 그 모습을 본 나는 무너지듯 주저앉았다.

나는 그날 밤 그를 베었다. 그에게 살을 날렸다.

• • •

혼절이라도 했던 건지 나는 다음 날 새벽이 되어서야 열린 불발기문 앞에서 정신을 차렸다. 그의 시신은 오간 데 없었다. 그 자리에 남아 있는 건 풀각시뿐이었다. 목이 잘린 풀각시. 범람한 강물이 휩쓸고 지나간 땅처럼 내 정신은 엉망이 되어 있었다. 하염없이 자리에 앉아 넋을 놓았다.

행랑어멈이 조반상을 들고 별당으로 찾아왔다. 나는 멍한 얼굴로 그 모습을 보다가 고개를 돌려 할머니를 보았다. 할머니는 아직 자고 있었다. 오늘도 늦잠을 자는 모양이었다. 조반상을 내려놓은 행랑어멈이 내게 말했다. 그때 그 무당이 찾아왔다고. 그 말에 나는 자리에서 일어나 곧장 밖으로 나갔다. 밖으로 나가자 주위를 훑고 있는 노파가 보였다.

무녀는 귀신 소리가 들리지 않는다며 자신이 괜한 걱정을 한 것 같다고 말했다. 나는 무녀에게 며칠 전부터 찾았는데 대체 어디를 갔던 거냐고 물었다. 무녀는 이 집에 부적을 써 줬던 다른 무녀를 찾았다고 답했다. 이 집에 관해 물어보고 싶었다고. 그녀가 무슨 말을 해 줬냐고 물으니 이상한 말을 하더라고 하였다.

무녀는 사십여 년 전 이 집에 있었던 일을 똑똑히 기억하고 있었다. 쉬이 잊을 수 있는 일이 아니기 때문이었다. 그때 이 집에는 큰

변고가 있었다. 별당에 살던 아이가 하룻밤 사이에 큰 병에 걸린 것이다. 분명 살아 있는데, 살아 있는 게 아니었다. 혼이 빠져나간, 살아 있는 시체가 되었다. 그다음은 종자였다. 별당 아이가 화를 당한 날, 종자는 가슴을 부여잡으면서 고통을 호소했고, 밤이 되자마자 숨을 거뒀다. 그런데 그다음 날, 종자가 되살아났다. 종자의 시신을 염하던 이가 비명을 지르며 혼절하고, 통곡하던 문중 사람들은 몸을 일으킨 종자를 보고 말을 잇지 못했다.

그리고 같은 시각, 별당 아이가 목숨을 잃었다. 대신 죽기라도 한 것처럼 말이다. 괴이한 일에 모두가 놀랐지만, 그것도 잠시뿐이었다. 당숙의 기른 정을 위해 오촌 조카가 효를 다했다면서 문중 사람들은 크게 기뻐했다. 별당 아이는 시신이 되어서야 시체를 멘 형상이라는 강시 길을 떠날 수 있었다. 그녀는 선산 안 가장 양지바른 곳에 묻혔다.

가문의 기쁨은 오래가지 못했다. 수백 년 동안 고여 있던 액운이 한꺼번에 들이닥치기라도 한 것처럼, 온갖 일이 터졌기 때문이었다. 누군가는 폄적당했고, 누군가는 귀양을 갔으며, 또 다른 누군가는 병으로 목숨을 잃었다. 심지어 가문과 자주 왕래하던 노인조차 화를 당했다. 무언가를 받으러 이 집으로 향했다가 낙마로 숨을 거두었다던가. 알고 보니 그 노인이 영의정의 부친이었다고 했다. 요양을 위해 연산 어딘가로 왔었나. 노인이 죽었다는 소식이 영의정 사저로 전해지기도 전에 영의정이 죄를 지어 파직되었다는 소식이 먼저 이곳으로 전해졌다.

얼마 지나지 않아 이 집에 저주가 내려졌다는 소문이 돌았다. 결국 가문 사람들도 뿔뿔이 흩어졌다. 마지막까지 이 집에 남았던 이는 종자뿐이었다.

"부적을 써달라고 한 이는, 이 집 종자였던가?"

내 질문에 무녀는 빠르게 고했다.

"종자의 여식인 이 집 아씨였답니다. 무녀 말로는, 당시 아씨 주변을 살귀 하나가 맴돌았다고 합니다. 아씨에게 해를 끼치지 않아 따로 벽사를 행하지는 않았지만, 워낙 살기가 강한 귀라 걱정되었다고요. 어쩌면 죽은 별당 아씨일 수도 있다는 생각에 죽은 언니와 관련된 물건은 시집갈 때 가져가지 말라고 했답니다. 죽은 이가 유독 아꼈던 게 있으면 느릅나무 밑에 묻으라고도 했고요."

"…"

갑자기 불안해졌다. 가슴에 상처가 남았던 풀각시. 가슴 통증을 호소하다 목숨을 잃은 종자. 종자의 부활과 '언니'의 죽음. 나는 솟아오르는 불안함을 애써 억누르며 무녀에게 물었다.

"사람에게 살을 날리는 염승을 행하면, 살을 날린 이는 어찌 되는가?"

무녀는 자못 심각한 얼굴로 말했다.

"살을 날린다는 것은 그 살을 맞는 것이기도 합니다. 남의 팔을 자를 때는 당연히 내 몸도 잘릴 것을 각오해야지요. 같은 팔이 잘리지는 않더라도 어딘가는 잘리기 마련입니다."

살을 날린다는 것은, 살을 맞는다는 것이다…

나는 별당에 도착할 때까지 무녀가 한 말을 곱씹었다. 불길한 예감에 가슴이 들썩였다. 섬돌 위에 오른 나는 신을 벗고 대청마루에 올랐다. 침방 안에 들어서자 조반상이 보였다. 그릇 안에 담긴 음식이 그대로였다. 수저도 가지런했다. 할머니가 아직도 일어나지 않은 것이다.

일어날 때가 되었는데….

"할머니?"

나는 손을 뻗어 할머니의 얼굴을 만져 보았다.

할머니의 얼굴이 차갑게 식어 있었다.

. . .

다행히 할머니는 죽지 않았다. 그저 시신처럼 종일 누워 움직이지 못할 뿐이었다. 나는 얼음장처럼 차가운 할머니의 손과 발을 주무르며 할머니가 깨어나기만을 기다렸고, 드디어 할머니가 깨어났을 때, 부모님도 연산으로 왔다.

나는 부모님에게 이곳에서 있었던 일을 말해 주었다.

허나 내 말을 들은 부모님은 내가 꿈을 꿨던 거라고, 할머니의 상태가 나빠진 게 자기 때문이라는 죄책감 때문에 그런 꿈을 꾼 거라고 했다. 부친은 당장 사람을 시켜 별당에 있는 강시 길도 없애게 했다. 서책을 태웠으니 내 말을 증명할 방법이 없었다. 목이 잘린 풀각시라도 내밀었지만, 부모님은 믿어 주지 않았다. 걱정스럽다는 눈빛으로 나를 바라볼 뿐이었다.

결국 나도 입을 다물게 되었다.

얼마 뒤 할머니는 의식을 되찾았다. 더는 말을 할 수 없었지만, 내 말을 들을 수는 있었다. 할머니는 내 목소리를 들으면 눈빛을 밝혔고, 눈동자를 움직이면서 나를 찾곤 했다. 나는 할머니에게 여러 이야기를 해 줬다. 어제는 달빛이 밝았다고, 오늘은 나뭇가지가 꽃봉오리를 틔웠다고. 이제 봄이 올 모양이라고. 내가 자세히 묘사해 줄 때면 할머니는 상상이라도 하듯 두 눈을 감았다.

그러던 어느 날이었다. 부친과 모친이 고모가 서신을 보냈다며 안채로 들라고 했다. 내게 보낸 서신이었다. 나는 봉투에서 서신을 꺼내 찬찬히 읽어 보았다. 예상치도 못한 내용에 온몸의 피가 굳는 느낌이었다.

고모는 그에 관한 소식을 전해 주었다.

그가 하옥되었다고, 저지른 죄가 많은 데다가 증좌가 산처럼 쌓여 입이 열 개라도 할 말이 없을 거라고, 감옥에서 꼼짝도 하지 못할 거라고 했다. 그자의 아비인 의금부 좌참찬 또한 자식이 저지른 죄를 덮어 주기 위해 적지 않은 죄를 지어 파면을 당했다고. 관련된 이가 한두 명이 아니니 그 집의 재난이 이 정도로 끝나지는 않을 거라고 했다.

내가 새하얗게 질린 얼굴로 서신을 움켜쥐자 부모님은 영문을 몰라 어쩔 줄 몰라 했다. 나는 다 읽은 서신을 부모님에게 건넨 뒤 바로 별당으로 돌아갔다.

할머니는 여전히 이부자리에 누워 있었다. 말 한마디 하지 못하고, 움직이지도 못한 채로 자리에 누워 있었다. 그처럼 말이다. 나는 비단 천을 따뜻한 물에 적셔 할머니의 몸을 닦아 주기 시작했다. 할머니가 눈을 뜨더니 눈동자를 움직이며 나를 찾았다. 나와 눈이 마주치자 눈빛으로 웃었다. 할머니의 웃음에 나는 눈물을 흘렸다.

"살을 날린다는 것은 그 살을 맞는 것이기도 합니다. 남의 팔을 자를 때는 당연히 내 몸도 잘릴 것을 각오해야지요. 같은 팔이 잘리지는 않더라도 어딘가는 잘리기 마련입니다."

무녀의 말이 맞았다. 살을 날린다는 것은 그 살을 맞는다는 거였다. 같은 팔이 잘리지는 않아도 어딘가는 반드시 잘리기 마련이었다. 살을 날린 건 할머니가 아닌 나였는데…, 허나 돌아온 살을 맞은 이는 내가 아닌 할머니였다. 할머니가 이렇게 된 건 다 나 때문이었다.

'언니'도 그랬던 걸까? 그때 살을 날렸던 건 사실 할머니였는데, '언니'가 돌아온 살을 맞았기에 목숨을 잃었던 걸까? 그래서 할머니는 거듭 내게 지켜 주겠다고, 이번에는 꼭 지켜 주겠다고 했던 걸까. '언니'에게 느끼던 죄책감과 부채감 때문에?

할머니가 '언니'에게 느꼈던 그 감정은 그대로 대물림되어 나의 감정이 되었다.

아마 평생 벗어날 수 없을 것이다. 기억을 잃더라도 이것만큼은 절대 잊을 수 없겠지.

할머니가 그러했던 것처럼 말이다.

작가의 한마디

"괴력난신의 봄은 온다고 굳게 믿고 있습니다."

제목 미정

코
코
아
드
림

1998년 1월생. 웹소설 「살아있는 시체들의 낮」으로 데뷔 후
『에덴브릿지 호텔 신입 직원들을 위한 행동지침서』(공저), 「방
공호 안에는 구원이 존재하는가」(앤솔러지 『사랑에 갇히다』 수록),
중단편집 『아까 되게 이상한 꿈을 꿨어요』 등 다양한 작품들
을 집필했다. 평범했던 일상에 기이한 파동을 일으키는 비(非)
일상의 침범에 대한 이야기를 쓰는 것을 좋아한다.

안녕하세요, 교수님. 저는 무영대학교 미디어영상학부 4학년 주은재라고 합니다. 날씨가 많이 서늘해졌는데 건강은 좀 어떠신지요. 다름이 아니라 오늘 이렇게 연락을 드리게 된 이유는 졸업 논문 대체 과제로 제시된 다큐멘터리 및 단편 영화 촬영 및 제출에 관한 문제 때문입니다. 제가 1학기 말경 교수님께 제출했던 촬영 계획서에는 저희 대학교가 있는 A시 외곽에 위치한 사유지에 대해 짧은 다큐를 촬영한다 말씀을 드렸는데요. 뉴스를 보셨으면 소식을 이미 접하셨겠지만 지난 10일에 해당 사유지가 산불로 인해 전소되는 사고가 발생했습니다. 이 때문에 현재 저는 기존에 촬영하기로 한 주제를 사용하기 어렵다 판단, 뒤늦게나마 다른 촬영 주제를 찾고 있습니다. 때문에, 안 되는 상황이라면 어쩔 수 없지만 만약 가능하다면 촬영 편집 및 최종본 제출 기한을 조금만 늘려 주시는 것이 가느

"포기해요, 정 교수님 원래 그런 거 잘 안 해 주시는 거 알잖아. 그 교수님 때문에 빠꾸 먹은 애가 몇 명인지 가장 잘 아는 게 언니면서."

열심히 타자를 치고 있는 은재를 바라보던 민영이 한숨을 쉬며 말했다. 그 말 한마디에 머리를 쥐어 짜내고 있던 은재는 그대로 타자치는 것을 멈추고서 앓는 소리를 내며 책상 위에 엎어졌다.

"하필 또 졸업 과제 담당하시는 분이 정 교수님이셔서… 교수님

이 그랬잖아요, 제때 내지 못할 거면 그냥 한 학기 더 다닌다 생각하라고. 나도 기억하는 걸 언니는 벌써 까먹으면 어떻게 해요?"

"알아, 아는데 그래도 혹시나 편의 봐주실 수도 있으니까 보내 보는 거지. …그런데 역시 안 되겠지?"

무슨 당연한 소리를 그렇게 말해요? 민영이 고개를 저었다.

"그냥 다큐 제출은 포기하고 다른 걸로 대체해요. 어학 시험 점수도 대체 과제로 제출 가능하잖아요? 언니, 토익이나 토플, 뭐 영어 시험 그런 거 안 봐 놨어요? 학교에서 매번 모의 토익 보세요, 시험 몇 점 이상 맞은 거 인증하면 응시료 지원해 줍니다 하고 노래 부르고 그러는데."

"…봤으면 내가 이러고 있겠니…. 그나마 있던 것도 인정 기간 만료됐는데 나 이거 찍으려고 시험 보는 것도 미뤘단 말야."

"대책 없는 건 진작 알았지만 이 언니가 진짜 미쳐도 단단히 미쳤네. 플랜B는 세워 놨어야죠!"

"누가 자고 일어났는데 숲에 불나서 싹 다 타 버렸다는 뉴스 나올 줄 알았나!"

자신의 속을 아는지 모르는지 계속 말을 얹는 민영에게 은재는 괜히 소리를 질렀다가 한숨을 푹 내쉬면서 다시 책상 위에 엎어졌다. 민영이 은재의 옆에 앉아 은재가 쓰던 메일을 쭉 읽어 보았다.

"제출 마감일이 언제인데요? 오늘이 12월 14일이니까… 한 한 달 남았나?"

"…1월 16일 오후 6시까지야. 최소 30분 이상의 영상이어야 하고, 최종본 송고를 그때까지 마쳐야 하고, 시간 넘으면 일체 안 받으신대."

"그리고 언니는 지금 그 한 달 남은 시간 동안 촬영 계획서 이외

의 그 어떤 것도 진전이 없는 상태고? 그냥 추가 학기 다니면서 학
교에 돈을 바치고 싶었다고 말해요. 이야, 나는 언니가 이렇게 극
단적으로 애교심 넘치는 사람인 줄 몰랐네."

은재가 짜증난다는 표정으로 민영을 쏘아보며 노트북 옆에 놓아
뒀던 커피 잔을 들어 한 모금 마셨다. 민영은 그런 은재를 조금은
한심한 눈으로 바라보다 자신의 손에 들려 있던 커피를 마셨다.

"내가 틀린 말 한 것도 아닌 거 알잖아요. 언니는 그게 문제야,
뭐 하나에 꽂히면 아닌 거 알면서도 주구장창 그거만 붙잡고 있는
그 버릇. 정 교수님이 운 좋게 편의 봐주셔서 제출 마감 기한 늘려
줬다 쳐요, 그러면 이제 어떻게 할 건데요? 그냥 지금이라도 토익
시험 쳐요, 가장 빠른 시험 치면 그래도 제출 마감일 전에 결과 나
올 테니까 어떻게든 기한 맞출 수 있을 걸요?"

"공부 하나도 안 했는데 그게 퍽이나 되겠다. 사실 생각 안 해
본 건 아닌데 내 머리를 맹신하기엔…."

은재가 한숨을 푹 내쉬었다.

"그니까 내가 같이 모의 토익 보자고 할 때 좀 보지, 왜 거기에
만 매달려선…. 못 살아, 진짜."

"…한 학기 더 다니기 싫은데 지금 상황 보면 졸업 과제 때문에
한 학기 더 다녀야 될 판이고…. 그냥 다른 주제 찾고 더 퀄리티 좋
은 영상 찾는다 생각하고 추가 학기 다닐까…."

"말이 되는 소릴 해요, 언니가 한 학기 더 다닌다고 퍽이나 더
좋은 거 찍겠다. 노트북 줘 봐요."

은재의 노트북을 가져간 민영은 빠르게 자판을 두들겼다. 한숨
을 작게 푹 쉬다 노트북 화면을 빤히 바라보더니 이내 다시 자판을
두들기기를 몇 번, 잠시 무언가를 읽어보던 민영은 다시 노트북을

은재에게 돌려줬다.

"쭉 읽어 보고 괜찮은지 한번 봐봐요. 내가 진짜 언니 안 도와주려고 했는데 그 비 맞은 강아지 꼴 하는 거 보고 좀 불쌍해서 도와주는 거니까 고마운 줄 아시고."

은재가 노트북 화면으로 시선을 돌렸다. 화면에는 유명 인터넷 포털 사이트의 자유게시판 커뮤니티에 로그인된 채 글쓰기 창이 띄워져 있었다.

"너 내 아이디랑 비번은 어떻게 알았어? 내가 알려 줬던가?"

"아, 좀! 자동로그인 설정되어 있었거든요? 그런 거 의심하고 따질 시간에 글이나 읽어 봐요. 자꾸 그러면 그 창 꺼 버린다?"

은재는 입을 다물고 민영이 쓴 글을 쭉 읽어 보았다.

안녕하세요, 저는 무영대학교 미디어영상학부 4학년 주은재입니다. 저는 현재 단편 다큐멘터리 촬영을 준비하던 중 불의의 사고로 인해 다큐멘터리의 소재를 사용할 수 없게 되었습니다. 때문에 조금 급하게나마 새로운 촬영 소재를 구하고자 글을 올립니다. 아래에 적힌 번호로 최소 30분 이상의 영상을 촬영할 수 있는 소재를 제보해 주시면 감사하겠습니다. 사례는 충분히 드릴 계획이며 장난 전화는 법적으로 엄중히 처벌할 예정입니다. 1월 중순이 마감일인 만큼 빠른 편집과 촬영이 필요한 상황이니 많은 관심 부탁드립니다.

"…민영아."

"거기, 글 밑에다 언니 번호나 적어요. 언니 문제니까 이제 사례나 연락 받는 건 언니가 해결하고, 내가 도울 수 있는 건 그 글 써주는 걸로 끝이에요. 진짜 내가 이렇게까지 했는데 졸업 못 하면 언니는 진짜 바보인 거야."

"사랑해, 민영아. 내가 이번 일 잘 끝나면 밥 한번 크게 쏠게! 진짜 사랑해!"

"이 언니 또 공수표 날리네. 그런 말 할 시간에 빨리 전화번호 추가해서 글 업로드나 해요. 저 과외 갈 테니까 뒷일은 언니가 알아서 하고. …아, 맞다. 가기 전에 나 뭐 하나만 물어볼게요. 대체 왜 그렇게 그 숲에 대해서 못 놓고 있었던 건데요?"

민영의 물음에 은재가 머쓱하게 웃었다.

"원래는 그 사유지 안의 생태계에 대한 다큐를 찍어 보고 싶었지. 그래서 그 사유지 주인하고 쭉 연락해 보려 하다가 컨택이 좀 늦어졌고, 어떻게든 연락이 닿긴 닿았는데 안 그래도 늦어진 상황에서 갑자기 연락 두절됐다가 불났다는 뉴스 접했고…."

"언니 진짜 미련하다, 그럴 땐 그냥 바로 플랜B로 갔어야죠. 아, 그런 거 안 세웠다고 했지. 어쨌든 그런 거 안 세웠어도 다른 방법을 찾아봤어야죠, 끈질기게 그거 잡고 있을 생각을 하지 말고. … 됐다, 이런 얘기 지금 해서 뭐 하겠어요."

"…미안해, 그래도 나는 연락만 좀 늦지 나머지는 잘 풀릴 줄 알았는데 어쩌다 보니 이렇게 돼서…."

알면 나한테 잘해요. 민영은 자신이 쓴 글이 떠 있는 노트북 화면과 은재를 바라보다 어쩔 수 없다는 듯 고개를 젓고선 가방을 챙겼다. 은재는 민영이 써 준 글 맨 아래에 자신의 전화번호와 이메일을 추가한 후 업로드 버튼을 눌렀다.

"뭐라도 연락 오면 그거 잘 잡아서 찍어 봐요, 그래도 언니 편집 능력 나름 괜찮잖아. 나 진짜 갈게요?"

민영이 한 번 손을 흔들고서 현관으로 향했다. 민영이 현관문을 열고 나간 후 문이 다시 닫힐 때까지 손을 흔든 은재는 쿵 하고 문이 닫히자 다시 앓는 소리를 내며 마른세수를 했다. 그제야 불안함이 스멀스멀 올라왔다. 만약 연락이 한 통도 오지 않는다면? 운 좋게 연락이 와도 시간이 촉박해 제작이 불가능한 상황이라면? 설령 운 좋게 제작까지 마쳤다 해도 제출 기간을 놓친다면? 정말 그렇게 된다면 말 그대로 꼼짝없이 한 학기를 더 다녀야 할 판이었다.

"아, 추가 학기는 면해야 되는데⋯."

고민은 많아지지만 답은 안 나오기에, 은재는 머리만 싸맬 뿐이었다.

그렇게 고민하던 은재에게 연락이 온 것은 다음 날 새벽 즈음이었다. 글을 올린 지 대략 아홉 시간 정도가 지난 후의 일이었다. 새벽에 자다가 문자 알림음 소리에 눈을 뜬 은재에게 거부권은 없었다. 방금 전까지 자던 것도 잊고 일단은 만나서 얘기하자는 답장을 황급히 보낼 뿐이었다. 확인은 사치였다.

문자 발신자가 접선을 위해 보내온 장소는 은재가 다니는 대학 근처에 위치한 작은 카페였다. 언제부터 생겼는지도 모를 조그만 카페에 도착한 은재는 문자 발신자를 찾기 위해 주변을 두리번거렸다. 사람이 몇 명 없는 공간이었지만 발신자의 모습은 보이지 않았다.

"장난 문자 아냐? 언니, 그냥 나와. 솔직히 새벽에 갑자기 만나자면서 약속 장소 덜렁 보낸 것부터 영 마음에 안 들었어."

"아냐, 장난 같지는 않던데? 그리고 약속 시간보다 내가 더 일찍 나왔으니까 아직 안 왔을 수도 있는 거지. 지금 내 상황이 찬밥 더

운밥 가릴 때도 아니고."

"…하여간 언니는 정말 고집 세다. 가끔은 그 고집 좀 적당히 꺾어 봐."

그때 은재의 눈에 한 여자가 들어왔다. 여자는 카페의 맨 구석, 주의 깊게 보지 않으면 제대로 보이지도 않을 자리에 앉아 있었다. 입고 있는 털옷에 달린 후드를 쓰고 그 위로 모자까지 푹 눌러쓴 탓에 얼굴이 가려져 보이지 않을 정도였다.

"어, 어. 민영아. 저기 그 사람 있다. 끊을게, 이따 봐?"

"언니, 언니! 아, 좀! 또 내 말 안 듣지!"

급히 민영과의 전화를 끊은 은재는 휴대폰을 주머니에 넣으며 여자에게 다가갔다. 주변을 바쁘게 살피던 여자는 은재를 발견하자 빤히 바라보았다. 어찌나 뚫어져라 보는지 은재는 초면인 사람에게 부담스럽다는 생각이 들 정도였다.

"어… 새벽에 연락 주신 분 맞으시죠?"

그제야 여자가 쓰고 있던 모자를 들고서 은재의 얼굴을 빤히 쳐다봤다. 한참을 말없이 쳐다보는 탓에 은재는 괜히 무안해져서 시선을 돌렸다. 여자는 그 모습까지 보고 난 후에 고개를 끄덕였다. 은재가 여자의 맞은편에 앉았다.

"새벽에 미리 제 통성명을 했어야 하는데 그때 제가 자다 일어난 후라 정신이 없어서… 저는 주은재라고 하고요, 게시판 글에서도 한 번 보셨겠지만 무영대학교 미디어영상학부 4학년에 재학 중이에요. 혹시 실례가 아니라면 성함이…."

"아, 지금 그게 중요한 게 아니라서요… 이름은 이따 말해도 될까요?"

말을 몇 마디 하지 않았지만 여자는 그 짧은 순간에도 자기가 할 말만 하기 바빴다. 빠르게 자신의 말을 내뱉는 모습은 마치 누군가에게 신변의 위협이라도 느끼는 건 아닌가 하는 생각까지 들었다. 그 모습을 보고 있는 은재는 자신이 더 불안해지는 것 같은 착각까지 들었다. 차라리 민영의 말대로 진작 자리를 파하고 나올걸 싶은 생각까지 들었다.

"급한 일이 있으신가 봐요? 급히 가 보셔야 하는 일이면 연락처 주고받은 후에 카톡이나 메일로 말씀해 주셔도 되긴 하는데."

여자는 고개를 저었다. 은재는 그러면 왜 그렇게 불안하냐고 물으려다 결국 관뒀다. 지금 상황에서는 여자가 제보하겠다는 소재만 얼추 듣고 자리를 뜨는 것이 나을 듯 싶었다. 은재가 휴대폰 녹음 기능을 켠 뒤 여자에게 물었다.

"그러면 바로 본론으로 들어갈게요. 새벽에 연락주신 다큐로 꼭 찍었으면 하는 소재라는게 뭔지 말씀해 주실 수 있으세요?"

여자가 크게 심호흡을 했다. 은재는 여자가 얼마나 대단한 촬영 거리를 알고 있는지 아직 몰랐지만 그래도 인내심을 가지고 기다려 주기로 했다. 몇 초 후, 여자가 입을 열었다.

• • •

서주영이 자신의 상황을 비관적으로 바라보기 시작한 시점은 복도를 거닌 지 30분쯤 되었을 무렵이었다. 분명히 잠깐 눈만 붙인다고 동아리 부실에 들어가 쪽잠을 잤고, 눈을 떠 보니 하늘이 어두워서 급히 짐을 챙겨 나왔을 뿐인데, 아무리 복도를 걸어도 끝이 보이지 않았다. 무언가 단단히 잘못되었다.

"씨발, 이게 뭐 어떻게 된 거야?"

아무리 걷고 걸어도 계단은커녕 끝없이 펼쳐지는 복도에 결국 주영은 항복 선언을 하며 그대로 주저앉았다. 이렇게 주저앉고 보니 그제야 이상한 점들이 하나둘 눈에 들어왔다. 끝없이 펼쳐지는 복도는 당연히 이상한 사실이었으니 넘어가기로 하고,

첫째, 복도가 기이할 정도로 조용했다. 둘째, 이곳이 익숙한데 익숙지 않은 기분이 들었다. 그리고 셋째,

쿵.

"뭐야."

평소 겁이 없던 주영이었지만 갑자기 들려온 소리에 자신도 모르게 흠칫 놀라고야 말았다. 주영은 조심스레 몸을 일으켰다. 그대로 도망가자니 이 끝없는 복도만 계속 달리다 체력이 바닥날 것 같았고 자신이 가지고 있는 무기라고 해 봐야 드럼 스틱 정도가 전부였다. 소리가 나는 곳은 주영이 등을 대고 쉬고 있던 복도 벽의 바로 맞은편 교실 안이었다. 쿵쿵. 소리는 멈출 기미 없이 계속해서 들려오고 있었다.

주영은 일단 교실 안으로 들어가 보기로 했다. 그래, 이 말도 안 되는 상황에 위험한 게 더해져 봐야 얼마나 더 위험할까 싶었다. 주영은 자리에서 일어나 조심스레 교실 문을 열었다. 교실 안은 살짝 습한 공기가 느껴지는 것만 빼면 보통 교실과 다를 바 없는 평범한 모습이었다. 이 이상한 상황만 아니었다면 주영은 이 교실을 그냥 지나치고 말았을지도 몰랐다. 쿵쿵. 주영은 소리가 나는 곳으로 고개를 돌렸다. 소리가 나는 곳은 캐비닛 안이었다.

…사람인가? 아니, 애초에 저 안에 있을 만한 게 동물은 아니지 않나. 주영은 그렇게 생각하면서도 내심 긴장한 기색을 감추지 못했다.

"거기, 누구세요?"

그 순간, 쿵쿵거리는 소리가 멎었다.

"…저기요?"

"거기 사람이에요?"

조금 앳된 목소리가 들렸다. 많아야 중학생에서 고1 정도 되어 보이는 목소리였다. 주영이 캐비닛 앞으로 다가갔다. 캐비닛 손잡이에는 빗자루가 꽂혀 있었다. 아무래도 안에 있는 사람은 이것 때문에 나오지 못했으리라.

"저기, 문 한 번만 열어 주세요! 저기요!"

그래, 왜 갇혔는지는 모르겠지만 일단 사람부터 꺼내는 게 맞지. 주영이 빗자루를 캐비닛 손잡이에서 빼낸 뒤 문을 열었다.

"…악!"

그리고 그 순간 사람 하나가 그대로 캐비닛에서 튀어나와 주영의 위로 엎어졌다. 문에 기대고 있기라도 했던 것인지, 정말 순식간에 일어난 일이었다. 덕분에 무방비 상태로 있던 주영은 그 사람과 함께 그대로 뒤로 넘어졌다. 만약 주영의 뒤에 책상이나 의자가 있었다면 중상을 입었을지도 모르는 일이었다.

"씨… 존나 아프네. …괜찮아요?"

"아, 네. 감사합니다."

자신의 행동이 민망했는지 주영의 위로 넘어진 여자는 머쓱하게 웃으며 몸을 일으켰다. 그 여자 역시 교복을 입고 있었는데, 이 학교 학생이 아닌 건지 주영과 다른 교복이었다.

"아, 명찰."

여자가 급히 손을 뻗어 바닥에서 무언가를 주워 가슴팍에 달았다. 노란색 명찰에는 '임지수'라는 세 글자가 새겨져 있었다.

"임지수?"

"네, 제 이름. 편하게 지수라고 불러 주세요."

특별할 바 없이 평범해 보이는 제 또래의 여자앤데, 대체 뭘 어쩌다가 갇힌 건지 주영은 알 수 없었다. 지수는 그 사이 몸을 일으켜서 옷의 먼지를 털고 있었다. 주영도 일어나서 무릎을 대충 툭툭 털었다.

"대체 뭘 하다가 저 안에 들어간 거야?"

"그건…."

그때 지수가 아, 하는 표정을 지었다.

"혹시 저랑 비슷한 또래 학생 하나 못 보셨어요? 저보다 키 크고 약간 체격 있는 앤데, 동복 입고 있고 그러거든요?"

주영은 고개를 저었다. 길이 엇갈렸는지 어쨌는지 모르겠지만 적어도 복도를 헤매고 지수를 만나기 전까지 본 사람은 없었다.

"아까 전에 걔가 갑자기 저를 캐비닛 안에다 밀어넣고 갔거든요? 미안하다면서 안에다 넣고 문까지 잠그고 가서 언니가 안 구해 줬으면 저 내일 아침까지 갇혀 있었을 거예요."

"언니?"

"언니 아니에요? 우리 학교는 3학년만 자율 복장 허용인데 지금 교복 안 입고 반팔 입고 있으시길래 언니라 한 건데."

요새 1, 2학년들한테는 선생님들이 그렇게 가르치나? 그런 부분까지는 신경 쓸 겨를도 없었고 일단 3학년은 맞았기에 주영은 대충 고개를 끄덕였다.

"그래서… 지금 혹시 몇 시 신지 아세요?"

"어… 나도 잘 모르겠는데."

"네?"

"모른다고. 초면에 미안한데, 지금 너랑 나 좆된 거 같아."

…무슨 농담을 그렇게 하세요? 지수의 표정이 묘하게 굳어졌다.

"저 이만 가 볼게요. 언니도 집 조심히 들어가시고요."

지수는 주영이 말릴 새도 없이 교실 밖으로 나갔다. 그리고 왼쪽 길로 걸음을 옮겼다. 터벅터벅. 발걸음 소리가 점점 멀어져 갔다. 그리고 몇 분 뒤.

탁, 탁.

오른쪽 길에서 다급한 발소리가 들렸다. 그리고 곧 드르륵하는 소리와 함께 다시 교실 문이 열렸다.

"…언니. 뭔가 이상해요. …왜 계속 가도 가도 끝이 안 보여요?"

그 짧은 새에 지수는 울상이 되어 있었다. 물론, 주영도 왜 이런 곳에 자신이 갇힌 것인지 알지 못했기에 딱히 해 줄 수 있는 위로가 없었다.

"뭐예요, 이게? 왜?"

"…나도 알고 싶다, 진심으로."

"진짜… 이게 뭐야, 박혜준은 또 어디 갔고 여긴 어디고…."

아까 그 체격이 있다는 애 이름이 박혜준인 걸까. 대충 묻지 않아도 알 것 같긴 해서 주영은 한숨을 푹 내쉬며 아무 의자에나 걸터앉았다. 그래서, 이제 어떻게 해야 되는 걸까. 나가는 길은 안 보이지만 그렇다고 내내 이곳에 머물 수는 없었다. 무언가 방법이 필요했다.

"언니, 제 생각인데… 다른 교실도 들어가 보는 건 어때요? 다른 교실에 뭔가 도움될 만한 물건이 있을 수도 있…지 않을까요?"

말하면서도 자신은 없었는지 지수의 목소리가 점점 줄어들었다.

그래도 틀린 생각은 아니라고, 주영은 생각했다. 어차피 앞으로 가선 답이 없으니 다른 교실을 뒤지는게 정답일 수도 있었다. 주영이 자리에서 일어나 앞문으로 향했다. 정신이 없어 어느 교실에 들어왔는지 확인도 안 한 탓이었다.

2학년 5반. 그렇다는 말은 주영과 지수가 있는 교실의 앞뒤로 각각 2학년 4반과 2학년 6반이 있다는 소리였다. 그리고 6반 방향으로 조금 더 걸으면 주영이 자다 나왔던 동아리 부실이 나왔다. 거기에 태미 오빠가 사다 둔 간식거리가 좀 남아 있을 건데 부실을 먼저 들러야 하나. 주영이 고민에 빠진 사이 지수가 조심스레 입을 열었다.

"아, 언니. 혹시 1반 들를 수 있을까요?"

"거긴 왜?"

"저 아까 혜준, 제 친구가 저 데리고 여기로 올 때 폰 떨어뜨리고 온 거 같아서…."

지수가 머쓱하게 웃었다. 휴대폰은 예상치 못한 물건이었다. 동시에 이곳에서 전파만 터진다면 도움 요청을 할 수도 있을, 중요한 물건이었다. 식량이 먼저냐, 통신이 먼저냐. 어차피 두 곳 다 들를 바에는 가장 중요한 걸 먼저 챙기는 것이 낫겠다 싶었다. 잠시 동안의 고민 후, 주영은 입을 열었다.

"일단 동아리 부실 들렀다 가자. 지금 이런 상황에서 전화가 살 터질 거 같지는 않아. 그러니 먼저 먹을 걸 챙겨 오자."

"…그건 그렇긴 하죠."

머쓱하게 머리를 긁적이는 지수를 보며 주영은 따라오라는 듯 손짓을 했다.

"부실에서 먹을 것만 챙기고 1반 가 보자고."

그래도 말 한마디에 금세 기분이 풀린 건지 쫄쫄 따라오는 지수의 모습이 참 강아지 같다고, 주영은 생각했다.

밴드부 부실은 복도 끝에 위치해 있었다. 그리 멀지 않은 곳에 있어서 금세 도착한 주영은 복도 너머를 바라보았다. 칠흑 그 자체인 저곳으로 걸어가면 다른 층으로 갈 수 있는 계단이 나올 것만 같은데 어쩌다 이렇게 된 건지. 한숨을 쉬는 주영 대신 지수가 밴드부 부실 문을 살짝 열었다.

"…안에 누가 있는데요?"

"뭐?"

주영이 자신도 모르게 목소리를 낮췄다. 이곳에 자신과 지수 외에 또 사람이 있다고? 없으라는 법은 없었지만 정말로 예상치 못한 등장이기에 본능적으로 긴장되는 것은 어쩔 수 없었다. 주영이 지수를 뒤로 물린 채 살짝 열린 문 틈새를 확인했다. 익숙한 동아리실 내부, 그리고 익숙한 뒤통수 두 개가 보였다. 저 언니랑 오빠도 여기에 있다고? 의문을 가지기도 전에 지수가 주영의 팔을 잡았다.

"…어쩌죠?"

"괜찮아, 내가 아는 사람이야. 충분히 대화로 풀 수 있어."

주영이 지수를 진정시키며 조심스레 문을 열었다.

"언니, 오빠. 태미 오빠, 서원이 언니."

주영은 너무나도 익숙한 두 사람이 자신을 반겨 줄 것이라 생각했다. 그러나, 소리에 반응해 뒤를 돌아본 두 사람의 입에서 나온 말은 전혀 예상하지 못 한 것이었다.

"…살아 있었어?"

"무슨 소리예요, 내가 그럼 살아 있지 죽기라도 했게요?"

주영은 자신을 조금은 당황스러운 눈으로 바라보는 태미와 서원을 이해할 수 없었다. 분명히 이 이상한 공간에 떨어지기 전에 얼굴을 마주했으면서 살아 있었냐니? 이런 주영을 기다려 줄 생각이 없다는 듯 서원과 태미는 바짝 긴장한 태도를 풀 기미가 없었다. 심지어 서원은 어디서 찾았는지 커터칼까지 꺼내 주영 앞에 들이밀며 위협하기까지 했다.

"지금 뭐 하자는 건데요, 이런 장난 재미 없어요."

"우리야말로 진심이야. …너, 서주영이 맞긴 맞는 거지?"

"아니, 내가 서주영이 아니면 누가 서주영인데요? 내가 이렇게 멀쩡하게 살아 있는데 그딴 소리 들은 내가 이게 뭔 상황인지 더 묻고 싶거든요?"

태미가 자신의 뒤에 있던 보면대를 집어 들려 했다. 정말로 여차하면 공격할 기세라 주영은 말 그대로 환장할 노릇이었다.

"…내 앞에 있는 사람이 서주영이 맞으면, 내가 묻는 질문에 대답해 봐."

무거운 침묵 속에 가장 먼저 입을 연 것은 서원이었다.

"우리 처음 만난 게 언제야."

"저 1학년, 언니랑 오빠 2학년 때, 밴드부 오디션 때죠."

"그때 네가 연주한 곡은?"

"'Separate ways'요."

"…그게 언제지?"

"당연히 2020년이죠. 재작년 3월."

그 순간 서원과 태미의 표정이 미묘하게 굳어졌다. 주영은 그 표정의 의미를 알 수 **없었**지만 자신의 대답이 그들에게 동요를 일으킨 것 하나만큼은 **확실**히 알 수 있었다.

"너, 그러면….."

서원이 들고 있던 커터칼을 내렸다.

"…미안하다. 내가 너무 예민해져 있었나 봐."

서원의 사과에 주영이 그제서야 긴장을 풀었다. 태미와 서원 역시 긴장이 풀린 건지 그 자리에 그대로 털썩 주저앉았다.

"재작년 3월이 2020년인 거면 지금….."

"…아냐. 그 얘기는 나중에 하자. 지금 그게 중요한 게 아냐."

주영이 듣지 못하게 조용히 말을 걸던 태미는 서원의 제지에 입을 다물었다.

"…저기, 저도 들어가도 될까요?"

그제서야 자신이 지수를 잊고 있었다는 것을 깨달은 주영이 급히 들어오라는 손짓을 했다.

"누구야? 다른 학교 앤가?"

"1학년에 임지수라는 앤데, 아까 만났어요."

"1학년 교복이 참… 특이하네."

태미는 기가 다 빨렸는지 그대로 동아리 부실 소파에 기대어 앉았다.

"그러고 보니까, 두 사람은 여기 어딘지 알아요?"

"여기?"

"아니, 자고 일어났더니 갑자기 여기로 와 있잖아요. 근데 둘은 왜 여기 있어요? 간식 더 가져다주려고 온 건 아닌거 같은데?"

주영은 태미와 서원이 시선을 주고받는 걸 볼 수 있었다.

"일단 그 문제는 나중에 얘기하자. 우선은 이 알 수 없는 공간에서 나가야 해."

아, 맞다. 주영은 잠시 잊고 있었던 현실에 대해 자각했다.

"거기, 지수라고 했던가?"

"네? 네."

"1학년이라고?"

"네."

"정말?"

"네?"

기껏 사람을 부르고 뜬금없는 걸 묻다가 반응이 돌아오니 서원의 표정에 많은 감정들이 스쳐 지나갔다. 대체 무슨 말을 하고 싶은 것일까? 주영은 아까 전부터 계속 예상치 못한 일들이 쏟아져서 영 골치가 아팠다.

"서원 언니, 뭐 할 말 있어요?"

"…그게, 주영아, 내가 하는 말 오해하지 말고 잘 들어."

"오해하고 말고 할 게 뭐 있다고 그래요?"

"…뭔가, 단단히 잘못되고 있는 거 같다."

주영은 서원의 말에 김이 빠진다는 듯 헛웃음을 지었다.

"이 장소에 있는 거 자체가 이상하고 잘못된 게 아니면 또 뭐가 있는데요?"

"…올해가 몇 년이야."

"네? …2022년이잖아요. 2022년 2월 16일."

서원과 태미가 잠시 암담한 표정을 지었다.

"오빠, 그런 장난 재미없어요."

"주영아, 잘 들어. 지금부터 이건 널 놀리려는 소리도 아니고 장난치려는 것도 아냐."

"…뭔데요. 무슨 말이 하고 싶은데요?"

서원이 숨을 한 번 크게 들이마셨다 내쉬고선 입을 열었다.

"올해는…."

그 순간 네 사람의 눈앞이 순식간에 암전 상태로 변했다.

· · ·

임지수가 깨어난 것은 책상과 의자가 밀리는 소리를 들은 직후
였다. 문득 익숙한 목소리가 자신에게 말을 건 것도 같았지만 남아
있는 기억은 없었다.

"아, 머리야…."

깨질 듯한 머리를 부여잡은 지수가 자리에서 일어났다. 자신이
왜 교실에서 자고 있었는지 기억이 나질 않았다. 조금 전 잠에서
갓 깨어났을 때 누군가 급히 교실을 빠져나가는 모습을 본 것도 같
았지만 확실하진 않았다. 어렴풋이 들었던 책걸상이 밀리는 소리
가 그 누군가 때문일 수도 있겠다 싶었지만 확실하진 않았다.

"…."

두통이 생각보다 심했다. 결국 지수는 자리에 다시 주저앉아 관
자놀이를 꾹꾹 눌렀다. 그리고 최대한 자신의 기억을 더듬어 보려
애썼다. 분명히 마지막 기억 속에 자신과 같이 있던 사람이 존재한
것 같은데….

"…박혜준."

그래, 혜준이었다. 같은 반 친구. 그런데 왜 같이 있었지? 그 부
분은 기억에 남아 있질 않았다. 기이한 상황이었지만 일단 지수는
혜준이 주위에 있는지 둘러보았다. 그리고 당연하게도 교실은 텅

비어 있었다. 마치 아무 일도 없던 것처럼, 그리고 신기할 정도로 고요했다. 바깥은 어두웠는데 한밤중은 아닌 것 같았다. 무언가 불편한 기분이었다. 지수는 일단 본인의 기억에 남아 있는 사람인 혜준을 찾아보는게 낫겠다 싶었다. 혼자서 이 주변을 둘러보기엔 영 스산하니 아는 사람이라도 하나 불러서 같이 다니면 좋겠다 싶었다. 주머니에서 휴대폰을 꺼낸 지수는 자연스레 화면을 켰다.

"…어?"

발신 제한 구역. 다시 봐도 휴대폰 맨 위에 뜬 표시는 변하지 않았다. 그러니까, 시내 한복판에 있는 이 학교에서 무려 통화가 불가능하다는 소리였다. 이게 말이 되는 건가 싶어 지수는 휴대폰을 한 번 껐다 켰지만 여전히 결과는 마찬가지였다.

"…뭐야?"

스산함을 넘어 지수는 이제 당황스러웠다.

결국 지수가 할 수 있는 일은 밖으로 직접 나가 보는 것뿐이었다. 교실에 죽치고 있는 것도 나쁘진 않겠지만 시간만 버리는 일일 것 같았다. 그리고 설명하기 어려운, 밖으로 나가야만 할 것 같다는 기분이 들었다. 묘한 기시감이었다.

• • •

조심스레 문을 열고 바깥으로 나온 지수는 자신이 2학년 교실에 있었다는 것을 깨달았다. 자신은 1학년인데 왜 2학년 교실에서 자고 있었는지는 알 수 없었지만 지금 그것이 중요한가 싶었다. 주위를 둘러보니 복도 양끝에는 어둠만이 보였다. 일렬로 쭉 나열된 교실들과 그 교실들 끝에 보이는 어둠. 그것이 지수의 시선에 들어오는 전부였다. 어느 쪽을 봐도 똑같아서 지수는 발걸음을 떼기가 꺼려졌다.

"…그냥 교실 안에서 죽칠까."

그리고 그때였다. 드르륵거리는 소리와 함께 문이 열렸다. 소리가 들리는 곳은 자신의 시선과 등을 지고 있는 방향이었다. 지수가 급히 고개를 돌렸다. 그리고, 그 안에서 나오고 있던 사람과 눈이 마주쳤다.

"…박혜준?"

거리가 있어서 얼굴을 구분할 새도 없이 그 사람은 순식간에 지수와 반대 방향으로 달려갔다.

"야, 너 박혜준이야? 야!"

지수는 복도를 걸을까 말까 망설였던 것도 잊은 채 급히 교실에서 나와 달려갔다. 그러나 지수가 그 사람이 나왔던 교실 앞에 도착했을 땐 이미 그는 자취를 감춘 후였다.

"…뭐야?"

얼마 뛰지도 않았는데 습한 공기 때문에 벌써부터 숨이 차는 기분이었다.

지수가 슬쩍 교실 명패를 확인했다. 2학년 5반. 대충 창문 너머로 확인해 보니 조금 전 자신이 있던 2학년 1반과 별 차이가 있는 교실은 아니었다. 저 안에 뭔가 숨겨 놓기라도 했나? 지수는 문득 궁금해졌다.

하지만 별다른 특이점이 보이지 않아서 굳이 저 교실을 뒤져 보는 게 의미가 있나 싶기도 했다. 그럴 바에는, 차라리 자신을 피해 도망친 사람을 뒤쫓아 가 보는 것도 나쁘진 않겠다 싶었다. …물론 그 사람이 위협적이지 않으리라는 보장은 없었지만. 계속 시간을 지체하긴 그러니 어디로든 움직여야 할 것 같았는데, 어떻게 해야 할지 영 고민스러웠다. 확실히 괜한 위험을 무릅쓰고 싶진 않았다. 혜준인지 확실하지도 않은 사람을 쫓아가느니 그 사람이 들어갔다 나온 곳을 먼저 살피는 것이 나을 것 같았다.

지수는 그 인영이 사라진 방향의 복도를 바라보았다. 끝도 없는 심연이 입을 벌리고 먹잇감을 기다리는 것 같았다. 조용히 문을 열고 흘끗 바라본 2학년 5반은 조용하기 그지없었다. 1반과 다를 건 없었다. 이 안에 뭐 특별할 게 있으려나? 지수는 조심스레 안으로 발을 내디뎠다.

"…계세요?"

사람이 없는 걸 알면서도 괜히 소리쳐 본 지수는 주변을 두리번거렸다. 내부는 평범했다. 청소 도구를 넣어 두는 캐비닛, 열을 맞춰 놓여 있는 책걸상과 칠판, 그리고 교탁까지.

익숙한 기분이 든다면 그것은 착각일까.

지수는 천천히 걸음을 옮겼다. 그때였다.

툭.

무언가 발에 채이는 느낌에 지수가 흠칫하고 아래를 내려다보았다. 이럴 때 공포 영화에서는 대놓고 놀라라고 별의별 게 다 나오던데, 다행히 귀신이나 시체는 아니었다. 발에 채인 것은 휴대폰이었다. 아마도, 아까 급하게 교실을 빠져나가던 사람이 떨어뜨린 모양이었다.

"…박혜준도 이 기종 쓰지 않았나…?"

지수가 휴대폰의 홈버튼을 눌러 보았다. 그러자 곧 잠금화면이 켜졌다.

"…뭐야, 이게?"

알 수 없는 숫자들의 나열에 지수는 그저 고개만 갸웃거릴 뿐이었다. 별이 그려진 걸 보니 중요한 숫자인 거 같기도 한데, 무슨 의미인지는 알 수 없었다. 시간을 가리키는 건가? 지수는 남의 휴대폰을 함부로 건드리면 안 된다는 걸 알면서도 괜히 호기심이 드는 마음을 어쩔 수 없었다. 어찌나 휴대폰에 집중했는지, 뒤에서 누가 급히 다가오는 것도 알지 못했을 정도였다.

"이거 비밀번호가…."

"지수야."

예상치 못한 목소리에 지수가 흠칫 놀라며 고개를 돌렸다. 그리고 그곳에는 조금 전까지 지수가 찾던 사람이 서 있었다.

"야, 박혜준! 너 어디 갔다 이제 와?"

혜준은 가쁘게 숨을 내쉬다 급히 지수에게 다가왔다. 그리고 지수의 손에 들려 있던 휴대폰을 확 빼앗았다. 그 태도에 지수는 당황할 수밖에 없었다.

"…중요한 거라서 그래."

"…우리 사이에 네 것 내 것이 어딨다고 그래?"

혜준은 말없이 휴대폰을 교복 안주머니에 넣었다. 그러고 나서 잠시 손목시계를 확인하더니 꽤 난처하다는 표정을 지었다.

"…왜 이렇게 됐지?"

"뭐가? 뭐가 이렇게 돼?"

"있어, 그런 게."

혜준이 이렇게 비밀 많은 사람이었던가? 지수는 그저 의아할 뿐이었다.

"아, 맞다. 혜준아, 오늘 학교 좀 이상하지 않아? 좀… 분위기가 기괴하지 않아?"

"어? 어어. 그렇네. 좀 기괴하네."

혜준은 다시 손목시계의 시간을 확인하고선 문 쪽으로 뛰어갔다. 그리고 복도를 확인하더니 다시 돌아왔다.

"…야, 너 오늘 왜 이래? 뭔 일 있어?"

"지수야, 잘 들어. 다 너를 위한 거야."

"뭔데? 야, 박혜준. 뭐 잘못 먹었어? 왜 그래, 진짜?"

혜준은 대답 대신 캐비닛을 열었다. 그리고 그 안에 있던 청소 도구들을 죄다 밖으로 끄집어냈다.

"박혜준, 뭐냐니까? 내가 먼저 질문한 게 있잖아!"

이쯤 되니 슬슬 지수 역시 화가 나는 것을 어찌할 수 없었다. 그러거나 말거나, 혜준은 청소 도구를 죄다 끄집어내고서 지수의 손을 잡았다. 얼핏 보이는 캐비닛 안은 사람 하나 정도가 간신히 들어갈 공간이 나 있었다.

"박혜준!"

"지수야, 잘 들어. 이 안에 들어가서 내가 올 때까지만 기다려 줘. 내가 이러는 게 이해 가지 않을지도 몰라. 나도 이러는 거 정말 미안해. 하지만… 다 너를 위한 거야. 시간이 없어, 지수야. 빨리 들어가자, 응?"

"아니, 잠시만. 왜 그러는지 설명은 좀 해 주면 안 돼? 학교는 왜 갑자기 이상한 분위기가 된 거야? 아까 그 휴대폰 네 꺼야? 그리고 너는 또 왜 이러는데!"

혜준이 잠시 멈칫했다가 손목시계를 확인하고선 다시 지수의 팔을 잡아끌었다.

"이따가, 이따가 돌아와서 설명해 줄게. 일단 들어가자."

"이따 말고 지금 설명하라고!"

혜준은 팔을 잡아당기고 지수는 버티고 있으니 누구 하나 질 기미 없이 신경전만 길어질 뿐이었다. 혜준은 애가 탄다는 표정을 짓는데, 지수는 혜준이 왜 그런 표정을 짓는지 알 수 없기에 그저 화만 날 뿐이었다.

"이번에는 또 왜 이래, 진짜!"

결국 혜준도 화가 났는지 지수에게 버럭 성을 내고야 말았다. 지수는 그저 그런 혜준이 어이없을 뿐이었다.

"놔, 박혜준. 이유 제대로 설명하기 전에는 안 들어가."

"설명 못 하는 건 미안해, 하지만 다 사정이…."

"그러니까 그게 무슨 사정이냐고!"

지수가 힘을 줘서 혜준한테 잡힌 손을 빼냈다. 그리고 그 순간, 지수 몸의 중심이 자신도 모르게 뒤로 쏠릴 줄은, 그리고 발을 헛디딜 줄은 박혜준도, 당사자인 임지수도 예상하지 못 했다.

"어?"

중심을 잃은 두 사람의 몸이 동시에 바닥을 향해 기울었다. 그리고 지수의 등과 머리가 닿는 곳에 책걸상이 있던 것은, 절대 혜준이 의도한 바가 아니었다. 지수는 태어나서 이런 고통을 처음 느껴 보는 것 같다고 생각했다. 멈춰 볼 새도 없이 딱딱한 책상에 기운 몸이 그대로 부딪히니 그 충격이 온몸을 짓이기는 것 같았다. 거기에 혜준의 몸이 자신의 위로 쓰러지면서 체중이 더해지니 충격이 두 배로 전해지는 것 같았다.

$\bullet\;\bullet\;\bullet$

"…지수야."

혜준이 조심스레 지수를 흔들어 깨워 보았다. 지수는 조용히 잠든 것처럼 누워 있었다. 마치 아무 일도 없던 것처럼, 정말로 조용히 누워 있었다. 그 짧은 순간 사이에 사라진 숨은 다시 돌아오지 않았다.

"…지수야, 여기 더워. 일어나, 집에 가야지."

지수는 여전히 눈을 감고 있었다. 그런 지수의 얼굴로 한 방울, 두 방울씩 혜준의 눈물이 떨어졌다.

"나, 나… 이번에는 성공할 줄 알았단 말야…."

분명히 완벽했는데. 이제는 성공할 줄 알았는데. 이렇게 될 줄 알았으면 너한테 화내지 말걸. 시간이 걸려도 너한테 차분하게 설명을 해 줄걸.

뚝뚝 떨어지는 눈물을 억지로 꾹 참으며 혜준이 두 눈을 손으로 비벼 닦았다. 속이 꽉 메는 기분이 들었지만 어떻게든 울지 않으려 입술을 꽉 깨물었다. 자신이 뭐라고 지수 앞에서 운단 말인가. 곧 혜준은 숨을 한 번 몰아 내쉬었다.

"…돌릴 수 있어."

다시 돌리면 된다. 몇 번이고, 몇 십 번이고, 필요하다면 몇 백 번이고 돌리면 된다. 지금까지도 그래 왔고 앞으로도 성공할 때까지 그럴 테니까.

복도에서 어렴풋이 문이 열리는 소리가 들리고 곧 발소리가 들렸다. 혜준이 손목시계를 확인했다. 11시 18분.

서주영이 3분 빨리 깨어났다.

소란스러웠던 것 때문일까, 아니면 그동안 너무 많이 시간을 돌려서 생긴 오류 중 하나일까. 뭐든 상관없다.

그동안 겪었던 수많은 시행착오 중에 임지수와 서주영이 만나도 되는 경우의 수는 없었다.

하지만 현재 임지수는 숨을 거둔 상태다. 이는 박혜준이 확실히 확인했다. 그래.

혜준은 이것이 화풀이임을 알았다. 지금의 주영은 이곳의 기억들이 없다. 자신이 시간을 돌리는 순간 다시 이곳에서 겪은 기억들은 사라질 것이다. 지수를 통해 이미 알아차린 사실이었다. 하지만, 어차피 시간을 되돌리는 순간 모든 걸 잊고 다시 살아날 사람인데 감정 하나 푼다고 잘못될 일은 없을 거라는 생각이 들었다. 어차피 기억도 못 할 텐데. 누구 때문에 상황이 어그러진건데. 누구 때문에.

발소리가 점점 가까워졌다. 잠든 것처럼 미동조차 없는 지수의 몸을 안아 들고서 넘어지지 않은 의자에 앉혀 놓은 혜준은 혹여나 지수의 머리가 뒤로 넘어갈까 조심스레 자세를 잡아 주었다.

"금방 올게, 지수야."

혜준은 생각보다 이런 상황에 익숙한 사람이었다.

자주는 아니지만 서주영에게 해를 가한 적이 없진 않다는 소리였다. 혜준은 더 이상 울고 있지 않았다. 혜준이 손목시계를 확인했다.

11시 20분.

오늘을 놓치면 다시 1년을 기다려야 했다. 남은 시간은 열두 시간 40분. 이 시간 동안은 돌릴 수 있다. 무엇이 잘못되든, 전부 다.

· · ·

"야, 서원아. 그래서 우리 어디로 가? 계속 이 습한 곳에 있긴 그러니까 이동하는 게 좋지 않을까? 네가 이런 결정 잘하잖아."

"…."

잠시 고민하던 서원이 입을 열었다.

"1층을 한번 둘러보자."

"여기?"

태미가 서원의 말에 주변을 둘러보았다. 시선에 들어오는 것은 습하고, 덥고, 바람 한 점 없이 끈적한 공기가 가득 내려앉아 있는 복도였다.

"딱히 특별해 보이는 건 없는데."

"아까는 무작정 2층부터 올라갔지만 생각해 보니 우리가 있는 층부터 둘러보는게 좋을 거 같아. 여기 어딘가에 우리가 놓친 게 있을지도 모르지."

맞는 말이네. 태미가 고개를 끄덕였다.

"특별한 게 없으면 바로 2층이나 3층 올라가면 되겠지. …다만."

"응?"

"…아까 부실에서, 주영이를 본 게 좀 걸려."

아. 서원의 표정이 어두워졌다.

"아니, 사실 이 상황 자체가 너무, 이해가 안 간다 해야 하나? 학교는 왜 이렇게 변해 있고, 우리는 왜 이 변한 학교에 떨어졌으며… 우리는 그냥 주영이를…."

"윤태미."

서원은 태미의 입에서 비관적으로 흘러나오는 말을 막았다.

"별일 아닐 거야. 아직 아는 건 없지만 둘러보면 뭐든 단서가 나오겠지. 걱정 마. 일단 1층 한번 보고 2층이랑 3층 가 보자. 아까 주영이 옆에 있던 지수? 걔가 누군지 모르는 게 좀 걸리지만….”

“그러게, 걔는 또 누구야, 진짜….”

사실 걸리는 부분이 많았다. 그 지수라는 아이는 누구이며 주영은 어떻게 자신들의 앞에 나타난 것이며 이곳은 어디인지까지. 의문은 가득했지만 해답을 위한 실마리가 없었다. 때문에 서원은 조금 원초적인 방법으로 학교를 천천히 다 돌아보기로 했다. 힘은 들겠지만 단서라도 하나 나오면 자신이 품은 의문을 푸는 데 도움이 될 터였다. “그래도 2층에 먼저 가 보는게 낫지 않을까? 주영이가 거기 아직 있을 수도 있고.”

“글쎄… 2층에 동아리 부실 말고 특별한 건 없지 않아? 우리가 봤던 게 진짜 주영이면 알아서 내려오겠지. 서주영 성격 알잖아.”

서원의 말에 태미가 고개를 끄덕였다.

“그래, 그건 그렇지. 걔가 애도 아니고….”

설마 우리가 여길 살펴보는 사이에 무슨 일이 있겠어.

서원은 머릿속을 잠식하려 드는 불길한 생각을 애써 잠재우려 억지로 웃어 보였다.

“놓치는 게 있으면 안 되니 급하게 둘러보지 말고 천천히 돌아다녀 보자. 어디, 1층에서 좀 둘러볼 만한 곳이….”

서원의 말에 태미가 잠시 고민하다 조심스레 입을 열었다.

“교무실 한번 가 보는 건 어때?”

“교무실?”

“…생각해 봤는데, 원래 교무실 같은 곳에 중요한 서류들이 많지 않나? 드라마 보면 그런 중요한 서류들에 단서가 있던데.”

완전히 허무맹랑한 말은 아니기에 서원이 고개를 끄덕였다.

“그래, 그러면 바로 이동할까.”

아직 한 걸음도 떼지 않았음에도 습한 공기에 그들은 조용해졌다. 교무실 안으로 들어온 서원과 태미가 가장 먼저 한 일은 책상 위에 놓여 있는 서류들을 살펴보는 일이었다. 혹시나 자신들에게 필요한 정보가 있을까, 그들은 책상과 책꽂이의 내용물을 살펴보았다. 그러나 두 사람은 그들의 예상과는 다른 상황에 맞닥뜨려야 했다.

"…야, 서원아."

"…."

백지였다. 그들의 손이 닿는 모든 서류들이 백지였다. 책상 위에 있는, 그들의 눈에 보이는 모든 서류들을 뒤져 보았지만 그 어떠한 글도 쓰여 있지 않은, 말 그대로 백지가 전부였다.

"이게 뭐 어떻게 된 거야?"

이럴 줄 알았으면 다른 곳을 먼저 갈 걸 그랬나. 서원은 곤란하다는 표정을 숨기지 못했다.

"…어쩌지."

"이쪽도 뭐가 없어. 싹 다 빈 종이인데…. 그냥 다른 곳 갈까?"

역시 다른 곳을 가는 게 현명한 생각일 것 같았다. 하지만 그 와중에도 서원은 이렇게 교무실을 떠나긴 아쉽다는 생각이 들었다.

"서원아, 무슨 생각을 그렇게 해?"

"태미야, 우리 조금 더 찾아보자."

"응?"

그래, 확실히 이대로 가긴 아쉬웠다. 어차피 꼼꼼히 찾아보자며 1층부터 돌기로 했는데 겉으로 보이는 것만 훑고 지나가면 생각의 의미가 퇴색되는 셈이었다.

"생각해 보니 보통 교무실 벽 쪽 서랍에도 이것저것 많이 넣어

두지 않나? 저기도 한번 보자."

"여기는 보통 잡동사니 많이 넣어 두는 편이지 않나? 뭐, 내가 뒤쪽 볼 테니까 네가 앞쪽 보면 되겠다."

태미는 별말 없이 알았다는 듯 발걸음을 옮겨 교무실 뒷편 서랍을 열어 보았다. 그 사이 서원은 앞쪽 서랍으로 발걸음을 옮겼다. 불행인지 다행인지, 잠겨 있는 서랍은 없었다. 서원은 서랍을 열어 보며 내부를 살폈다. 잡동사니, 간단한 간식거리, 그리고….

"서원아, 이것도 볼까?"

서원이 고개를 돌렸다. 태미의 손에 두꺼운 파일철이 들려 있었다. "뭐야?"

"학생생활기록부. 다른 서류들이 다 백지인 걸 보면 사실 별게 있을 거 같진 않지만…."

"같이 봐, 여긴 별게 없네."

서원이 태미 옆으로 다가가 무릎을 굽히고 파일철 하나를 꺼내 들었다. 태미가 어깨를 으쓱하고선 파일철을 펼쳤다. 그때, 종이 한 장이 파일철 사이에서 바닥으로 스르륵 떨어졌다. 태미가 그 종이를 집어 들었다. 별로 대단치 않아 보여서 서원은 다른 생활기록부 파일철을 살피려 했다.

"…어, 서원아?"

"왜?"

"잠깐, 이것 좀 봐야 될 거 같은데."

서원이 고개를 돌려 태미가 보고 있는 종이를 바라보았다. 그 생활기록부에는 두 사람이 한 번 본 적 있는 사람의 사진이 박혀 있었다.

"…얘, 걔 맞지? 아까 지수라고 했던 걔."

"…어. 맞네. 걔 맞아. 진짜로 이 학교 학생이 맞긴 맞았네. 교복 특이해서 아닌 줄 알았는데."

태미는 지수의 생활기록부를 집어 들고 반대 손에 들린 파일철에 넣으려다가 순간 눈을 떼지 못했다.

"그… 여기 밑에 한번 읽어 봐."

태미의 목소리에 서원의 정신이 번쩍 들었다. 서원은 태미의 손가락 끝이 가리키는 곳에 쓰인, 볼펜으로 휘갈긴 글씨를 보았다.

선생님 임지수 학생 사망진단서 전달받으셨나요? 해당 학생 DB 삭제 부탁드리고 남아 있는 관련 서류는 개별 보관 처리 부탁드립니다.

"…잠시만, 우리 일단 정리를 한번 해 보자."

그나마 먼저 정신을 붙잡은 서원이 자리에서 일어났다. 아무 종이와 펜을 집어 든 서원은 종이 위에 표 하나를 그렸다.

"지금, 우리 우선 전부 다 정리해 보자. 우리가 아는 정보를 일단 모두 모아 봐야 해."

서원이 종이에 '2014-지수라는 애가 사망(추정)'을 적었다.

"일단 우리는 아까 1층에서 눈을 뜨자마자 2층 동아리 부실에 먼저 갔고, 거기서 주영이와 그 지수라는 애를 만났어. 그리고…."

"네가 뭔가 말하려던 순간 갑자기 눈앞이 까매지더니 다시 1층이었지."

"아."

태미가 서원의 목소리에 고개를 들었다.

"…아까 전에, 그 지수라는 애가 분명히 주영이가 2022년이라고 하는 걸 들었어. 그런데 별 반응이 없지 않았나?"

"…그랬어? 난 아까 주영이만 보느라 그 애는 제대로 못 봐서."

산 넘어 산이네. 서원은 종이에 마저 메모를 적었다.

"그러면 일단, 그 애는 둘째치고 우리가 1층에서 깨기 전에, 왜 여기에 온 건지가 관건인 거 같은데."

"이 학교에?"

"더 정확히는 이 사수고와 비슷하지만 다른 이 장소에."

태미가 자신의 기억을 더듬어 보며 앓는 소리를 냈다. 아무리 생각해도 자신들이 특별히 뭔가를 한 것 같지는 않았다.

"마땅히 생각나는 이유가 없는데."

"그렇지? 그건 나도 마찬가지야. 분명히 우리가 뭔가 행동을 했든 말을 했든 이곳에 오게 된 이유가 있을 거 같은데."

"으음…."

서원은 펜으로 애꿏은 종이에 벅벅 줄만 그어 댔다.

"태미야, 너는 여기 오기 전에 뭘 했는지 생각나는 거 없어?"

"나? 나 계속 너랑 있으면서 별거 안 했잖아. 주영이 부모님이 주영이 실종된 이후에 사망 신고하시겠다고 한 거 듣고, 네가 동아리 부실에 남아 있는 주영이 물건 정리해서 가져다드리자고 제안해서 추모 겸 정리하러 온 게 전분데."

"…역시, 너나 나나 특별히 한 행동은 없지."

태미가 고개를 끄덕이며 손에 들려 있던 기록부를 반의반, 그리고 거기서 한 번 더 접어 주머니에 넣었다. 서원은 혹시 몰라 다른 생활기록부 파일철을 열어 봤지만 역시나 백지로 꽉 차 있을 뿐 별다른 특이점은 없었다.

"이동할까?"

태미가 고개를 끄덕이며 발걸음을 옮기려 했다. 그러다 문득, 멈칫하고선 천장을 바라보았다.

"왜 그래?"

"방금 무슨 비명 소리 같은 거 나지 않았어?"

"무슨 소리? 못 들었는데."

"…여기 오고 나서 갑자기 예민해지기라도 한 건가."

"어디 아프거나 그런 거 아냐? 여기서 좀 쉬고 있을래?"

한숨을 푹 쉬며 고개를 저은 태미가 별일 아니라는 듯 다시 걸음을 뗐다.

"솔직히 아까 부실에서 주영이 본 게 계속 걸리긴 하거든. …진짜 별일 없겠지? 아니, 진짜 주영이가 맞는 걸까? 맞겠지?"

"…일단 그런 거 신경쓰지 말자. 그 문제는 나중에 생각해도 늦지 않아."

말을 그렇게 하는 서원도 그리 확신에 찬 표정은 아니었다. 서원은 손바닥의 땀을 대충 옷에 닦아낸 뒤 교무실의 문을 열었다.

그리고 그 순간이 그 시점에서 두 사람의 마지막 기억이었다.

이게 무슨 상황이람.

서원이 다시 눈을 뜨자마자 한 생각이었다. 차가운 대리석 바닥과 그에 대조되는 습한 공기를 동시에 느끼면서 서원은 자신의 기억을 되짚어보려 했다. 분명히 자신과 태미는 1층을 전부 다 뒤지고 큰 성과가 없어서 2층으로 올라가려 했다. 그런데 2층에서 정체불명의 사람이 내려왔고, 그 사람이 갑자기 자신과 태미를 향해… 태미에게 일단 도망치라고 했지만 그 사람은….

잠시만, 그러면 태미는?

서원이 급히 자리에서 몸을 일으켰다. 그리고 곧 자신의 옆에 누위 있는 태미를 보고 안도의 한숨을 내쉬었다.

"야, 태미야. 일어나 봐. 정신이 들어?"

태미가 신음을 내며 몸을 뒤척이다 천천히 눈을 떴다. 지금이 몇 신지 알면 좋을 텐데, 하늘은 여전히 밤과 비슷했고 주변은 고요하기 그지없었다. 휴대폰은 어디다 뒀는지 기억도 나지 않고.

"아, 머리야…."

태미가 머리를 부여잡으며 몸을 일으켰다. 그러다 흠칫 몸을 떨며 주위를 둘러보았다.

"뭐, 뭐야. 우리 아까 전에 이상한 애가, 막…."

"…모르겠어. 눈 떠 보니 다시 여긴데."

"…꿈인가? 아니, 그건 아닌데?"

타임 루프 그런 건가? 아니, 그게 가능은 한가? 서원은 아직 멍한 머리를 최대한 굴려 보려 애썼다. 갑자기 눈앞이 암전되며 1층 중앙 현관에 쓰러져 있던 순간으로 돌아온 것이 벌써 두 번째다. 자신들이 이곳에 온 것도, 그 사람이 자신들을 해한 것도, 지수라는 여자애도, 그리고 주영까지도 뭔가 유기적인 관계가 있는 것은 확실했다. 하지만 그 관계가 무엇인지 도통 알 수 없다는 것이 문제였다. 정보가 더 필요했다. 이 상황을 정리하려면 그들이 얻을 수 있는 선, 혹은 그 이상이 필요했다.

"걔가 여기로 다시 돌아오진 않겠지?"

서원이 주위를 둘러보았다. 조금 전 자신들을 해친 그 정체불명의 괴한이 돌아오지 않을 거라는 법은 없었지만 일단 복도는 조용했다. 다행이라면 다행이었다.

일단 1층은 (잠겨 있던 도서실을 제외하고) 별다른 수확이 없었다. 그나마 수확이라면 그 지수라는 애의 사망 사실 정도였다. 계획대로라면 역시 2층으로 가는 것이 맞았다.

"…아직 조용하지만 혹시 모르니 이동하는 게 좋을 거 같은데."

"일단, 2층으로 올라가 보자."

"…갔다가 그 미친놈 만나면 어떻게 해?"

"…안 그러길 빌어야지."

서원은 사실 그 괴한을 다시 대면하는 것보다 자신을 해하기 직전 했던 그 말이 조금 더 걸렸다. 괜히 불안을 조장해서 좋을 바 없기에 태미에게는 말하지 않았지만.

내가 이래서 변수가 싫어.

우리가 변수인 건가? 무슨 게임을 하는 건가?

서원은 일단 생각을 접어 두기로 했다. 우선은 제발 그 괴한을 다시 만나지 않고 2층을 찾아보는 것에 초점을 두기로 했다. 숨을 한 번 크게 내쉰 서원이 태미에게 따라오라는 손짓을 하고서 천천히 걸음을 뗐다.

그리고 기도가 무색해질 정도로 금세 그 괴한을 만날 줄은 두 사람 다 예상치 못 했다.

"제 이름은 박혜준이에요, '누구'가 아니라."

서원은 그 덥고 습한 공기에도 오한이 드는 기분이었다. 마치 고장난 인형이라도 되는 양 천천히 고개를 돌렸을 때, 그는 뒷문에 몸을 기대고 자신과 태미를 바라보고 있는 그 남자를 발견할 수 있었다. 아무리 봐도 자신을 해치려 했던 그 남자가 맞았다.

씨발, 좆됐다.

딱 그 기분이었다. 혜준이 천천히 서원과 태미가 서 있는 쪽으로 걸어왔다. 마음 같아서는 당장 자리에서 일어나 도망치고 싶었지만 그리 현명한 방법은 아닌 것 같았다. 자신을 그렇게 우스울 정도로 가볍게 제압했던 사람이 달리기 정도는 금세 따라잡을 수 있지 않을까? 그나마 다행인 건 아직까진 자신을 죽이거나 해를 끼치려 들지 않았다는 점 정도였다. 이마저도 언제 뒤집어질지 모르니, 서원은 외줄 위를 걷는 기분이었다.

"도움이 필요하다는데, 도와드려야지. 뭐가 궁금해요?"

"…."

"나 시간 끄는 거 안 좋아해요. 아니면, 내가 먼저 질문할까요? 나도 그쪽한테 묻고 싶은 게 많은데."

이미 아는 사이였어? 태미의 물음에 혜준은 그저 웃고 말 뿐이었다. 이때는 그 굳어 있던 눈도 웃는 것이 보였다. "질문 생각하는 거예요? 신중해서 나쁠 건 없죠. 그래도 빨리 말해 주면 정말 고맙겠어요."

여기서 말 못 할 거 같으면 주영이 포함해서 그쪽이랑 나랑 삼자 대면하는 것도 나쁘진 않을 거 같은데. 아, 한 명 더 있었으니까 사자 대면인가.

그래, 어차피 모 아니면 도다. 어차피 죽을지도 모르니 정공법만이 답이라는 생각이 들었다.

"…물어볼 게 많아."

서원이 힘겹게 입을 뗐다. 말하는 목소리가 생각보다 많이 떨려서 조금 낭패다 싶었지만 가다듬을 정신까진 없었다.

"물어봐요. 궁금하다는데 대답은 해야지."

"…말 돌리지 말고 대답해. 이 습한 학교는 우리가 아는 학교가 맞아? 우리는 무슨 이유 때문에 여기 오게 된 거지? 일단 주영인 왜 올해 년도를…."

내가 질문을 하라 그랬지 심문하라고 한 적은 없는데.

그냥 적당히 말 돌리고 빠져나올걸 그랬나. 서원은 잠시 후회가 들었지만 이미 물은 엎질러진 후였다.

"자, 본격적으로 얘기를 해 보죠. 그전에, 먼저 하나 물을게요."

"…."

"난 내가 원하는 대로 흘러가지 않으면 그렇게 좋은 기분을 못 느끼는 사람이에요. 현재 시각이, 오후 3시 43분인데 슬슬 시간이 없으니까 빠르게 진행하도록 할게요."

무슨 의도로 말하는 거지? 서원이 생각할 시간을 주지 않겠다는 듯 혜준은 말을 이어갔다.

"지체할 생각 없으니 거두절미하고 질문 받을게요. 뭐부터 얘기할까요."

서원은 혜준이 묘하게 들떠 있는 것 같다는 인상을 받았다. 아무리 생각해도 들뜰 일이 없는데 들떠 있다는 것은 그리 좋은 의미가 아니었다.

"…주영이는 왜 여기로 떨어진 거야."

그래도, 이미 돌이킬 수 없는 일이었다.

"자, 퀴즈 하나 낼게요. 오늘이 며칠일까요? 오늘은 2023년 2월 6일이에요, 그쵸? 그런데 사실 이날이 나한테는 1년에 한 번 오는 아주 특별한 날이거든요. 이날 아니면 나나 지수는 밖으로 나갈 기회가 없어요. 아니, 더 정확히 말하자면 나는 그래도 쉽게 나갈 수 있는데 지수는 사람의 형태로 나가려면 일련의 과정이 하나 필요하죠."

"사람의 형태? 과정?"

태미가 되물었다. 혜준이 말을 끊지 말라는 듯 태미를 노려보다 이내 표정을 풀었다.

"10년 전인가, 나는 죽기 직전에 이 세상을 발견했어요. 아직도 날짜가 기억나는 게, 그날은 2013년 2월 25일이었어요. 이 세상 안에서는 나와 지수가 살아 숨 쉴 수 있다는 걸 깨달았죠. 그리고 일련의 과정들을 통해 1년에 한 번, 이 세상과 당신네들이 건너온 그 세상을 잇는 통로가 열린다는 걸 알았죠. 과정은 설명 안 할게요, 가끔 설명하면 비위 약해 하는 사람들이 종종 있었어서."

미쳤다. 저 사람은 완전히 미쳤어. 태미와 서원의 안색이 파리해지는 것은 별 상관 없다는 듯 혜준은 계속 말을 이어갔다.

"1년에 하루, 24시간 동안 바깥으로 나갈 수 있지만 지수는 건너편 세상에서는 산 사람이 아니기에 대책이 필요했죠. 둘이 들어왔지만 한 명만 운 좋게 살았던 케이스예요. 그래서 처음 3년 정도는 어떻게 해야 될지 몰라 허송세월을 보내다 어느 날 알게 됐어요. 나는 산 사람이고, 이곳에서 시간을 몇 번이고 돌려서 지수를 살아 있던 시절 최고의 상태로 유지시킬 수 있고, 그날이 오면 한 가지 조건을 충족시켜서 빠져나가게 할 수 있다는 걸. 아, 시간 돌리는 방법도 생략할게요, 이건 진짜로 영업 기밀이니까."

"조건이라면…."

"물물교환이죠. 산 사람을 한 명 여기다 두는 대신에 죽은 사람을 산 사람으로 바꿀 수 있는. 아, 그런데 서주영은 제 실수였어요. 살려 놨어야 되는데 이 욱하는 성질을 못 이겨서 그만."

혜준이 어쩔 수 없었다는 듯 어깨를 으쓱했다. 태미가 순간 발끈해 그대로 달려나가려 했다. 그나마 이성을 유지한 서원이 태미를 제지했다. 혜준이 손목시계를 확인했다.

"오후 3시 55분… 뭐, 하나 더 말하자면 산 사람은 상관이 없는데 죽은 사람은 이동 거리의 한계가 좀 커요. 그래서 학교 자체는 꽤 구현이 잘된 편인데 지수는 이 구현된 학교를 다 돌아보질 못했어요. 거기까진 나도 어떻게 해 볼 방법이 없어서. 그래서 서주영도 이 복도를 못 떠나요. 궁금한 건 어떻게, 다 해결되셨나? 이제 비켜요, 산 사람이 왔으니 죽은 사람은 처리해야지."

"안 돼. 주영이 건드리지 마. 건드리면 우리도 가만히 안 있어."

"시간 얼마 안 남았으니까 비키라고요. 가만히 안 있으면, 뭐 어쩔 건데요? 이제 슬슬 서주영 깨어날 시간 되어 가니까 빨리 비켜 봐요."

그때였다. 세 사람 뒤편에서 문이 열리는 소리가 들렸다. 태미와 서원이 뒤를 돌아봤다.

"…오빠? 언니? 뭔 상황이에요?"

태미가 순간 아차 하며 앞을 다시 본 순간 혜준의 주먹이 그대로 태미의 얼굴에 꽂혔다. 옆에 서 있던 서원은 그대로 혜준을 걸어차려 했다.

"주영아, 일단 숨어! 숨든 도망치든 해!"

당황한 표정의 주영에게 서원이 급히 소리쳤다. 그마저도 얼마 지나지 않아 혜준의 공격에 먹혔지만.

• • •

"어…."

여자는 뭐가 문제냐는 듯 은재를 바라봤다. 은재는 그저 난처할 뿐이었다. 아무리 들어도 허구에 가까운 이야기인데, 이걸 다큐멘터리 소재로 적합하다 생각했다니. 운이 좋다 생각했는데 폭탄을 밟아 버린 상황이었다.

"이 소재를, 굳이, 다큐로 만들면 좋겠다 생각하시는 이유가 있을까요?"

"으음, 굳이 설명하자면 자서전 쓰는 것보다는 나을 거 같다는 판단 정도? 뒷이야기도 해 드려요?"

은재가 고개를 저으며 휴대폰 녹음을 껐다. 아무리 생각해도 여자가 말한 소재를 사용하는 것은 무리였다.

"차라리 영화사를 가세요. 제가 다룰 이야기는 아닌 것 같네요. 오늘 나와 주셔서 감사하고."

"제 얘기 더 궁금하시면 연락주세요. 아직 못 한 얘기가 많으니까. 저는 2월까지 여기 있을 거예요. …우리 자주 봐요."

"아, 네."

어디 해외로 뜰 생각인 건가? 은재는 조금 의아하긴 했지만 여기에 더 앉아 있어 봐야 소용없겠다 싶어 급히 짐을 챙겼다.

"내 이름 안 궁금해요?"

여자의 말에 잠시 멈칫하던 은재는 마저 짐을 쌌다. 어차피 더 만날 일도 없을 것인데 이름을 알아서 어디다 쓸까 싶었다. 카페를 나서는 자신의 뒷모습을 여자가 빤히 바라보고 있던 것은 미처 눈치채지 못했다.

. . .

"봐봐, 내가 뭐라 그랬어요. 그냥 이상하다 싶으면 바로 자리 털고 나오랬죠?"

"아니, 그래도 처음에는 정말 진지하게 시작했단 말야. 갑자기 건너편의 세상 얘기 나와서 얼마나 당황했는지 알아? 그건 나 같은 저예산 다큐가 아니라 영화사 찾아가야 할 얘기였다고. 그래도 끝까지 듣다 보면 뭔가 있을 줄 알았더니….”

“못 산다. 진짜. 중간에 못 떨쳐 내고 그러니까 추가 학기 듣기 직전까지 간 거죠. 빨리 들어오기나 해요. 그냥 지금부터 토익 준비를 하든 뭘 하든 일단 밥부터 먹게. 저녁은 대충 시켜 먹어요.”

한숨을 푹 쉬면서 전화를 마친 민영이 소파에 앉았다. 아무래도 오늘부터 은재를 데리고 영어 공부를 다시 시작해야 할 것 같았다. 저녁밥을 배달 요리로 먹자 했으니 딱히 할 일도 없어서 민영은 리모컨을 들어 티비를 켰다. 어중간한 오후 시간이라 그런지 대부분의 채널에서 교양 방송이나 재방송만이 송출되고 있었다. 딱히 재미를 느낄 만한 방송은 없어서 이리저리 채널을 돌리던 민영은 문득, 한 케이블 채널에서 버튼을 누르던 손을 멈췄다.

학교 측에서는 해당 사건에 대해 이해할 수 없다는 듯한 태도를 고수하고 있습니다. 김 양과 윤 군의 부모님들이 직접 학교를 찾아가 항의를 했지만 역시나, 별다른 대답은 얻지 못했습니다. 제작진은 더 이상 답하지 않겠다는 학교 측을 어렵게 설득해 인터뷰를 가질 수 있었습니다.

“윤**군과 김**양의 실종에 대해서는 학교 측에서는….”

“아니, 우리가 더 알고 싶어요. 우리가 아는 건 딱 그거뿐이에요, 그 두 학생이 1년 반쯤 전에 실종된 자기들 후배 추모하러 왔었고, 그게 목격담의 끝이다. 지금 2년도 안 되어서 이 학교 안에서 세 명이나 갑자기 사라져서 귀신 들린 학교 소리 듣는 상황이라 이런 인터뷰 요청이 굉장히 당황스럽습니다. 얼마 전에는 동네 주민들이 ‘귀신날에 귀신이 애들 데리고 갔다’면서 학생들이 수업 중인데도 운동장 한복판에서 굿을 하려고 들었어요. 저희가 더 이런 상황이 답답하고 일단 아는 게 있어야 말씀을 드리죠."

"그러면 납치 등의 정황은….""

"두 명은 성인인 데다 그중 한 명은 건장한 성인 남성인데 무슨 납치
를 당해요? 이런 걸 학교에 물으면 뭐가 나와요?"

티비 화면에 자료화면으로 두 여자와 한 남자의 사진이 나왔다.
화면을 빤히 보던 민영은 이내 리모컨을 들어 전원을 껐다.

"이 시간대에는 왜 이렇게 재밌는 걸 안 하나…."

결국 낮잠이나 한숨 자기 위해 민영은 방 안으로 들어갔다. 자신
이 방금 봤던 영상이 은재가 들은 이야기와 어떠한 관련이 있는지,
미영은 알지 못했다.

작가의 한마디

"과연 '귀신날이 실제로 귀신들이 나오고 설명하기 어려운 일들이 벌
어지는 날'이라 설명하면 몇 명이나 이 말을 믿을까? 훗날 어떻게든
닥쳐올 복잡한 모종의 사건에 대한 서곡을 다뤄 보고자 했다."

키신이 오는 밤

귀신이 오는 밤

1판 1쇄 발행 2022년 2월 28일
1판 2쇄 발행 2022년 10월 7일

지은이 배명은 · 서계수 · 전혜진 · 김청귤 · 이하진 · 김이삭 · 코코아드림

발행인 김지아
표지 및 본문 디자인 Misoso

펴낸곳 구픽
출판등록 2015년 7월 1일 제2015-27호
주소 서울시 광진구 동일로 459, 1102호
전화 02-491-0121
팩스 02-6919-1351
이메일 guzma@naver.com
홈페이지 www.gufic.co.kr